KB059059

고즈 카이
KAI
GOZU

마루야마 류키 RYUKI MARUYAMA

미네무라 세리카 SERIKA MINEMURA

스와 타카오 TAKAO SUWA

목 차

Spring comes to line 6. And today
you will be gone.

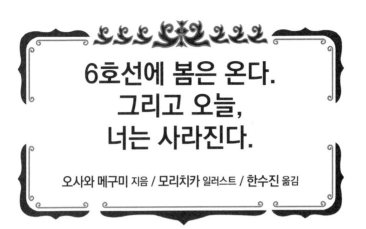

6호선에 봄은 온다.
그리고 오늘,
너는 사라진다.

오사와 메구미 지음 / **모리치카** 일러스트 / **한수진** 옮김

컬러·본문 일러스트\모리치카

프롤로그

봄은 이름뿐이라
Prologue

2017/3/30   그즈카이

   아침의 플랫폼은 이별의 느낌으로 가득 차 있었다.

   그 느낌은 세게 불어오는 바람을 타고 구석구석 온갖 틈새로 들어가 피부를 어루만지고 지나간다.

   재킷 옷깃을 단단히 여미고 양손을 주머니에 집어넣고 몸을 움츠려도, 그 바람을 막을 수는 없었다.

   달력만 보면 벌써 봄인데. 3월의 마쓰모토는 여전히 추웠다.

   마쓰모토 역 3번 플랫폼 벤치에 나란히 앉아서 도쿄행 특급 슈퍼 아즈사 6호를 기다리는 우리 두 사람은 이별 분위기에 푹 젖어 들어 헤어나지 못하고 있었다. 도저히 저항할 방법이 없었다.

   우리는 둘 다 거의 말을 하지 않았다. 이게 마지막인데. 오늘이 지나면 멀리 떨어져 살게 될 텐데. 그런데도 입을 다물고 있었다. 무슨 말을 하려고 하면 무심코 이별의 말을 꺼내게 될 것 같아서. 중요한 말은 하나도 할 수가 없었다.

   이제 와서 우리는 피할 수 없는 이별을 꾸준히 외면하고 있었다.

   그러면 적어도 그 순간까지는 헤어지지 않아도 될 테니

4 6호선에 봄은 온다. 그리고 오늘, 너는 사라진다.

까. 그 순간이 오는 것을 조금이라도 늦춰보려는 것처럼, 정식으로 대면하려 하지 않았다.

마지막의 마지막 순간까지 둘이 함께하는 시간을 그저 즐겁게 보내다가 재빨리 헤어져 버리면 마음이 아프지도 않을 것이다. 그렇게 생각하는 걸지도 모른다.

아니. 어쩌면 그런 생각조차 안 하고 있을지도 모른다. 단지 불편한 현실 앞에서 눈을 감고, 귀를 막고, 그것이 지나갈 때까지 가만히 기다리기만 하는 걸지도 모른다. 상황이 불가피하게 우리를 갈라놓는 것을 기다리고만 싶어 하는 걸지도 모른다.

스스로 마침표를 찍어버리면 나중에 변명하지도 못할 테니까. 그러면 자진해서 이별하기로 결심한 꼴이 될 테니까. 그런 결단을 책임지고 싶지 않아서, 모든 것을 강제로 흘려보내 주는 시간의 흐름에 몸을 맡기고 싶어 하는 걸지도 모른다.

그런 주제에 오늘 여기서 이별하게 된다는 사실을, 나는 담담하게 받아들이고 있었다.

결국 6번 플랫폼에서 딱 세 발짝 더 나아가지 못했던 그날 그때 이후로 나는 한 발짝도 전진하지 못했던 걸지도 모른다.

다가가는 것도 헤어지는 것도, 둘 다 스스로 결단하지 못한 채. 앞으로도 온갖 기회를 묵묵히 계속 지나쳐 보낼지도 모른다.

그 후로 2년하고도 반년이 더 지났다. 나는 여전히 한 발짝도 움직이지 못하고 뻣뻣하게 굳어 있었다.

3년이라는 길고도 짧았던 고교생활. 그동안 나는 웬만큼 다양한 것을 경험하고 많은 것을 배우면서 내 나름대로 성장했다고 생각한다. 하지만 실제로는 계속 제자리걸음만 했을 뿐이지 조금도 앞으로 나아가지는 못했던 걸지도 모른다.

그러나 그것도 어쩔 수 없는 일이다.

우리는 아직 열여덟 살이니까. 더 이상 어린애는 아니지만 완벽한 어른도 아니다. 혼자 힘으로는 아무것도 할 수 없고, 현실적으로 무척 약한 존재이다.

우리는 이 상황에 저항하지 못한다.

이미 버튼은 눌렸다. 정해진 노선에서 벗어나지 못하고, 이제 와서 판을 다 엎어버리고 되돌아가는 것은 불가능하다.

좋아하는 사람들과 헤어지는 것은 슬펐다.

하지만 그래도 우리는 저마다 선택하고 쟁취해낸 각자의 길을 각자 걸어가야만 한다. 슬프지만 그것은 어쩔 수 없는 일이다. 뭔가를 뒤에 버리고 가지 않으면 앞으로 나아갈 수 없으니까.

열차가 도착한다는 안내 방송이 나왔다.

우리는 벤치에서 일어났다.

플랫폼에 열차가 도착한다.

바람 빠지는 소리가 나면서 차 문이 덜컹하고 열렸다.

우리는 둘이서 나란히 그쪽으로 걸어갔다. 문에서 세 발짝 떨어진 곳에서 그가 혼자 멈춰 섰다.

오늘 이 열차를 타고, 나는 혼자 도쿄로 간다.

세 발짝만 더 걸으면 결정적인 결별이 이루어진다. 이제 와서 망설여봤자 그것은 바꿀 수 없다.

그때 앞으로 옮기지 못했던 세 발짝을 마침내 옮길 때가 왔다. 나는 세 발짝 더 나아가서 이 사람과 헤어진다. 내 의지로, 내가 스스로 결정해서 이 사람 곁을 떠난다.

더 이상 어영부영 휩쓸려가기는 싫으니까. 상황에 저항하지 못한 채 어쩌다 보니 저절로 헤어져 버리게 되는 것은 싫으니까.

여기서부터 세 발짝. 나는 혼자 힘으로 나아가야만 한다.

세 발짝 더 나아가서 열차 문 안쪽에 도착하면, 뒤돌아보고 웃는 얼굴로 작별 인사를 건네자.

정식으로 작별 인사를 하자. 아름답게 이별하자.

나는 한 발 앞으로 걸음을 내디딘다.

나는──

1화
아직 때가 아니라
소리를 내지 못하는구나
Episode 1

달력을 보면 봄이 되었는데 바람은 아직도 차갑다.
산골짝의 휘파람새도 봄 노래를 부르려 하지만
아직 때가 아니라 여전히 침묵만 지키고 있다.

고등학교에 들어갔더니 놀랄 만큼 친구가 안 생겨서 깜짝 놀랐다.

중학교 때까지는 별로 안 그랬던 것 같은데. 대체 어쩌다 이렇게 됐을까?

하기야 나도 뭔가 좀 이상하네? 묘하게 분위기를 타기가 어렵네? 왠지 평소의 나답지 않은 것 같아……라는 것을 스스로도 조금씩 느끼긴 했는데, 최근 들어서야 겨우 어떤 사실을 깨닫게 되었다. 알고 보니 나는 그런 사람이었다.

낯가림이 심한 사람.

새삼스럽게 무슨 소리야? 하는 느낌도 든다. 16년이나 살아왔으면서, 이제 와서 갑자기?! 하는 생각도 든다. 하지만 무엇을 숨기랴, 나는 이 나이가 될 때까지 내가 낯가림이 심하다는 사실을 스스로도 전혀 눈치채지 못했다.

왜냐하면 초등학교도 중학교도 평범하게 집 근처에 있는 공립학교에 다녔으니까. 그리고 시골 공립학교에서는 거의 전교생이 초등학교 1학년 때부터 서로 아는 사이이다. 그래서 같은 반 친구는 물론이고 선배도 후배도 선생님도, 또 동네 아저씨 아주머니도 포함해서 마주치는 모든 사람이 아는 사람이었다. 그렇게 낯익은 사람들만 있으니까 애초에 낯선 사람과 만날 기회가 별로 없었다.

낯가림 심한 사람이 낯가림을 할 기회조차 없었다고나 할까. 그래서 눈치채지 못했다.

그런데 엄밀히 말하면 이건 낯가림과도 좀 다른 것 같았다.

어린 시절부터 친척이나 부모님 친구 같은 손님이 집에 놀러 온다고 하면 괜히 내 가슴이 설레었고, 이를테면 중학교 때 신임 원어민 교사가 왔을 때에도 오히려 내가 먼저 나서서 갓 배운 영어로 말을 걸었을 정도다. 그러니까 나는 낯선 사람을 싫어하거나 거북해하는 것은 아니라고 생각한다.

아마도 나는 새로운 환경에 잘 적응하지 못하는 게 아닐까.

내가 스스로 '그래, 여기는 내 자리구나. 내 활동 영역이구나' 하고 안심할 수 있는 장소에서는 좀 낯선 사람이 끼어들어도 불편함보다는 호기심을 더 강하게 느끼지만, 스스로 밖으로 나가서 나 혼자 낯선 곳에서 낯선 사람들 사이에 끼어드는 것은 엄청나게 못 하는 타입이었나 보다.

아니, 그런데 '내 활동 영역에서는 아무하고나 이야기할 수 있지만 낯선 장소는 영 불편하다'는 이런 성격적 경향을 '낯가림'처럼 한마디로 정확하게 표현해주는 단어는 없는 걸까? 그렇게 세리카에게 물어봤더니, "빌려 온 고양이*"는

---

* '꿔다 놓은 보릿자루'와 비슷한 말. 남들이 떠드는 데서 혼자 얌전히 있는 경우

어때?"라는 대답이 나왔다. 아~ 뉘앙스는 비슷하지만, 그것도 좀 아닌 것 같은데.

"빌려 온 고양이란 말은 성격적인 경향이 아니라 사람의 상태를 나타내는 거 아냐? '저 사람은 낯가림이 심하다'라는 말은 해도, '저 사람은 빌려 온 고양이다'라고 하진 않잖아."

"뭐 어때? 그렇게 말해도 되지 않아? 뜻은 전달될 것 같은데."

"아~ 저는요! 빌려 온 고양이예요~~~!"

"아하~! 직접 들으니까 의외로 열 받네~~~☆"

그러더니 세리카는 왼손을 고양이 손처럼 만들어 이마에 댔다. 윙크. 혀를 옆으로 빼꼼 내밀고. 그런 포즈로 대사 끝에다 ☆을 붙였다. 무지무지 귀엽지만, 솔직히 말해 짜증났다.

점심시간의 교실. 내 맞은편에서 조그만 도시락을 펼쳐 놓으면서 귀엽고도 짜증나게 ☆을 날리고 있는 이 친구, 미네무라 세리카는 한마디로 말해 '얼굴값을 못 하는 미소녀'라고 할 수 있다.

얼굴도 예쁘고 팔다리도 늘씬하고 몸매도 좋고, 색깔이 연한 긴 머리카락도 윤기 나고 매끄럽게 사르륵 흘러내리는 스타일이고. 아무 말 없이 새침한 표정을 짓고 있으면 그 모습은 그야말로 곱게 자란 공주님처럼 보일 텐데, 막상 대화해보면 의외로 밝고 싹싹하고 허물없는 성격이었다. 수시로 변하는 그 표정은 사랑스럽기도 하고 가끔은 짜증나기도 했다. 사실 생김새 자체는 아름답다고 표현하는 것이 옳을 것 같은데, 전체적인 인상은 '귀엽다'는 결론이 나오는 것이 신기할 따름이었다. 묘한 캐릭터성 때문에 오히려 디버프를 먹은 것이다.

"어~ 그런데 카이야, 네가 친구를 사귀지 못하는 것은 네가 남에게 별로 관심이 없어서 그런 거 아냐? 뭐랄까, 누구랑 친구가 되고 싶어~ 하는 욕구가 없어 보여."

"뭐~? 아닌데. 세리카, 난 너랑 진짜로 친구가 되고 싶은걸?"

"에이~ 무슨 소리야? 우리는 이미 친구잖아."

와, 영광이네요. 지금이 기회다. 나는 용기를 내서 "정말~? 그럼 네 휴대폰 번호 가르쳐줄래?" 하고 말을 꺼내봤다.

"글쎄."

성의라곤 전혀 없는 대답이었다. 충격이야.

나와 세리카는 거의 날마다 둘이서 점심을 먹는다. 교실 이동을 할 때도 같이 다닌다. 그러니까 수업이나 레크리에이션을 할 때 "자유롭게 둘씩 짝지어라"라는 소리를 들어도 문제가 없었고, 덕분에 고교생활은 참 원활하게 이루어지고 있었다.

그런데 아마 세리카도 단순히 '그런 상대가 한 명 있으면 고교생활이 편해지니까'라는 이유로 나와 어울리는 것 같았다. 진정한 '친구'라기보다는 '밥친구'와 비슷한 느낌이랄까.

밥친구가 뭐냐. 그것은 화장실 갈 때나 밥 먹을 때 같이 행동하는 친구를 뜻한다. 이런 파트너가 없으면 평소 학교생활을 할 때 자잘한 불편을 겪게 된다. 물론 혼자 있으면 외롭기도 하지만, 그보다 더 중요한 이유가 있었다. 보기가 안 좋기 때문이다.

고교생쯤 되면 이제 웬만큼 어른스러워졌으니까 중학교 시절만큼 노골적으로 뭘 어쩌지는 않고, 자기 자리에서 혼자 밥 먹는 학생도 있지만 그렇다고 놀림 받거나 따돌림을 당하지는 않는다. 그건 그런데, 그래도 역시 그런 사람은 스스로 제 주위에 벽을 쌓는 이미지여서 은근히 거북하게 느껴지는 것이다.

내가 직접 대화해본 적은 없어도 그 사람이 누군가와 대화하는 장면을 본 적이 있다면 "아, 이 사람은 평범하게 기분 좋은 대화를 나눌 수 있는 사람이구나" 하고 알게 되니까, 어쩌다 갑자기 대화할 기회가 생겨도 별로 불편하진 않다. 그러나 항상 입을 꾹 다문 채 쉬는 시간에는 누군가와 대화하지도 않고 늘 휴대폰만 만지작거리는 사람한테는 아무래도 말을 걸기가 어렵다.

교실이라는 공공장소에서 누군가와 대화하는 것은 단순히 눈앞에 있는 상대와 대화하는 행위가 아니라, 주위 사람들에게 "나는 평범하게 대화를 할 줄 아는 사람이에요.

누구나 언제든지 접속 가능합니다!"라는 메시지를 발신하는 행위이기도 하다.

그리고 이를 위해서는 고정적인 대화 상대가 최소한 한 명은 있는 것이 좋다.

그래서 밥친구가 존재하는 것이다.

화장실을 같이 가고 밥을 같이 먹을 수만 있으면 상대는 누구든 상관없다? 아니, 그런 것도 아니다. 밥친구를 선택한다는 것은 다시 말해 학교생활에서 나 자신을 어디에 위치시키느냐 하는 셀프 프로듀싱 행위이기도 하다. 이 선택이 3년 동안 자신이 서식하게 될 계층을 결정짓기도 한다. 아직 풋풋하고 좀 서먹서먹하면서 다소 긴장감이 감도는 입학 직후의 교실에서, 학생들은 암암리에 '자, 이제부터 누구와 같이 다닐까?' 하고 엄격하고도 현실적인 관점에서 서로를 품평하고 등급을 매기는 것이다.

이처럼 엄격하고 현실적인 시선이 오가는 봄의 교실에서 나는 무엇을 했느냐. 그저 고개 숙이고 내내 책상 윗면만 바라보고 있었다. 마치 그렇게 숨죽이고 조용히 있으면 아무에게도 인식되지 않는 투명인간이 될 수 있다고 믿는 것처럼.

사사고(高)는 1지망 학교였고, 그것도 꽤 경쟁률이 높아서 입학하기 어려운 학교였다. 나는 치열한 수험 전쟁에서 승리하고 무사히 내가 원하던 고등학교에 입학했다. 만사 순조롭고 만범순풍이었다. 나도 실제로 입학하기 전까지는 나름대로 새로운 생활을 기대하면서 꿈에 부풀어 있었다.

논과 밭과 산과 델리시아와 게오[*]밖에 없는 시골 마을에서 도시의 학교로 나가게 되었으니까. 앞으로 새로운 만남과 즐거운 일이 잔뜩 있을 거라고 생각했다.

그래, 그래. 시내에 있는 학교로 가면, 트렌디하고 도시적이고 예쁜 여자애들이랑 친구가 되어서 방과 후에는 역 앞 스타벅스에서 그린티 크림 프라푸치노를 마시면서 신나게 수다를 떨어야지. 뉴재즈나 보사노바처럼 편안하면서 센스 있어 보이는 음악을 듣고, 빌리지 뱅가드^{**}에서 약간 대중성 없는 스타일로 좀 냉소적인 위트 있는 책을 찾아볼 거야. 그리고 멋진 사진을 마구 찍어 인스타그램에 올릴 거야. 그러면 좋아요!도 금방 늘어날 테고, 팔로워도 엄청 많아질 테지.

아, 맞아! 트렌디하고 도시적이고 예쁜 여자애들이랑 친구가 되려면 우선 나도 트렌디하고 도시적인 여자애가 되어야 해! 예쁜 건 그렇다 쳐도!

그래서 나는 봄방학 기간에 미용실에 찾아갔다. 미용사 선생님은 내 머리를 거침없이 빗어주더니, 투박하고 무겁고 어두워 보였던 덥수룩한 검은 머리카락을 부드럽고 가볍고 자연스러운 헤어스타일로 개조해주셨다. 그리고 나

---

* 델리시아는 대형 슈퍼마켓. 게오는 DVD · CD 대여점
** 빌레반. 잡화와 음반과 책 등을 파는 가게

는 애용하던 무테안경도 벗어버리고 콘택트렌즈를 꼈다.

내 방에서 새 교복을 입어보고, 치마는 허릿단을 두 번 접어 올리기로 했다. 와이셔츠 위에는 조금 낙낙한 랄프로렌 니트 조끼를 겹쳐 입고, 블레이저 옷깃의 학교 엠블럼 아래에는 컬러스톤이 달린 금빛 헤어핀을 꽂았다. 교칙에 위반되지 않을 정도로만 살짝 개성을 어필해본 것이다.

거울 앞에서 리본부터 양말까지, 로퍼를 제외한 모든 아이템을 장비하고서 올봄 고교생이 된 내 모습을 확인해봤다. 그리고 나름대로 만족했다. 그때는 개인적으로는 그 모습이 꽤 나쁘지 않아 보였기 때문이다.

좋아, 틀림없이 괜찮을 거야.

내가 이래 봬도 팝틴 잡지를 구석구석 빠짐없이 숙독하면서 연구를 거듭했거든. 그러니까 제대로 트렌디하고 도시적이고, 다소 걸리시하지만 절대로 과하진 않은 적당한 여고생 스타일이 완성됐을 거야. 이 정도면 트렌디하고 도시적인 여자친구들이 잔뜩 생길 거야~!

그래. 어제까지는 한껏 흥분해서 그런 야망을 품고 있었는데.

막상 교실에 들어온 순간, 나는 로댕의 조각상처럼 딱딱하게 굳어 고개조차 들 수 없게 되어버렸다.

어? 왜 이래? 내가 왜 이렇게 얌전히 입 다물고 있는 거지? 스스로도 의아해할 정도로 지독하게 긴장해서 누구한테 말을 걸 정신도 없었고, 면밀하게 검토해서 결정한 딱 좋은 스커트 길이조차도 어라? 이거 혹시 과하게 짧은 거 아냐? 기합을 너무 많이 넣었나? 어라? 설마 나 지금 혼자 튀는 건가? 하는 생각이 저절로 들었다. 악~ 어쩌지? 이게 뭐야. 옷깃에 왜 이런 싸구려 도금 헤어핀을 달아놓은 거야? 혹시나 설마하니 나 지금, 고등학교 들어왔다고 실컷 들떠버린 시골뜨기티가 팍팍 나는 걸까? 이처럼 갑자기 나의 모든 것이 신경 쓰이기 시작했다. 그래서 뒤늦게 슬그머니 스커트를 아래로 잡아당기고 있었는데.

"여기 앉아도 돼?"

아마 맨 처음 대사는 그런 내용이었을 것이다. 내내 고개를 숙이고 책상의 나뭇결무늬만 세고 있던 나의 눈앞에 어느새 세리카가 나타나서 아주 자연스럽고 평범하게 나한테 말을 걸었다.

내 주관적인 느낌으로는 진짜로 난데없이 하늘에서 뚝 떨어진 것 같았다.

"어느 중학교에서 왔어?"

"어, 그건……. 호타카히가시."

"그래~? 모르겠다. 어느 쪽 지방이야? 무슨 선이 지나가는데?"

"오이토 선."

"아, 그럼 북쪽이구나? 세리카는 시오지리 근처에 살아서 그쪽 지방은 잘 몰라. 아, 내 이름은 미네무라 세리카야. 앞으로 친하게 지내자, 응?"

"으, 응. 나는 고즈 카이야. 친하게 지내자."

뜻밖의 상황에 깜짝 놀라는 바람에 그때는 제대로 반응하지 못했지만, 사실 이때 나는 세리카가 말을 걸어줘서 정말로 기뻤다.

왜냐하면 세리카는 내가 꿈꿨던 바로 그 트렌디하고 도시적이고 예쁜 여자애였으니까. 그런 이상적인 최고의 여고생이, 입학 직후 불안해서 어쩔 줄 모르는 상황에서 먼저 나에게 말을 걸어준 것이다. 아아, 이 예쁜 여자애가 나를 선택해준 거구나. 그렇다면 분명히 나도 내 생각만큼 이상하진 않아서, 이 아이 옆에 나란히 서도 괜찮을 정도로 그럭저럭 트렌디하고 도시적인 분위기를 내뿜고 있는 걸 거야. 그런 생각이 들었다.

사실 세리카가 나를 선택해줬다는 것은 나의 착각이었다. 세리카는 원래 아무하고나 금방 친하게 이야기하는 사교성 넘치는 여자애였고, 그때는 우연히 세리카 근처에 내가 있었을 뿐이다. 그 사실은 얼마 안 가서 알게 되었다.

뭐, 하지만 우연이든 요행이든 뭐든 간에 그 후로 나와 세리카는 자연스럽게 같이 지내게 되었다. 점심을 같이 먹고, 딴 교실로 이동할 때에도 같이 갔다.

입학한 직후부터 그랬으니까 벌써 반년은 같이 지낸 셈이다. 대화도 꽤 많이 나눴고, 둘이서 적지 않은 시간을 공유해왔을 것이다.

그럼에도 불구하고 나는 아직도 세리카의 휴대폰 번호

조차 알아내지 못했고, 당연히 방과 후 역 앞 스타벅스에서 그린티 크림 프라푸치노를 마시면서 신나게 수다를 떨어본 적도 없었다.

아마도 세리카는 누구와도 금방 친하게 이야기할 수 있는 사교성 좋은 타입이지만, 그 대신 특정한 사람과 깊은 관계를 맺는 것은 별로 좋아하지 않는 것 같았다. 자기는 이쪽으로 거침없이 다가오는 주제에, 이쪽에서 다가가려고 하면 은근슬쩍 회피하는 것이다.

꼭 고양이 같았다. 나와는 달리 빌려 온 고양이는 아니고, 털이 반지르르한 고귀한 고양이 님이시다.

"카이야. 문과인지 이과인지는 정했어?"

"응? 응. 이과를 선택할 것 같아."

"하긴, 그렇지~. 넌 어디로 보나 이과 같아. 공대 여신 스타일."

"공대 여신……? 으음, 왠지 좀 별로인데."

"그래~? 공대 여신이 싫어? 하지만 카이 넌 그런 거 좋아하잖아. 좀 트렌디한 느낌이 드는 거. 인스타 같은 거."

"인스타 같은 거……?" 너무 무성의하게 싸잡아 말하는 거 아냐? 물론 좋아하지만. 인스타그램.

"요즘에는 공대 여신이 트렌디하다는 이미지는 거의 사라지지 않았어? 그 용어 자체가 미디어에서 지나치게 소비돼버린 느낌이 들어."

"흐음~? 그런가? 세리카는 그렇게 세세한 부분은 잘 모르겠는데. 트렌디라는 것도 참 어려운 거구나."

이런 식으로 나와 세리카는 고교생답게 주로 문과·이과 선택이나 진로나 학교 행사나 수업 내용이나 산더미 같은 숙제에 관한 이야기를 나눴다. 이 고교생다움이 고교생답지 않다고나 할까, 뭔가 이게 아니다 싶은 생각이 들었다. 이러면 마치 공부하기 위해 고등학교에 다니는 것 같잖아. 아, 물론 공부하기 위해 고등학교에 다니는 게 맞지만. 그래도~.

보통 여고생은 좀 더 가볍고 다채로운 대화를 나누지 않나? 어떤 사람이 이상형인지, 어떤 만화나 영화가 재미있는지, 어떤 음악을 좋아하는지, 그런 이야기를 즐겁게 나눠야 하는 거 아닌가?

아니 뭐, 나도 여고생이 된 것은 이번이 처음이니까 잘은 모르지만.

그래도 드라마나 영화 같은 창작물에 등장하는 여고생은 공부하는 기색이 전혀 없었다. 오로지 사랑 때문에 괴로워하거나 뜨거운 우정을 나누거나 하면서 청춘을 구가하고 있었다.

우리는 고등학교에 입학한 다음부터 기막힐 정도로 공부만 강요당하고 있었다. 그게 바로 우리의 현실적인 고교 생활이었다. 그것이 좀, 납득이 안 갔다.

"아 참, 카이야. 혹시 오늘 방과 후에 볼일 있어?"

"응? 아니, 없어."

"정말? 그럼 나한테 시간 좀 내줄래?"

세리카의 그 말에 나는 다소 놀랐다. 그러나 겉으로는 놀라움을 숨기고 재빨리 "응, 좋아"라고 대답했다.

세리카의 밥친구로 살면서 꿋꿋이 버틴 지 반년 만에 드디어 정식 친구로 승격하는 이벤트가 발생하는 건가? 하고 한순간 기뻐했지만. 자세한 이야기를 들어보니 "있잖아, 오늘 세리카는 방과 후 개별 면담이 잡혀서 남아 있어야 하거든~"이라고 한다. 즉, 방과 후 같이 어디로 놀러 가자는 이야기가 아니라, 면담 시간까지 교실에 남아서 같이 세계사 쪽지시험 예습이라도 하자는 이야기였다. 아, 그래. 그런 거구나.

에이~ 뭐야. 그런 거였어? 나는 약간 실망했다.

그나저나 이제 슬슬 과를 선택할 시기구나.

중학교를 졸업하고 고등학교에 들어온 게 엊그제 같은데, 정신 차려 보니 어느새 여름방학도 지나가버렸고. 그 직후의 시험도 끝나버렸으니까 말하자면 고등학교 1학년도 이제 반환점을 돈 셈이다. 슬슬 다음 단계를 생각해봐야 한다.

며칠 전부터 2학년 이후의 진로 선택에 관한 담임과의 개별면담도 시작됐다.

어우~ 뭐야. 벌써 고교 2학년이 되는 거야?

요즘 들어 갑자기 시간의 흐름이 빨라진 느낌이 들었다.

시간이 빨라진다는 것은 중력이 약해진다는 것이고(상대

성이론), 고로 마음이 훨훨 딴 데로 날아가서 집중하지 못하는 것도 당연한 일일지도 모른다.

아아, 2학년이 되는 것을 생각하니 한층 더 기분이 우울해졌다. 이러다간 친구도 사귀지 못하고, 세리카의 정식 친구로 승격되지도 못한 상태로 순식간에 고등학교 3년이 끝나버릴 것 같았다.

아~. 방과 후 교복을 입은 채 세리카와 어디론가 놀러가고 싶다.

내가 세리카를 무척 좋아해서 자꾸만 세리카 이야기를 하게 되는데, 어, 글쎄. 들어보라니까? 세리카는 단지 타고난 외모만 예쁜 것이 아니라 굉장히 정성스럽게 구석구석까지 자신을 잘 관리하는 것 같았다.

이를테면 교복도 그랬다.

교복은 날마다 입는 옷이니까. 여고생의 교복은 멀리서 보면 화려하고 예뻐 보이지만 가까이에서 자세히 보면 상당히 너덜너덜한 편이다.

재킷의 팔꿈치나 어깨가 닳아서 묘하게 반들거리기도 하고, 스커트의 주름이 이상하게 구겨져 있기도 하고. 또 로퍼는 어째서인지 눈 깜짝할 사이에 납작한 흠집투성이 신발로 바뀌어버린다. 보통은 그렇다. 여고생의 교복은 원래 그런 거다.

그러나 세리카의 교복은 언제 봐도 새것처럼 깨끗했다. 로퍼는 신품같이 반짝반짝 빛이 났다. 아마 부지런히 손질

하는 것일 텐데, 평범한 고교생은 자기 구두를 그렇게 열심히 닦지는 않는다.

신발장 앞에서 신을 갈아 신을 때에도 세리카는 로퍼나 실내화를 높은 데서 툭 떨어뜨리진 않는다. 정석대로 무릎을 굽히고 허리를 숙여 살며시 바닥에 내려놓는다.

발을 집어넣은 다음에도 바닥에 신발코를 대고 콕콕 찍어대지 않고, 플라밍고처럼 다리를 들고 손을 뒤로 뻗어 가느다란 손가락으로 발꿈치를 만지작거리면서 신발을 제대로 신는다. 아마 신발코를 바닥에 콕콕 찍어대면 로퍼에 흠집이 나니까 그러는 것 같았다.

그 외에도 자세~히 관찰해보면, 세리카는 의자에 앉을 때마다 반드시 아주 자연스러운 동작으로 스커트 주름을 잘 정리하고 앉았다. 스커트가 망가지지 않도록 그렇게 하는 습관이 완전히 몸에 밴 것이다. 굉장하지 않아? 굉장하다니까!

'밝고 호들갑스러운 기운찬 소녀'라는 캐릭터 뒤에 숨겨져서 그다지 눈에 띄지 않는 세리카의 그런 섬세한 면이 나는 무척 멋지다고 생각했고, 다른 애들이 잘 모르는 그런 사소한 점까지 눈치챈 나 자신에 대해 우월감을 느끼기도 했다. 세리카는 모든 사람들에게 사랑받는 성격이지만, 나만큼 대단한 세리카 마니아는 없을 것이다.

틀림없이 세리카는 가정교육을 잘 받았을 것이다.

세리카는 액세서리도 거의 착용하지 않았다. 책가방에

다닥다닥 붙이는 캔 배지라든가, 살짝 장식이 가미된 핀 배지라든가, 몰래 뚫은 귀걸이 구멍에 끼우는 투명한 플라스틱이라든가, 뭐 그렇게 인스턴트식으로 자기 개성을 어필하는 여고생의 액세서리에는 관심이 없는 모양이다.

학교 측이 지정해준 기본적인 블레이저, 기본적인 리본, 기본적인 플리츠스커트와 로퍼. 아무것도 부가되지 않은 각각의 아이템은 그래도 전부 다 완벽하게 관리되어 청결했다. 그것이 오히려 세리카의 개성을 보여준다고나 할까. 캔 배지가 제공하는 인스턴트식 개성보다도 훨씬 독특한 고유의 개성이 느껴졌다.

그런데 또 세리카 본인은 '난 그런 싸구려 인스턴트식 액세서리 따위는 사용하지 않아'라는 식으로 확고한 정체성을 가지고 있는 것도 아닌 듯했다. 내가 별생각 없이 아리오*의 빌레반에서 사 온 토끼 꼬리같이 폭신폭신한 털방울이 달린 휴대폰 스트랩을 선물해줬더니, 세리카는 아무렇지도 않게 "와~ 고마워~! 신난다~!!" 하고 기뻐하면서 그걸 받아 잘 사용하고 있으니까.

세리카의 책가방 옆 주머니에서는 내 것과 한 세트인 하얀 털방울이 쏙 튀어나와 있었다. 그것은 세리카가 직접 가지고 다니는 유일한 액세서리였다.

이거 봐. 이 정도면 나도 비교적 특별한 위치를 확보한 것 같지 않아?

---

* 종합 쇼핑몰

세리카처럼 예쁘고 자기관리도 잘하는 여자애와 나란히 서서 마쓰모토 시내를 활보한다면 얼마나 기분이 좋을까. 지나가는 사람들이 고개 돌려 세리카를 쳐다볼 것이다. 그리고 나는 그 옆에서 "어때요? 이 예쁜 여자애가 내 친구거든요?" 하고 엄청난 우월감을 느낄 테지…….

어라? 잠깐만. 그건 인간적으로 좀 최악인 거 아냐?

그게 뭐야. 세리카는 나에게 우월감을 주는 액세서리가 아니잖아. 프라다 가방을 자랑스럽게 들고 다니는 것과는 차원이 다르다고.

나는 불현듯 나 자신의 사악한 감정을 깨닫고 저절로 시무룩해졌다.

틀림없이 세리카도 나의 이런 본성을 민감하게 알아차렸기 때문에 학교에서는 표면적으로 나와 잘 지내긴 해도, 진정한 의미에서 나와 친구가 되려고 하지는 않는 것이리라.

아~ 또 은근히 피해망상증 환자 같은 짓을 하고 있네~ 라는 것은 스스로도 알고 있었지만, 그래도 지나치게 예쁜 여자아이가 눈앞에 있는 상황에서, 그럼에도 불구하고 평온하게 중립적인 태도로 사실만을 직시할 수 있는 사람은 그리 많지 않을 것이다. 과도한 아름다움이란 것은 무조건적으로 주위를 끌어들이는 소용돌이 같은 것이라서, 종종 가까운 사람의 인지를 뒤틀어놓곤 한다. 본인의 의도와는 상관없이.

점심 식사가 끝나면 세리카는 한동안 멍하니 창밖을 바라보면서 가만히 있는 경우가 많았다. 이때 세리카는 왠지 고고하고 특별히 예뻐 보였다.

평소의 붙임성 있는 화사한 미소도 귀여워서 멋지긴 하지만, 역시 세리카는 이렇게 어쩌다 잠깐 보여주는 맨 얼굴이 고귀하고 아름답다고 생각한다.

여고생이라는 생물은 항상 무슨 말을 하고 있지 않으면 불안해지기 때문에 자꾸 빈틈을 메우려는 것처럼 시시콜콜한 이야기를 이것저것 늘어놓는 경향이 강하다. 그러나 고귀하고 고고한 순간의 세리카는 그런 세속적인 불안을 초월하여 저 하늘 너머를 머릿속에 그려보면서 심오한 사색에 잠겨 있는 듯하여, 매우 존귀해 보였다.

이런 때 나는 사진을 찍고 싶어진다. 하지만 서비스 정신이 왕성한 세리카는 누가 카메라를 들이대면 즉시 손가락을 브이 자로 뺨에 딱 붙이고 웃기는 표정을 짓는다. 그러니까 고귀한 세리카를 사진으로 남기는 것은 상당히 어려운 일이다.

그럼 방법은 하나밖에 없지. 도촬.

멀리서도 찍을 수 있는 좀 괜찮은 카메라를 사볼까? DSLR 같은 거. 왠지 트렌디한 맛이 있잖아. 카메라 들고 다니는 여자.

그렇게 세리카가 멍하니 가만히 있는 동안, 할 일 없이 완전히 고고해지지도 못하는 평범한 여고생인 나는 휴대폰을 붙잡고 인스타그램이나 트위터를 체크해본다. 세리카가 다른 그룹 애들이랑 이야기할 때에도 나는 그들 사이에 능숙하게 끼어들지 못하고 혼자 휴대폰을 만지작거리곤 한다.

이 학교에서 나에게 세리카는 유일한 친구지만, 세리카에게 나는 수많은 반 친구들 중 한 명에 불과하다. 그래서 세리카는 이따금 다른 그룹에 놀러 가 신나게 수다를 떨기도 한다.

세리카는 귀엽다. 그리고 귀엽다고 자만하는 타입도 아니었다. 싹싹하고 애교 있고 에너지 넘치는 여자애라서 어디에 가도 기꺼이 환영받고, 아무하고나 즐겁게 이야기한다.

나는 고개 숙이고 휴대폰 화면을 터치하면서 생각한다. 세리카의 그런 점이 좀 부럽다고. 그리고 내가 질투한다는 사실을 깨닫고 어휴~ 아냐, 그러면 안 되잖아? 하고 생각하기도 한다. 그렇게 생각하면 생각할수록 점점 더 휴대폰을 터치하는 손놀림이 거칠어진다.

마음이 불안해지면 무심코 휴대폰을 만지작거리게 된다. 실은 이것도 어린아이가 손톱을 깨무는 것만큼이나 나쁜 습관이라고 생각한다. 요즘 고교생들은 툭하면 자꾸 스마트폰을 붙잡는다니까? 그거 안 좋은 거 아냐? 아, 그게 바로 나지만요. 네. 반성할게요.

세리카가 심심해서 휴대폰을 건드리는 장면은 거의 본

적이 없었다.

거의? 아니, 아마 한 번도 본 적이 없을 것이다.

심심할 때에는 가까이 있는 사람을 아무나 붙잡고 즐겁게 이야기를 나눴다. 또 그러지 않더라도, 아무것도 안 하고 무료하게 지내는 것도 충분히 가능해 보였다. 그 점이 또 자연스러워서 멋있었다.

학교에 있는 동안에 세리카가 책가방 옆 주머니의 살짝 불룩해진 부분에 손을 댄 적은 없었다. 단지 내 것과 한 세트인 휴대폰 스트랩만 고개를 쏙 내밀고 존재감을 드러내고 있을 뿐이다.

바로 옆에서 세리카가 다른 애들과 즐겁게 수다를 떨고 있는데 나 혼자만 그 이야기의 흐름을 제대로 따라가지 못하는 경우에는, 나는 손바닥 위에 휴대폰을 올려놓고 만지작거리면서도 실은 화면의 글자 따위는 하나도 읽지 않고 멍하니 '중학교 때 내가 이랬었나?'라는 생각에 잠기곤 했다. 어쩌면 정말로 이랬을 수도 있다. 다만 모든 친구들이 아는 사이라서 신경을 안 썼던 걸지도 모른다.

마침내 오후 수업도 끝나고 종례도 끝났다. 약속한 대로 나와 세리카는 마주 보고 세계사 교과서를 펼쳤다.

종례 후에도 한동안은 주위가 시끄러웠지만, 교과서에서 요점만 추려내는 작업에 열중하는 사이에 다들 떠나가서 결국 나와 세리카 두 사람만 남았다. 우리 둘 다 공부하는 동안에는 잡담을 별로 안 하는 타입이라 매우 조용했다.

교과서 30페이지 분량의 내용을 정리해서 바인더 노트 한 장에 적어 넣는다.

수업 시간에 형광펜으로 표시해둔 부분을 요약해서 옮겨 적는다. 외워야 할 단어는 색깔이 다른 펜으로 강조한다. 연도는 빨강, 사건은 파랑, 인물 등 고유명사는 초록. 그런 식으로 나만의 규칙을 정해서 보기 쉽게 분류해놓는다. 이거 한 장만 암기하면 다음 시험은 문제없겠지! 싶은 상태로 정리를 해놓는다.

교실이 조용하다보니 내가 부지런히 딸깍딸깍 펜을 바꾸는 소리가 유난히 크게 울려 퍼졌다. 내 필통은 다양한 색깔과 종류의 펜이나 형광펜으로 꽉 차서 마치 통나무 같았다.

한편 세리카는 학습 스타일도 단순했다. 세계사 같은 암기형 과목을 공부할 때에는 그냥 교과서를 읽기만 했다. 그러기만 해도 외워진다고 한다. 사용하는 도구는 샤프 하나. 그것도 요점만 교과서 한구석에 직접 적어둘 뿐이다. 겉으로 보기엔 그다지 열심히 공부하는 것 같지도 않았다. 단지 독서하는 것처럼 보였다.

내가 "그렇게 훑어보기만 해도 외울 수 있다는 게 굉장해"라고 말했더니, 세리카는 아무렇지도 않다는 듯이 "그런가?" 하고 고개를 갸웃거렸다.

"내가 보기엔 카이, 너처럼 스스로 규칙을 정해서 분류

하는 것이 더 나아 보이는데~. 그러면 정보를 머릿속에 깔끔하게 격납할 수 있잖아? 난 그냥 귀찮아서 그러지 못하는 거지."

"하지만 읽기만 해도 외울 수 있다면 그게 더 좋지 않아?"

"아니야. 그러니까 난 너만큼 완벽하게 외우지는 못하잖아. 나 세계사 성적은 별로 안 좋거든?"

어, 그건 그렇지만.

거의 모든 과목에서 내가 세리카보다 성적은 좋았다.

그런데 나에게 '학업 성적이 좋다'는 것은 나 자신의 정체성을 떠받치는 중요한 요소이기 때문에 나도 이렇게 필사적으로 이것저것 궁리해서 열심히 공부하는 것이다. 이렇게나 열심히 하고 있으니까, 나로서는 적어도 학업 성적 정도는 **압도적으로** 세리카를 능가하고 싶은 것이다.

왜냐하면 다른 분야에서는 내가 세리카를 이길 수 있는 요소가 하나도 없으니까.

그런데 실제로는 내가 더 성적이 좋다고 해도 그 차이는 근소했다. 세리카도 공부를 꽤 잘한다. 그야 뭐, 이렇게 같은 입시를 치르고 같은 고등학교에 들어와 있으니까 그것도 어찌 보면 당연한 일이겠지만.

내가 여러 색깔의 펜들을 부지런히 바꿔 들고 필사적으로 공부를 해봤자, 세리카는 샤프 한 자루로 바짝 뒤쫓아오는 것이다. 내가 아무리 트렌디한 멋진 인간이 되려고 노력(?!)해봤자, 세리카의 자연스러운 아름다움은 모든 것을 여유롭게 훌쩍 뛰어넘어버린다.

음, 이건 요컨대 그거다. 그냥 내가 삐뚤어진 거다.

역시 우정이란 것은 어느 정도 인간적으로 서로 대등하지 않으면 성립되지 않는 것일지도 모른다.

세리카는 모든 것이 압도적이다. 그래서 나는 가끔 엄청나게 우울해진다. 우리가 붙어 다닌 지도 꽤 오래됐는데도 나는 항상 세리카 옆에서 은근히 위축되고 긴장해버린다. 아직도 익숙해지지 못한 것이다.

하지만 그래도 나는 생각한다. 세리카 옆에 나란히 설 수 있으면 좋겠다고.

지금 당장이 아니어도 좋으니까, 언젠가는 세리카와 대등한 사람이 되어서 더 이상 부끄러워하거나 위축되지 않고 당당하게 세리카 옆에 설 수 있으면 좋겠다.

좋아, 힘내자.

나는 잡념을 떨쳐내려고 펜을 바꿔 들면서 바인더 노트의 여백을 메우는 작업에 몰두했다. 공부를 기계적인 작업으로 격하시켜서 아무 생각 없이 몰두하는 것을 좋아한다. 교과서를 옮겨 적는 것을 작업으로 만들어버리면 그동안은 거의 아무 생각을 안 하는데도 그 내용이 저절로 머릿속에 기억된다. 인간의 기능은 참 신비로운 것이다.

또다시 한동안 내 펜이 갉작갉작 종이 긁는 소리만 내는 고요한 시간이 흘러갔다.

세리카 말인데. 좋아하는 사람이 생겼을지도 몰라.

그런 소리가 들린 것 같았다.

"뭐?" 하고 나는 손을 멈추면서 좀 느릿한 말투로 대꾸했다. 왜냐하면 세리카가 방금 한 말의 의미를 아직 정확히 이해하지 못했기 때문이다.

고개를 들었더니, 어느새 교과서를 덮고 턱을 괸 세리카가 마치 장난에 성공한 어린애처럼 웃음을 꾹 참는 듯한 오묘한 표정을 짓고 있었다.

갑자기 활짝 열린 창문을 통해 강한 바람이 불어 들어왔다. 어중간하게 쳐져 있던 커튼이 펄럭거렸다. 깜빡깜빡 명멸하는 저녁 햇살이 세리카의 얼굴을 절반만 비췄다. 우와, 저 명암 대비는 아름답구나~ 하고, 내 머리의 백그라운드에서 제멋대로 작동하고 있는 부분이 생각을 했다. 아니, 자, 잠깐만. 지금은 그게 문제가 아니잖아. 이거 중요한 이야기다.

좋아하는 사람이라니, 그건 좋아하는 사람인 거지?

즉, like가 아니라 love라는 의미에서.

아악!! 설마 이거, 마침내 도래한 정식 친구 승격 이벤트인 건가?!

"어, 들었네?" 하고 세리카는 가볍게 웃었다. 이러다간 이 이야기 자체를 가볍게 흘려 넘겨버릴 것 같았다. 그래서 나는 "들었어, 들었어!!" 하고 힘주어 말했다. 상체를 앞으로 쑥 내밀고 맞은편에 있는 세리카에게 얼굴을 가까이 들이댔다. 그러자 세리카는 내가 다가간 만큼 뒤로 몸을 젖혀 정확한 거리를 유지하면서 킥킥 웃었다.

"아~ 아냐, 됐어. 역시 관두자. 이제 와서 생각해보니까, 어쩐지 상황이 너무 완벽해서 나도 모르게 말실수를 한 것 같은 기분도 드네~."

"어, 뭐야~? 아, 그런데 그건 맞아. 상황이 좋긴 해. 지금 분위기가 참 좋지." 그러면서 나는 주위를 한 번 둘러봤다.

차분한 정적. 창밖에 걸려 있는 저녁 해. 여름의 여운이 조금 남아 있는 바람은 적당히 시원해서 기분 좋았고, 불도 켜지지 않은 이 공간은 약간 어두웠다.

그래. 분위기 자체는 상당히 괜찮았다.

요컨대 친구한테 자기가 좋아하는 사람을 고백하는 상황으로서는.

"그런데 오히려 이렇게까지 조건이 잘 갖춰져 있으면, 감정도 그 상황에 휩쓸려버리는 것 같아서 좀 별로이지 않아? 과연 내가 진정한 내 의지로 내 감정을 담아 이야기하는 걸까? 하는 의문이 들잖아~?"

"어, 그게 무슨 소리야? 세리카, 넌 의외로 일을 복잡하게 생각하는구나?"

"의외라니……. 음, 그래. 의외일지도 모르지만. 이것도 인과응보? 자업자득? 에이, 뭐 어때. 아무튼 세리카도 당연히 이것저것 생각은 하거든요? 뭐랄까…… 내 의지와는 상관없이 '그런 상황이 되면 필연적으로 이런 기분이 든다'

는 것은 마치 환경의 노예처럼 느껴져서 다소 거부감이 들어."

전체적으로 느긋~하고 가벼~운 세리카의 말투 속에서 '환경의 노예'라는 단어가 희한하게 강한 존재감을 드러냈다. 그래서 나는 반사적으로 약간 놀랐다.

"안 좋아하는 영화에서도 고양이가 죽으면 저절로 눈물이 나오고, 친구들이 다들 '시험 싫어~' 하는 분위기가 되면 난 별로 안 싫은데도 덩달아 싫어지고, 상쾌한 바람이 부는 방과 후 교실에서는 저도 모르게 감상적인 기분이 들잖아. 그렇게 나 자신에게 생겨났는데도 내 의지로 제어할 수 없는 감정이란 것은 과연 진짜 내 감정일까?"

"아, 햇빛이 너무 눈부셔서 사람을 죽였다든가, 뭐 그런 거?"

"응? 아니, 그건 오히려 그런 평범한 반응에 대한 안티테제 아냐? 그런 판에 박힌 조건반사뿐만 아니라, 좀 더 개인적으로 특별한 반응도 있을 수 있다……는 뜻이려나."

"흐음~ 그렇구나?"

"어~? 뭐야. 작품 독해에 관해 그렇게 쉽게 납득하셔도 곤란하거든요. 개개인이 각자 원하는 대로 해석하면 된다고 생각해~. 어차피 정답이 존재하는 것도 아니니까."

"아하하. 세리카, 넌 책을 좋아하는 편이지?"

"글쎄. 좋아하는 편이려나. 어, 저기. 카이야, 너 역시 이이야기는 듣고 싶지 않은 거니? 그럼 그냥 관둘게."

아차. 내가 또 실수했나 봐. 난 그렇게 생각했다.

아마도 나는 편하게 떠들다 보면 이야기가 삼천포로 빠져버리는 경향이 있는 듯했다. 관심이 없는 건 아닌데 말이지. 진짜로.

"아, 미안. 미안해. 들을게, 들을게. 정말로 듣고 싶어! 빨리 이야기해줘."

"우와~ 기분 이상해……."

"에이, 왜. 벌써 거기까지 이야기해버렸잖아? 끝까지 해주라, 응?"

"음~ 글쎄~."

그러더니 세리카는 의도적인 포즈를 취했다. 손바닥을 뺨에 대고 대각선 위쪽을 쳐다봤다. 그 동작이 어쩐지 그림 같아 보여서 귀엽기도 했지만, 동시에 짜증나기도 했다.

"저기, 누군데?" 하고 내가 물어봤다. 세리카는 그 포즈를 유지한 채 눈만 굴려 나를 쳐다보면서 침묵했다.

한동안 말없이 서로를 응시했다.

서로 응시하면서 나는 세리카의 이상형은 어떤 타입일까? 하고 생각해봤다.

뭐랄까. 세리카가 좋아하는 사람이라는 게 전혀 상상이 안 갔다.

우리 학교 사람인가? 세리카는 엄청나게 발이 넓어서 상대가 3학년 학생회장이어도, 일본어를 거의 못 하는 원어민 교사여도, 또 교장 선생님이어도 태연하게 말을 거는 것 같았다. 그리고 반대로 교실 한구석에 틀어박혀 있는 오타쿠 같은 학생이나, 우리 학교 최고(아니, 유일한?) 문제아인 마루야마와도 어쩌다 마주치면 가볍게 대화를 나누었다. 그러니까 교우관계를 바탕으로 후보자를 추려내기는 어려웠다.

그런데 내가 전혀 모르는 사람이 그 주인공이라면, 그런 이야기를 나한테 해봤자 소용없지 않나? 어쩌면 내가 아는 사람일지도 몰라. 어? 설마 우리 반 학생인가? 그럴 수도 있나? 누구지? 하고 우리 반 남학생 얼굴을 떠올려보려고 했지만 곧바로 떠오르는 얼굴이 하나도 없었다.

어? 진짜? 뭐야, 나 아직 우리 반 남학생 얼굴과 이름을 하나도 모르고 있잖아?

"축구부에 있는 스와 타카오."

세리카가 불쑥 그렇게 말했다. 나는 한순간 그게 세리카가 좋아하는 사람의 이름이란 것을 이해하지 못했다. 왜 여기서 갑자기 스와의 이름이 튀어나온 걸까? 단순히 그렇게 생각하면서 반사적으로 "어? 왜?" 하고 질문했다.

"왜냐고……? 왜냐고 할 문제는 아니지 않아? 으음~ 게다가 세리카도 정말 좋아한다는 것은 아니고, 좋아하는 걸지도 몰라~ 하는 막연한 기분을 느끼고 있거든. 그래서 이유를 물어봐도 잘 모르겠어. 그런데 그냥 평범하게 괜찮지 않아? 스와. 멋있잖아."

"그런가?"

그런가?는 무슨 그런가?야. 내 머릿속의 냉정한 부분은 그렇게 상황을 잘 파악하고 있었지만, 나는 나 자신을 제대로 제어할 수 없었다.

"반응이 왜 그래~? 걔는 얼굴도 산뜻하면서 꽤 잘생겼고, 축구도 잘하잖아. 운동 잘하는 사람은 멋있지 않아? 1학년인데 벌써 주전 선수가 된 사람은 스와밖에 없을걸? 굉장하잖아."

"그래?"

"그래⋯⋯? 뭐야, 카이야. 너 뭔가 납득이 안 되는 거니?"

"응? 아니, 그건 아닌데. 하지만 축구는 아무리 잘해도 소용없지 않아?"

"그건 그럴지도 모르지만. 저기, 잠깐만. 카이야. 너 왜 그렇게 세리카랑 말싸움해서 이기려고 드는 거야? 이건 그런 이야기가 아니잖아? 그냥 쟤 좀 괜찮네~ 하고 생각했다는 거지, 뭐 그렇게 심각한 이야기도 아니고. 잡담이잖아? 잡담."

"응, 그러네." 아, 맞아. 진짜 그렇잖아? 내가 도대체 무슨 말을 하는 거지?

축구를 잘하는 것은 충분히 멋진 일이잖아. 게다가 이건, 친구가 좋아하는 사람의 이름을 가르쳐줬을 때 보여줄 만한 반응이 아니야.

이게 무슨 심리작용일까? 이러면 친구 승격은 고사하고,

상대가 진심으로 화를 내도 할 말이 없는 거잖아. 진짜 별로야…….

나도 지금부터 어떻게든 분위기를 좋게 바꿔보고 싶다는 생각은 했지만, 입에서 튀어나오는 것은 "응, 미안해. 그런데 너와 스와는 그다지 접점이 있어 보이진 않았거든. 그래서 의외라고나 할까……" 하고 끈질기게 물고 늘어지는 듯한 말이었다. 도저히 헤어날 길이 없었다. 이게 뭐야? 수렁이야?

"접점? 응, 접점은 없지. 하지만 아무래도 눈에 띄는 사람이잖아. 가볍게 대화해본 적은 있어. 그때의 분위기? 잠깐 대화해본 느낌이 왠지 모르게 아, 좋다~ 싶어서. 운동하는 애들 특유의 열혈남아!! 같은 느낌은 아니었어. 차분하더라고."

다행히 세리카는 기분이 상하진 않았는지 여전히 평범하게 이야기를 해줬다.

평소에 다양한 사람들과 대화하기 때문에 그만큼 대범한가 보다. 세리카가 남한테 화내는 모습은 본 적도 없고 상상할 수도 없었다.

"어~ 하긴, 그건 그럴지도 몰라. 비교적 어른스럽다고 해야 하나. 사실 중학교 때에는 스포츠맨이라는 이미지 자체가 없었어. 키도 훨씬 작고 통통해서 귀여웠거든."

"아, 그래. 너와 스와는 중동창이지?"

"중동……?" "중학교 동창." 아, 그런 뜻이구나. 좀 이상하지 않아?

"응, 맞아. 하지만 고등학교 들어와서는 이야기해본 적도 거의 없어. 그래서 현재의 스와에 대해서는 잘 모를 거야."

"아~ 그렇구나~. 네가 다리를 놔줄 수 있을지도 모른다고 생각했는데~."

침묵…….

내가 아무 말도 안 하는 바람에 분위기가 좀 묘해졌다. 그건 아는데, 아까부터 애써 무슨 말을 하려다가 엉뚱한 대답만 하게 되어서 점점 더 분위기가 안 좋아지는 수렁 같은 상태에 빠져 있었으므로, 나의 냉정한 부분이 "차라리 입 다물고 있는 게 낫겠어~~!!"라고 경종을 드럼 세트로 쿵작쿵작 요란하게 울려대고 있었다. 그래서 나는 더 이상 아무 말도 하지 않았다.

마침내 정식 친구가 될 기회가 모처럼 찾아왔는데. 그러니까 뭔가 센스 있는 말 한마디를 해주고픈 마음도 있는데. 뭔가, 뭔가…… 하고 초조해하면 초조해할수록 내 머리는 공회전만 되풀이할 뿐이라서 결국 아무런 결론도 내리지 못했다. 그때 갑자기 드르륵! 하고 교실 문이 열렸다.

"아, 여기 있었네~? 세리카, 다음은 네 차례야~" 하고, 면담을 마치고 온 미츠야가 복도에서 얼굴을 쏙 내밀고 세리카를 불렀다.

"알았어~!" 하고 다소 의식적으로 높은 소리로 대답하더니, 세리카는 토끼같이 가볍게 의자에서 일어났다. 그리고 책상 위에 펼쳐둔 교과서를 책가방에 집어넣고 가방을 어깨에 멨다. 하얀 털방울 휴대폰 스트랩이 달랑거렸다.

"난 면담 끝나면 바로 집으로 갈 거니까. 카이, 너도 기다릴 필요 없어. 같이 있어 줘서 고마워~" 하고 산뜻하게 손을 흔들고 재빨리 교실 밖으로 나갔다.

이야기가 중간에 갑자기 끝나버렸다. 내 머릿속에서 빙글빙글 돌고 있는 "잠깐만, 세리카. 그게 아니야. 내 말 들어봐. 나한테도 나만의 사정이 있어서……" 같은 대사는 결국 내 머릿속에서 계속 빙글빙글 돌기만 하고 밖으로 나올 기회조차 얻지 못했다. 나는 내 실점을 만회할 방법도 없이 홀로 교실에 남겨져 버렸다.

남겨져 버렸다. 그런 느낌이 들어서 나는 약간 혼란스러웠다.

좋아하는 사람이 생겼을지도 몰라.

세리카가 그렇게 말하고서 가르쳐준 이름.

축구부에 있는 스와 타카오.

그는 아마도 내 남자친구였던 사람이고, 어쩌면 지금도 아직 남자친구일지도 모르는 사람이었기 때문이다.

작년 10월이었다.

그러니까 약 1년 전. 나는 아직 중학교 3학년생이었고 동아리(궁도부)에서도 은퇴한 상태였다. 이제 슬슬 고입 시험이 가까이 다가와서 학교의 분위기가 전체적으로 은근히 날카로워지기 시작한 시기였다.

어느 날 아침. 등교해서 신발장 문을 열었더니 내 실내화 밑에 메모지가 끼워져 있었다.

『할 말이 있어. 방과 후 녹산관에서 기다릴게.   스와 타카오』

딱 그 문장만 적혀 있었다.

하얀 메모지에 샤프로 글을 적어서 정확히 반으로 접어 놓은 무심함. 그 점이 스와답다면 스와다웠다. 그런데 남자 중학생이 일부러 여자애 신발장 속에 편지(편지?)를 넣어뒀단 말이지. 남자 중학생이 여자애 신발장에 넣어두는 편지라니, 그건 뭐 러브레터밖에 없잖아?

녹산관이란 것은 우리가 다니던 중학교 옆에 있는 조그만 미술관이었다. 오래된 교회처럼 생긴 운치 있는 벽돌집. 바로 근처에 있는데도 의외로 안에 들어간 적은 없는…… 뭐 그런 곳이었다.

방과 후, 나는 스와의 메모에 적힌 대로 순순히 녹산관으로 향했다.

그 무렵 나에게 스와란 사람은, 얼굴도 이름도 다 알고 있고 대화해본 적도 있지만 그다지 친하진 않은 사람이었다. 그에게 만나자는 소리를 듣고 나는 "꺅~ 어쩌지~?" 하면서 나름대로 마음이 들뜨긴 했지만, 그걸 또 깊이 생각하진 않고 멍~한 심정으로 만나러 갔었던 것 같다.

녹산관 옆에 있는 벤치에 스와가 앉아 있었다. 교복 바지 주머니에 양손을 집어넣고 다리를 편하게 내뻗은 자세로. "스와?" 하고 그를 부르는 나의 목소리는 내 생각만큼 또렷하게 울려 퍼지진 않아서 가을 공기 속에 녹아들어 바람을 타고 날아갔다. 약간 서늘한 느낌이 들었다.

스와는 그 자세를 유지하면서 고개만 움직여 나를 쳐다봤다.

아, 왠지 좀 좋다. 어렴풋이 그런 생각이 들었다.

아즈미노 지방의 가을은 빨리 찾아온다.

녹산관 외벽을 덮은 담쟁이덩굴도 곱게 새빨간 색으로 물들었다. 쾌청한 가을 하늘의 푸른색과 담쟁이덩굴의 붉은색과 벽돌의 갈색, 그리고 그것들을 더욱 복잡한 얼룩무늬로 만들어주는 은행나무 이파리 사이로 스며드는 햇빛. 그리하여 내 눈앞의 광경은 모네의 그림처럼 화려한 색채로 가득 차 있었다.

이렇게까지 배경 조건이 완벽하게 갖춰져 있으니 모델도 웬만큼 훌륭하지 않으면 어울리지 않을 법도 한데, 스와는 참으로 멋있어서 아무 위화감 없이 '이 화면'의 일부가 되어 있었다. 그게 왠지 좀 좋다는 생각이 들었다.

"어, 안녕?" 하고 스와가 가볍게 주머니에서 오른손을 빼 들고 대답했다. 그래서 어라? 나와 스와의 사이가 이렇게 가까웠나? 하고 의아해했던 기억이 난다.

미술관에는 손님은 없어서 무척 조용했다. 바로 옆에 만날 다니는 중학교가 있는데도 아주 멀리까지 와버린 기분이 들었다. 그래서 나는 갑자기 긴장하기 시작했다.

곧장 가까이 다가가면 위험할 것 같아서 일부러 완만한 커브를 돌아 스와에게 다가갔다. 스와의 정면에 비스듬하게 섰다. 그리고 "할 말이 뭐야?" 하고 물어봤다.

그때 스와가 흰색 스탠스미스를 신고 있었다는 것은 정확히 기억이 났다. 그러니까 아마도 나는 내내 눈을 내리깔고 스와의 신발만 보고 있었을 것이다.

"어…… 저기, 우선 앉을래?" 하고 스와가 양손을 도로 주머니에 집어넣더니 눈만 굴려서 벤치 옆자리에 앉으라고 권했다. 나는 고개를 끄덕이고 스와한테서 1미터쯤 떨어진 자리에 앉았다.

나와 스와는 하나의 벤치에 나란히 앉아서 앞을 보고 있었다. 세계가 유클리드 공간이라고 가정한다면 이때 서로의 시선은 평행하다. 즉, 아무리 연장해도 교차되지 않는다. 10초쯤 침묵이 이어졌다. 그동안 나는 '와, 뭔가 굉장하다'라고 생각했을 뿐, 더 이상 특별한 생각은 하지 않았다.

스와가 "으음" 하고 천천히 입을 열었다. 그래서 나는 힐

끗 스와를 쳐다봤다. 그러나 스와는 여전히 얼굴을 정면에 고정시키고 똑바로 앞을 보고 있었다. 나도 얼른 시선을 원래대로 돌렸다. 두 사람의 시선은 평행을 유지한다. 그대로 잠시 침묵.

"아, 맞다. 고즈, 너 사사게노쇼 고등학교 입시에 응시할 거지?"

"응……? 어, 맞아. 그럴 거야."

실제로 나의 1지망 학교는 사사고였다. 그런데 그걸 굳이 불러내서 확인하는 이유가 뭔지 잘 모르겠다. 잘 모르니까 그냥 입 다물고 있었다.

또다시 잠깐의 침묵이 찾아왔다.

"나도 사사고에 도전해볼 거야."

"그렇구나."

그렇구나. 그 외에는 딱히 할 말도 떠오르지 않았다. 나는 또다시 힐끗 스와를 봤다. 스와는 분명히 스스로 말하고 있는데도 왠지 납득이 안 간다는 듯이 고개를 갸웃거리고 있었다. 그 모습이 은근히 재미있었다.

"응. 사사게노쇼는 축구도 잘하는 편이고──공립학교 중에서 인터하이*를 목표로 할 수 있는 곳은 많지 않거든. 그래서……."

"스와. 고등학교 가서도 축구는 계속하려는 거구나?"

내가 문득 궁금해져서 그렇게 물어보자, 무슨 말을 이어

---

* 일본의 전국 고등학교 종합 체육 대회

서 하려던 스와가 "어? 아, 응. 아니, 어……? 글쎄?" 하면서 자문자답의 숲속에 들어가 헤매기 시작했다. 아차, 내가 안 좋은 방식으로 말허리를 잘랐구나. 나는 그런 생각을 좀 했다.

끄응. 돌이켜보니 그때나 지금이나 하나도 안 변했잖아? 나란 인간은.

언제나 타이밍이 안 좋다고나 할까, 눈치가 없다고나 할까.

"저기……" 하고 내가 말을 꺼내려고 했을 때, 스와도 동시에 "아무튼 요점은"이라고 말했다. 스와와 나는 입을 다물고 서로 마주 봤다.

바람이 불었다. 마른 낙엽이 파삭파삭 소리를 냈다.

나뭇잎 필터를 거쳐 내려오는 가을 오후의 햇빛은 매우 부드러웠다. 은행잎 하나가 나와 스와 사이로 팔랑팔랑 떨어져 내려오는 모습이 이상하리만치 느리게 보였다. 이제 와서 갑자기 내 가슴이 두근거리기 시작했다.

그동안 자세히 본 적은 없었는데, 스와의 눈동자는 참 예쁘구나 하는 생각이 들어서.

"저기, 너 먼저 말해." "아냐, 괜찮아. 너부터 말해." 그렇게 둘이 서로 양보하다가 결국 스와가 "그럼 나부터 말할게"라고 하더니 자세를 좀 바르게 했다.

"어~ 그러니까. 같이 공부하지 않겠냐고 물어보고 싶었어."

스와가 그렇게 말했을 때 나와 스와는 여전히 서로의 눈을 똑바로 응시하고 있었다. 그래서 스와가 그 말을 한 직후에 얼굴이 눈에 띄게 빨개지는 것이, 그 표정의 변화 과정이 나에게는 다 보였다. 그리고 3초 후. 스와가 고개를 옆으로 홱 돌렸다.

"좋아." 나는 그렇게 대답했다. "같이 하자. 공부."

뭐야~ 겨우 공부만 같이 하는 거였어~? 라고 생각하는 사람도 있을지도 모르지만, 여기서 잠시 자신의 중학교 시절을 떠올려봤으면 좋겠다. 중학생의 입장에서 '남녀 두 사람이 함께 공부한다'는 것은 상당히 엄청난 일이다. 다시 말해 그것은 그런 관계가 되자고 제안한 것이고, 나도 그걸 알면서 주저 없이 승낙한 것이다.

그런데 나는 이때까지 스와란 사람을 잘 몰랐다. 그를 싫어하진 않았지만, 당연히 좋아하는 것도 아니었다.

그럼 어째서 곧바로 "좋아"라고 답한 거야? 하고 묻는다면, 햇빛이 참 부드러웠기 때문에. 그렇게 대답할 수밖에 없을 것이다.

햇빛이 너무 눈부셔서 뫼르소가 사람을 죽이고 말았듯이, 햇빛이 참 부드러워서 기분 좋은 오후였기 때문에, 그런 이유로 사람이 다른 사람을 좋아하게 되어버리는 경우도 있다는 거다. 아마도.

"안 좋아하는 영화에서도 고양이가 죽으면 저절로 눈물이 나오고, 친구들이 다들 '시험 싫어~' 하는 분위기가 되면 난 별로 안 싫은데도 덩달아 싫어지고, 상쾌한 바람이 부는 방과 후 교실에서는 저도 모르게 감상적인 기분이 들잖아. 그렇게 나 자신에게 생겨났는데도 내 의지로 제어할 수 없는 감정이란 것은 과연 진짜 내 감정일까?"

그것은 정말로 나 자신의 감정이었을까?

돌이켜보니 내 마음은 팔랑팔랑 떨어지는 나뭇잎처럼 두둥실 떠 있어서, 살짝 부는 바람에도 자연스럽게 휩쓸려 가버린 듯한 느낌도 든다.

진정한 감정이란 도대체 뭘까.

뭐, 어쨌든 중학생이었으니까. 바보같이 미래의 꿈만 저절로 커져갔다.

스와와 둘이서 함께 시내의 고등학교에 합격해서, 아침에는 둘이 만나 같은 전철을 타고 통학하고, 집에 돌아오는 길에는 잠깐 마쓰모토에 들르기도 하고~ 뭐 그런 식으로.

안 그래도 동경하던 고교생활이었는데 처음부터 남자친구까지 표준 장비로 갖추고 시작하다니, 이거 너무 유리한 거 아냐? 환상적인 스타트 대시인데?

게다가 고교생활은 3년이나 되니까. 당연히 점점 더 애정도 깊어지겠지.

와, 너무 완벽한 계획이야!!

그 후 나는 스와의 모의고사 결과를 보고 끙~ 하면서 머리를 싸쥐게 되었다.

"위험한 성적이야……?" 하고 불쌍한 눈빛으로 말하는 스와.

"으음~ 솔직히 말하자면, 그래." 그렇게 대답하면서 나도 난처한 표정을 지을 수밖에 없었다. 우리 둘 다 세인트 버나드 같은 얼굴로 서로 마주 보게 되었다.

약속대로 나와 스와는 도서관 자습실에서 같이 수험 공부를 시작했고, 이 수험 공부의 향후 방침을 정하기 위해서라도 우선 스와의 현재 성적을 파악할 필요가 있었으므로 그의 모의고사 결과를 확인하게 되었는데.

거참 위험한 성적이었다.

위험하다? 아니, 참담하다고 해야 하나. 아무튼 이 시점에서 스와의 성적은 비참했다. 사사고를 목표로 하기에는 전 과목이 골고루 수준 미달이었고, 그중에서도 특히 수학이 엉망진창이었다. 물론 판정은 D랭크*였다.

"이 상태로는 담임선생님이 시험 보는 것 자체를 허락해 주시지 않을 거야."

"응, 그렇겠지."

응, 그렇겠지? 뭐야. 강 건너 불구경하는 태도네.

---

* 일본 모의고사 등급 중 최하위

아니, 이건 안 돼. 스와가 나와 같이 사사고에 합격해주지 않으면 모든 계획이 물거품이 되어버린다고. 아침에 만날 약속! 방과 후 잠깐 놀러 가기! 스타벅스! 그린티 크림 프라푸치노! 모처럼 펼쳐졌던 내 꿈을 어떻게 보상해줄 거야?!

"저기, 아무래도 스파르타식으로 해야 할 것 같은데. 스와, 넌 그래도 괜찮아?" 하고 나는 확인차 스와에게 물어봤다. 뭐, 사실 스파르타식으로 가르쳐도 성공할지 말지 알 수 없는 상태였으므로, 여기서 스와가 싫다고 하면 만사 끝나는 거였다.

"으…… 응. 잘 부탁해."

스와는 약간 경직된 얼굴로 그렇게 말했다. 실제로 스와가 이 스파르타식이란 것을 얼마나 구체적으로 상상했는지는 몰라도, 일단 승낙은 받았으니까. 우리 둘의 빛나는 고교생활을 위해 나는 스파르타교육을 실시하기로 했다.

"다른 과목은 전체적으로 성적을 좀 올리면 어떻게든 되겠는데." 아니 뭐, 적어도 그건 어떻게든 될 거라고 가정하지 않으면 애초에 아무 계획도 세울 수 없으니까, 어떻게든 될 거라고 믿는다 치고. "수학은 진짜로 대책을 세워야 해."

입시까지는 다섯 달도 안 남았다.

나는 나 자신의 수험을 준비하는 동시에, 옆자리에 있는 스와의 공부까지 봐주면서 일단 그에게 수학 연습 문제를 반복해서 풀게 했다.

"으음, 모르겠어. 애초에 뭘 어떻게 생각하고 풀어야 하는지……."

"괜찮아, 생각할 필요 없어. 머리를 비우고 무조건 많이 풀면 돼."

"진짜……? 아니, 이건 생각하고 풀어야 하는 거 아냐?"

"아냐. 생각 안 해도 돼. 생각할 시간이 있으면 그냥 풀어. 그러다 보면 생각을 안 해도 저절로 풀 수 있게 될 테니까. 나도 수학 문제를 풀 때는 거의 아무 생각도 안 해."

"그건 너니까 할 수 있는 거 아냐? 고즈."

"아냐, 걱정하지 마. 스와도 할 수 있어. 할 수 있게 될 거야. 출제 범위는 무한하지 않고 유형도 대체로 정해져 있으니까. 조만간 자동적으로 판단할 수 있게 될 거야."

"아니, 나 진짜로 안 될 것 같아……. 머리가 어지러워……."

"아, 그거 딱 좋은 상태야. 머잖아 머리가 어지러워서 아무 생각도 못 하는 상태가 되어도, 조건반사적으로 손이 저절로 움직이게 될 테니까."

"으윽~……."

그리하여 스와의 표정은 점점 영혼 없이 공허해졌지만, 그 표정의 공허함에 비례해서 성적도 쑥 올라갔다.

굉장하네.

시켜놓고 이런 말 하기는 뭐하지만, 이렇게 금방 성적이

오를 줄은 몰랐다. 그래서 나도 상당히 놀랐다. 진심으로 스와가 굉장하다고 생각했다.

영혼이 가출했던 스와도 '노력은 틀림없이 열매를 맺는다'는 사실을 알게 되자 조금이나마 얼굴에 생기가 돌아온 것 같았다.

실은 스와도 "고즈, 너 정말 굉장하다. 네가 가르쳐주니까 금방 이렇게 됐잖아. 지금까지 혼자 끙끙거리면서 씨름했던 게 어이가 없을 정도야"라고 말했다. 하지만 영혼이 빠져나간 얼굴로 죽어라 연습 문제만 반복해서 풀었던 것도, 또 성적을 확 끌어올린 것도 스와 본인이니까. 정말 굉장한 사람은 스와이지 내가 아니라고 생각한다.

"조금만 더 힘내면 되겠다." 내가 그렇게 격려하자, 스와는 "응, 난 너와 같은 고등학교에 다니고 싶으니까 힘낼게"라고 하면서 앞머리를 만지작거리며 방긋 웃었다. 그때도 나는 아, 왠지 참 좋다 하고 생각했다.

스와가 그렇게 말해줘서 기뻤던 것이다.

아마도 또다시 좀 더 스와를 좋아하게 된 것 같았다.

나와 스와가 둘이서 했던 일은 대부분 도서관에서 수험 공부를 하는 것이었지만, 딱 한 번 데이트 비슷한 것을 했었다.

합격을 기원하기 위해 호타카 신사에 새해 첫 참배를 하러 간 것이다.

어라? 이것도 수험 관련 이벤트네? 곰곰이 생각해보니 데이트는 아닌 것 같기도 하고.

12월 31일 23시가 넘었을 때 나는 기모 청바지와 터틀넥 스웨터 위에다 더플코트를 걸쳐 입고 머플러와 니트 모자와 털장갑까지 장비한 완전 무장 상태로 소렐 스노우 부츠에 발을 욱여넣고 조용히 집을 빠져나왔다. 해가 바뀌는 순간에 맞춰 야간 참배를 간다는 것은 미리 부모님께도 말씀드렸기 때문에 이렇게 살금살금 나갈 필요는 없었지만, 그래도 한밤중에 남자애와 단둘이 만나기로 약속한 것은 이번이 처음이라 나도 모르게 살금살금 움직이게 되었다.

바깥에선 소리 없이 가루눈이 내리고 있었다.

이 동네에서는 밤에 밖을 돌아다니는 사람이 별로 없었다. 치안이 나쁜 것은 아니고, 단지 가로등도 드문드문 있어서 사방이 깜깜하기 때문에 구멍이나 도랑에 빠질 위험이 있기 때문이다. 게다가 겨울에는 바닥도 미끄러워서 더욱 위험해진다. 그래서 나는 발을 끌지 않고 일부러 똑바로 들었다가 똑바로 내리려고 노력하면서 한 발 한 발 꼭꼭 바닥을 밟으며 천천히 걸어갔다.

무슨 빛을 반사한 걸까. 하늘에서 내리는 눈은 은은한 흰빛을 띤 것 같았다. 뺨에 닿는 밤공기는 피부를 찌르는 것처럼 아팠는데, 코트 주머니에 손을 집어넣고 열심히 걷다 보니 점점 부츠 속과 등 부근이 따뜻해졌다.

익숙한 길이어도 낮과 밤에는 분위기가 백팔십도로 달

라져서 신선하게 느껴졌다. 나는 좀 기분이 좋아져 무심코 콧노래를 흥얼거렸다.

으흐흥~♪ 으흐흥~♪ 그렇게 콧노래를 부르면서 발밑만 보고 묵묵히 걷다 보니 어느새 약속 장소에 도착해버렸다. 검은 코트를 입고 어둠과 일체화되어 있었던 스와의 존재를 나는 전혀 눈치채지 못했고, 그래서 갑자기 "고즈" 하고 나를 부르는 소리에 "꺄악~!!" 하고 엄청난 비명을 질렀다. 와, 진짜 깜짝 놀랐다.

스와는 "새해가 되자마자 희귀한 것을 봤네"라고 하면서 싱글싱글 웃고 있었다. 스와의 웃는 얼굴은 부드럽고 은근히 애교가 있었다. 그 순수한 느낌에 나는 언제나 아, 좋다~라는 생각을 하게 되었다.

"어? 벌써 새해가 됐어?" 하고 내가 물어보자 스와는 손목시계로 시간을 확인하더니 "1분 지났어"라고 대답했다. 천천히 걷느라 새해 카운트다운을 놓쳐버린 모양이다. 난 이렇게 중요한 일을 실수로 못 하고 넘어가는 경향이 있었다.

"새해 복 많이 받아." 나는 민망함도 숨길 겸 그렇게 인사했다.

"응, 새해 복 많이 받아." 스와도 고개 숙여 인사했다. 정수리와 어깨에 쌓여 있던 눈이 스르륵 떨어졌다. 그것을 본 나는 아, 설마 나 때문에 오래 기다린 건가? 하고 생각했다. "올해도 잘 부탁해."

우리 둘은 양손을 호주머니에 집어넣은 채 나란히 걸으면서 호타카 신사로 향했다.

"아 참, 그거 무슨 노래야?"

"응? 그거라니?"

"아까 콧노래 불렀잖아. 어디서 들어본 것 같은 멜로디였는데."

"어, 뭐더라? 그게…… 봄은~ 이른~ 뿌니~~~라~~~ ♪ 하는 노래."

"아~ 조춘가(早春歌)?"

"저기, 뿌니라가 뭐야?"

"응? 뿌니라……? 아, 그거? 그건 '봄은 이름뿐이라'야. 봄이라는 것도 이름뿐이고 아직 날씨가 춥다는 뜻이야. 아즈미노의 봄은 춥다는 노래."

"그렇구나. 아하~ 봄은 이른 뿌니라. 봄은 이름뿐이라. 응, 이해했어."

스와가 "와, 너도 그런 실수를 하는구나?" 하고 킥킥 웃었다. "너는 뭐든지 다 아는 줄 알았는데. 괜히 좀 안심이 된다."

"그야 뭐, 아무도 가르쳐주질 않았으니까. 나도 누가 가르쳐주지 않은 것은 몰라."

조춘가는 아즈미노 지방의 민요 같은 것이었다. 이 지방 초등학교에서는 반드시 합창 시간에 배우는 노래라서 지금도 그럭저럭 부를 수는 있는데, 그때 악보에는 발음만 적혀 있었으므로 가사의 한자가 뭔지는 의식해본 적이 없었다.

"아, 고즈. 넌 평소에 음악은 잘 안 들어?" 하고 스와가 물어봤다. 그래서 내가 "왜 그렇게 생각해?" 하고 되물었더니 그는 "어, 그게. 보통은 콧노래를 부를 때 조춘가처럼 고전적인 곡은 안 부르잖아? 대개 자기가 좋아하는 노래를 부르지 않나?"라고 말했다.

"그러고 보니 일부러 음악을 듣는 습관은 없는 것 같아. TV에 나오는 음악은 알지만."

"아~ 그럼 공부할 때에도 음악은 안 듣는 거야? 난 음악을 들으면 좀 더 집중이 잘되거든. 그래서 집에서는 항상 음악을 작게 틀어놓고 있어."

"그래? 난 실험해본 적이 없어서 모르겠는데. 그런가? 나도 음악을 틀어놓으면 좀 더 집중할 수 있을까?"

"글쎄~?"

"실험해보고 싶어. 스와, 혹시 추천곡 있으면 가르쳐줄래?"

"뭐~? 으음, 잠깐만. 공부할 때 너무 신나는 것도 좀 그렇고, 가사는 없는 편이 낫고…… 역시 연주곡이 좋겠다. 피아노잭* 같은 건 어때?"

"피아노잭……."

나는 그 이름을 머릿속 코르크보드에 꽂아놓았다. 스와

---

* 피아노와 카혼을 이용한 실험적인 연주곡을 선보이는 일본의 2인조 그룹

가 추천하는 음악. 들어보고 싶다고 생각했다.

호타카 신사에 도착하자, 좀 전까지는 그렇게 캄캄했던 밤길이 거짓말같이 느껴졌다. 참배객들이 하도 많아서 거대한 기둥 문 바깥까지 북적북적했다. 도대체 아즈미노의 어디에 이렇게 많은 사람들이 살고 있었을까? 하는 생각이 들었다. 포장마차도 있어서 은근히 축제 분위기가 느껴지기도 했다. 절로 마음이 들떴다.

나와 스와도 인파에 섞여 느릿느릿 전진했다. 우리들 뒤에도 계속해서 참배객들이 줄을 섰다. 순식간에 많은 사람들 틈에 끼고 말았다. 한겨울의 밤중에 밖에 나와 있는데도 사람들의 체온 자체가 공기를 제법 따뜻하게 덥혀주고 있었다. 모두의 입에서 흘러나오는 하얀 입김이 안개를 형성했다.

"무슨 소원을 빌 거야?" 하고 스와가 물어봤다. 나는 "응? 그야 당연히 합격 기원이지"라고 대꾸했다.

가능하다면 스와, 너와 함께 합격하고 싶어. 그 부분은 소리 내어 말하지는 않았다.

진정한 소원은 남에게 말하지 않는 편이 좋다고 하니까.

크레이프를 파는 포장마차도 있었다. 달콤한 냄새에 유혹당한 내가 흐느적흐느적 그쪽으로 다가가자, 스와가 "그래, 넌 내 공부도 도와주고 있으니까" 하고 쓴웃음을 지으면서 하나 사줬다. 블루베리 치즈케이크.

경내 한구석에 모닥불이 있었다. 그 근처에서 많은 사람들이 불을 쬐며 몸을 녹이고 있었다. 우리도 그 사람들 끄트머리에 끼어들어 크레이프 하나를 둘이서 나눠 먹었다.

"그러고 보니 고즈, 너는 왜 사사게노쇼 고등학교에 가려는 거야? 네 성적으로는 후카시든 어디든 갈 수 있지 않아?" 하고 스와가 물어봤다. 나는 "아니, 하지만 후카시에 가면 가장 가까운 역이 기타마쓰모토 역이 되어버리잖아"라고 대답했다.

그런데 스와는 아직도 '그게 뭐 어때서?'라는 표정을 짓고 있었다. 그래서 나는 "후카시로 가면, 마쓰모토까지 가는 정기권을 손에 넣을 수 없잖아?" 하고 좀 더 자세히 설명했다. 그러자 스와가 웃었다.

"그 정도로 마쓰모토에 가고 싶어?"

잠깐 생각해보고 나서 "응" 하고 대답했다. 나는 그 정도로 마쓰모토에 가는 정기권을 손에 넣고 싶었다. 머릿속이 거의 그 생각으로 꽉 찼다고 해도 될 정도였다.

"이유가 뭔데?"

"이 동네에는 아무것도 없으니까."

"아무것도 없……나……? 이렇게 호타카 신사도 있잖아." 스와는 납득하지 못하는 눈치였다. 의외로 애향심이 강한 타입인지도 모른다.

물론 호타카에도 정말로 아무것도 없는 것은 아니었다. 호타카에는 게오가 있고, 케요D2*가 있고, 패션센터 시

---

* DIY, 원예용품 등을 판매하는 쇼핑몰

마무라와 아베일[*]이 있다. 일용품은 대부분 델리시아에서 구입할 수 있고, 좀 더 나가면 이온[**]이나 츠타야 서점도 있다. 최저한의 시설은 다 갖춰져 있는데, 그 외 다른 선택의 여지는 별로 없었다. 균질하게 정비된 어느 교외. 무(無)가 되도록 디자인된 허무.

그러니까 이 동네에는 아무것도 없는 셈이다.

결국 나와 스와는 둘 다 사사고에 합격했다.

"앗, 나 저기 있어! 합격했어!"

"뭐? 거짓말이지?"

"거짓말? 너무해."

"아, 미안. 거짓말 아니고. 진짜? 굉장해!"

"합격했어!"

"합격했어~~!!"

나는 스와와 함께 합격 발표를 보러 가서 둘 다 합격했다는 사실을 확인하고, 게시판 앞에서 서로 마주 보고 상대의 어깨를 붙잡은 채 "후아앗~!!" "후하앗~!!!" 하고 희한한 괴성을 지르면서 원시 부족처럼 빙글빙글 깡충깡충 뛰고 돌았다.

어? 뭐야? 나 원래 이렇게 남들 앞에서 괴상한 소리를 지르는 타입이었나? 그렇게 생각하는 냉정한 객관적 관점

---

[*]　시마무라 그룹의 캐주얼 패션 전문점
[**]　종합 쇼핑몰

도 어딘가에는 존재했지만, 흥. 관객 시점은 입 다물어. 적어도 오늘 하루는 이래도 되는 거잖아? 하면서 개의치 않고 신나게 날뛰었다.

뭐, 사실 내가 합격했다는 것은 발표되기 전부터 확신하고 있었지만.

역시 스와가 정말로 합격했다는 것이 굉장하게 느껴졌다.

누가 뭐래도 D랭크에서 시작해서 겨우 반년도 안 되는 기간에 성적을 쑥 끌어 올려 실제로 합격해버렸으니까. 굉장하잖아?

스와는 기본적으로 맹해 보이는데, 그래도 마음먹은 일은 해내는 사람이구나. 그래서 나는 조금, 아니, 꽤 많이 그를 다시 보게 되었다.

나 자신이 합격한 것보다도 스와가 합격한 것이 더 자랑스러웠다.

몇 번이나 되풀이해 번호를 다시 보면서 틀림없이 우리 둘 다 합격했다는 사실을 확인하고, 돌아가는 길에 마쓰모토 역으로 향하는 메누키 거리를 걸으면서도 둘이서 내내 열심히 떠들어댔다.

무슨 이야기를 했는지는 전혀 기억이 안 난다. 아마 둘 다 서로의 이야기는 거의 듣지도 않았을 것이다.

그저 엄청난 열이 내부에서 화악!! 하고 터져 나오는 것 같았다. 도저히 안 떠들고는 배길 수 없어서, 각자 생각나는 대로 아무 말이나 마음껏 토해냈던 것 같다.

저절로 목소리도 커졌다. 너무 많이 떠들어서 지쳐버렸다. 그래서 전철에 탔을 때에는 둘 다 기진맥진하여 입을 다물었다.

좌석에 나란히 앉았다. 자연스럽게 손이 닿고 손가락이 얽혔다.

스와와 손을 잡은 적은 없지만, 그때는 그러고 있는 것이 왠지 자연스럽게 느껴졌고 당연한 일처럼 여겨져서 정말 아무렇지도 않았던 것 같다. 심지어 가슴이 두근거리지도 않았다.

호타카 역에서 내려 걸어가다가 갈림길에서 약간 아쉬운 듯이 멈춰 섰다. 그러나 특별히 할 말도 생각나지 않았다. 여전히 우리 둘 다 입을 다물고 있었다.

"잘 가." 그렇게 말한 스와에게 나는 한 걸음 다가가 먼저 키스했다. 살짝 발돋움하지 않으면 닿지 않아서 아, 의외로 키 차이가 나는구나 하고 생각했다.

난 내가 그런 행동을 한다는 것에 스스로 깜짝 놀랐다.

사실 나는 그 순간까지, 아니, 그 순간에도 키스하고 싶다는 생각은 아마 안 했을 것이다. 누가 내 등을 떠미는 걸까? 그런 생각이 들었다.

뒤를 돌아봐도 아무도 없었다.

"잘 가." 나도 그렇게 인사하고 재빨리 빙글 돌아 후다닥 집으로 뛰어갔다.

어머니한테 나 합격했다고 보고하고 얼른 2층 내 방으로 올라갔다. 교복을 벗고 침대에 누워 눈을 감았다. 조용히 숨을 내쉬었다.

　어쨌든 이로써 길고 길었던 수험 공부가 끝났다는 생각이 들었다.

　만사 순조로웠다. 전부 예정대로였다. 봄부터는 시내에 있는 고등학교에서 새로운 생활이 시작될 것이다.

　새로운 만남. 트렌디하고 도시적이고 예쁜 여자애들. 스타벅스. 빌리지 뱅가드. 더구나 나에게는 스와라는 남자친구도 있었다. 좀 맹한 성격이지만 중요한 일은 제대로 해낼 줄 아는, 의외로 저력 있는 남자친구.

　기대로 가슴이 부풀어 올랐다.

　아, 그러고 보니 스와와 키스했지. 그걸 떠올리고 내 입술을 살며시 만져봤다. 평소와 하나도 다르지 않은 평범한 내 입술이었다.

　에이, 별것 아니네. 그런 생각을 했던 것 같기도 하다.

　맞아. 스와는 내 남자친구니까. 키스하고 싶어지면 키스해도 되는 거잖아? 뭐 그렇게 이름 모를 누군가에게 변명하는 듯한 생각을 계속했다. 부자연스럽게 뭔가 서둘러버린 듯한 느낌이 들어서 불안했다.

　허둥거릴 필요는 없다고 생각했다. 올봄부터도 같은 고등학교에 다니게 된 나와 스와의 눈앞에는 무려 3년이나되는 무한에 가까운 기나긴 시간이 준비되어 있으니까.

자연스럽게 차근차근 우리들만의 속도로 나아가면 된다. 그때는 그런 생각을 했었다.

그런데 정신 차려 보니 어느새 9월도 절반이나 지나가 있었다.

시작할 때에는 무한하게 느껴졌던 시간이 어영부영하는 사이에 쏜살같이 지나가버렸다.

결론부터 말하자면 우리 두 사람의 사이가 가장 가까워 졌던 것은 그 합격 발표일 하루뿐이었다. 그다음부터는 자연스럽게 서서히 멀어지기만 했다. 구체적으로 무슨 일이 있었던 것은 아니고, 짐작 가는 원인이 있는 것도 아니고. 그냥 조금씩 나와 스와는 소원해지게 되었다.

맨 처음에는 아직 잘 모르는 사람들이 많은 새로운 환경에서 갑자기 남녀가 단둘이 사이좋게 딱 붙어 다니는 것도 좀 이상하지 않을까? 하는 사소한 감정이었던 것 같기도 하다. 당분간 우리 관계는 비밀로 하고 싶다는 생각이 들어서, 학교에서 서로 마주치더라도 일부러 너무 친근하진 않도록 신경 써서 평범하게 행동했었다.

아, 그러고 보니 최근에는 연락을 별로 안 한 것 같은 데? 그런 사실을 눈치채긴 했지만, 입학 직후부터 끊임없이 학교 행사가 있었고, 그게 끝나자마자 숙제 폭탄이 가차 없이 쾅! 쾅! 투하됐기 때문에 그것만으로도 몹시 바쁘고 정신이 없었다. 그래서 이 상황이 좀 진정되면 그 문제를 차분하게 생각해보기로 했지만, 상황은 좀처럼 진정되지 않았다. 오히려 밤에 책상머리에 앉아 있는 시간은 수험생일 때보다도 고등학교에 들어오고 나서 더 길어졌으므로, 나는 현실을 눈치채고도 전혀 대처하지 못하고 차일피일 뒤로 미루고만 있었다.

게다가 내가 실은 새로운 환경에 적응하기 힘들어하는 타입이란 사실이 밝혀졌고, 친구도 좀처럼 사귀지 못했고, 그런 나 자신에게 깜짝 놀라기도 해서.

솔직히 말해 나는 상당히 의기소침해지고 말았다.

스와와 이야기를 하고 싶었다.

그러나 스와는 일찌감치 축구부에 들어가 나보다 훨씬 더 바쁘게 지내고 있었다. 아침 훈련 스케줄이 있어서 나보다 훨씬 일찍 전철을 타고 학교에 가는 것 같았고, 방과 후에도 나보다 늦게 귀가하니까 만날 수가 없었다.

스와도 분명히 나만큼이나 많은 숙제를 받았을 텐데. 도대체 어떻게 시간을 관리하고 있는 걸까? 수수께끼다.

아니, 실은 스와뿐만 아니라, 이 무식한 양의 숙제를 해내면서 동시에 동아리 활동까지 하는 사람들이 전부 다 수수께끼 같은 존재였다. 참고로 이 사사고의 동아리 가입률은 101퍼센트라고 한다. 어떻게 100퍼센트가 넘을 수 있느냐 하면, 동아리를 두 개 이상 하는 사람도 적지 않기 때문이다. 우와, 초인인가?

나도 뭔가 동아리 활동을 한다면 이번에도 또 궁도(弓道)를 해보고 싶었지만, 노도와 같이 밀려와서 산더미처럼 쌓여가는 숙제들 때문에 잔뜩 겁먹고 말았다. 이거 동아리 활동은 불가능한 거 아냐? 인간이 할 수 있는 일이 아닌 것 같은데? 그런 생각이 절로 들었다. 그래서 견학조차 해보지 않고 어영부영 기회를 놓치는 바람에 완벽한 자유인이 되어버렸다.

점점 연락을 안 하는 기간이 길어졌다. 그러다 보니 메시지 하나 보내는 것도 쉽지 않아졌다. 어느새 연락이 뚝 끊겼다. 아니, 잠깐만. 사실 가끔은 스와가 먼저 연락해줘도 되는 거 아냐? 응? 왜 이렇게 나를 방치하는 거야? 이건 정말 너무하지 않아? 이 상황에서 내가 먼저 다가가면 지는 것 같지 않아? 그런 약간의 오기도 불끈불끈 생겼다.

연락하고 싶어~, 네가 연락 좀 해~!! 그 두 가지 감정이 파도처럼 교대로 밀려왔다.

때로는 아~ 됐어! 그냥 내가 연락해보자!! 하는 심정이 되기도 했지만, 왠지 모르게 생각이 또 달라져서, 아냐아냐, 지금은 아직 그럴 때가 아니야 하는 생각이 들었다.

하지만 그래도 5월인가 그때까지는 서로 복도에서 마주치면 말을 걸긴 했다.

"아, 오랜만이네? 잘 지내?" "아~ 너무 바빠. 고즈, 넌?" "나도~ 이상하게 바빠." "그렇구나. 응, 그럼 다음에 봐." "응, 다음에 봐." 그런 식으로.

어라? 이거 완전히 남남이잖아?

어, 사실 우리는 대개 교실 이동을 하는 도중에 마주치는 거니까. 그리고 무질서하게 증·개축을 반복해서 마치 최종 던전처럼 복잡하고 기괴한 구조가 되어버린 사사고에서는, 교실 이동이란 것은 그 자체가 일종의 한계에 도전하는 익스트림스포츠 같은 것이었다. 그래서 정말 바쁘기 때문에 멈춰 서서 느긋하게 대화할 시간 따위는 없었다. 중간에 화장실에 들르고 싶다면 이전 수업이 끝나자마자 교실에서 뛰쳐나와 내내 빠르게 이동해야지, 안 그러면 지각할 정도였다. 으음, 쉬는 시간이란 도대체 뭘까.

그러는 사이에 스와의 주위에는 새로운 인간관계가 형성됐다. 어쩌다 마주칠 때에도 그는 대체로 다른 누군가와 이야기하면서 걸어 다니기 시작했다. 그 대화를 방해할 수는 없으니까, 나는 슬그머니 허벅지 옆에서 손만 살짝 흔들어 가벼운 신호만 보내게 되었다.

최근에는 그것도 안 하게 되었다.

말없이 눈만 마주친다.

나는 반사적으로 슬쩍 시선을 피하고 만다.

다음에, 다음에 하고 미루는 동안에 상황은 점점 악화되어갔다.

대체 어쩌다 이렇게 되어버린 걸까. 스스로도 전혀 모르겠다. 특별히 무슨 일이 있었던 것도 아니고, 무슨 짓을 한 것도 아닌데. 나와 스와 사이에는 깊고도 어두운 골이 생기고 말았다. 도대체 이게 뭘까?

뭐야, 너 혼자 참~ 즐거워 보인다?

어쩌면 그런 비뚤어진 감정이 내 마음속 어딘가에 존재했던 걸지도 모른다. 흐응~ 그래, 축구하는 게 진짜 즐거운가 봐? 아~ 스와, 너에게 나란 존재는, 사사고 축구부에 들어가기 위해 필요한 발판 같은 거였니? 그럼 난 이용당한 거야?

응?

어라? 나 방금 눈치채면 안 되는 본질을 눈치채버린 것 같은데……?

잠깐만. 자, 잠깐, 잠깐만. 그러고 보니 애초에 맨 처음에 스와가 나에게 뭐라고 말했더라? 되감기.

『어~ 그러니까. 같이 공부하지 않겠냐고 물어보고 싶었어.』

…….

앗!!

아아~~~~~~~~~~~~~~~~~~~~~~~~~~앗!!!!

어? 뭐? 네? 음…… 잠깐만. 응, 아마도 이해한 것 같으니까, 잠깐만 기다려봐. 마음 좀 가라앉히고. 먼저 심호흡부터 할게.

스읍, 후유.

응, 그래. 돌이켜보니 스와는 나한테 사귀자는 말은 한

마디도 안 했어. 심지어 나를 좋아한다는 말조차 안 했고, 나도 말한 적 없어. "같이 공부하자"는 말을 듣고 "좋아"라고 대답했을 뿐이야.

그 말을 곧이곧대로 해석한다면 그런 게 되어버리는 거지. 단지 내가 제멋대로 거기에 특별한 의미를 부여했던 거고.

응? 하지만, 중학생이잖아? 중학생 남녀가 단둘이 공부하다니, 보통은 그런 것을 보고 사귄다고 말하지 않아? 어? 설마, 그런 말 안 해? 안 하는 거야? 응? 그렇구나~~~~~, 세상에~~~~, 뭐야, 진짜야~~~~~~~?

『사사게노쇼는 축구도 잘하는 편이고──공립학교 중에서 인터하이를 목표로 할 수 있는 곳은 많지 않거든.』

아앗~~~~~~!! 맙소사, 말했잖아. 처음부터 그렇게 말했잖아. 축구 때문에 사사게노쇼에 가고 싶다고, 스와가 직접 말했잖아. 축구부에 들어가기 위한 발판? 응, 바로 그거였어. 스와의 목적은 처음부터 사사게노쇼 축구부에 들어가 인터하이를 목표로 활동하는 거였어. 그러니까 입학한 다음부터는 축구에만 열중하는 게 당연한 거잖아! 나한테 신경 쓸 여유 따윈 없는 거야!! 인터하이 출전이 뭐 그렇게 쉬운 줄 알아?!

그러고 보니 세리카도 그런 말을 했는데, 스와는 1학년 중에서 유일한 주전 선수라고 한다. 인터하이 출전도 노려볼 수 있는 강한 축구부의 주전 선수. 스와는 그 정도로 축구를 잘하는 사람이었구나. 축구부인 것은 알았지만, 중학교 시절에 그렇게까지 축구로 주목받던 사람이었나? 아니, 굳이 따지자면 축구부에서는 보기 드문 차분한 타입이라서…… 아, 하지만. 맞아. 성격적인 차분함과 축구 실력은 상관없는 거잖아. 그렇구나. 스와는 그래 봬도 축구를 잘하는 사람이었구나. 인터하이를 목표로 할 정도로 엄청나게 잘하는 거였어. 난 전혀 몰랐는데.

아니, 틀림없이 이건 내가 알려고 하지 않았던 걸 거야. 왜냐하면 나는 축구를 잘 모르니까. 아~ 그렇구나~ 잘 모르겠는걸~ 하고 대충 넘어갔었다. 사귀는 사람이 가장 열중하고 있는 대상을 전혀 공유하지 못하다니, 그러면 서로 마음이 맞을 리가 없잖아. 물론 처음부터 사귀지 않았던 것 같지만.

어? 뭐야. 난 스와를 전혀 알지도 못하면서 좋아한다고 했던 거야?

그래, 왠지 가끔씩 아, 좋다, 마음에 들어 하고 생각한 적은 분명히 있었다. 이를테면 방긋 웃는 그의 얼굴에서 묘하게 애교 있는 부드러움이 느껴질 때라든가.

하지만. 그건 스와가 아니라, '남자친구'라는 기호에 반응해서 괜히 가슴이 두근거렸던 게 아닐까? 중학생답게 가벼운 마음으로 '남자친구가 있다'는 상황에 들떠 있었던 게 아닐까? 그는 내 남자친구가 아니었지만. 내 착각이었지만.

어? 어쩌지? 나 키스해버렸는데. 갑자기 감정이 고조돼서 키스해버린 적이 있었어. 스와한테. 사귀지도 않았는데.

우와~ 그래. 이해해. 그러면 스와도 애매한 반응을 보일 수밖에 없지. 당연하잖아. 그냥 공부 좀 가르쳐 달라고 했을 뿐인데 뜬금없이 키스를 당했으니까. 놀라는 게 당연하지. 앞으로 3년 동안 같은 고등학교에서 쭉 서로 얼굴을 봐야 할 텐데 처음부터 상황이 그렇게 꼬여버리면 무척 난감했을 거야. 어? 아, 진짜 내가 무슨 짓을 한 거지?

아니 그나저나 그런데, 그런데. 사실 스와는 어쩌면 엄청나게 레벨이 높은 남자인 게 아닐까? 왜냐하면 세리카가, 그 대단한 세리카가, 완전무결한 미소녀 세리카가 좋아하게 된 상대잖아. 그거 진짜로 레벨이 높은 느낌이 드는걸. 어라? 난 스와를 '은근히 맹한 사람이다~'라고만 생각했는데, 그거 혹시 굉장히 실례되는 거였을까? 와, 착각도 잘하는 이 여자는 도대체 왜 그렇게 잘난 척했던 거야?

맞아, 맞아~ 애초에 나는 중학교 시절에는 학업 성적밖에 내세울 것이 없는, 수수한 공붓벌레 안경잡이 여자애였는걸. 실은 안경이 콘택트렌즈로 바뀌었을 뿐이지 지금도 그때와 크게 다르진 않지만. 요컨대 축구부의 축구 무지 잘하는 레벨 높은 남자애가 일부러 고백할 정도로 괜찮은 여자는 아니었다는 거다. 학업 성적밖에 내세울 것이 없는, 수수한 공붓벌레 안경잡이 여자애한테 하고 싶은 말? 그거야 당연히 공부 가르쳐 달라는 것밖에 없잖아.

우와~~~~ 이거 어쩌지~~~~~~~~~~~~????

"아, 안 돼……. 집에 가야지……."

세리카가 떠나버린 교실에서 홀로 사색의 숲에 들어가 헤매고 있던 나는 어느새 창밖이 어두워지기 시작한 것을 깨닫고 고개를 들었다. 칠판 위 시계를 보니 폐문 시간이 다가와 있었다. 상당히 오랫동안 사색의 숲속에서 방황하고 있나 보다. 그 덕분에 숲의 가장 깊숙한 곳에서 진실을 찾아낼 수 있었지만. 찾아내고 싶진 않았는데.

내가 통학에 이용하는 오이토 선은 아침 통근·통학 시간대 이외에는 극단적으로 운행 횟수가 적다. 그래서 한 대 놓치면 다음 열차가 올 때까지 약 한 시간이나 기다려야 한다. 다음 열차는 30분 후. 빨리 가지 않으면 놓칠 것이다.

중학교 시절에는 시계를 본다는 습관 자체도 없이 시간 관념이 희박한 상태로 살았었다. 그러나 고등학교에 입학한 다음부터는 툭하면 시간에만 신경 쓰는 듯한 느낌이 들었다. 아침 시업 시간, 교실 이동 시간, 점심 먹는 시간, 열차 시간. 걸음걸이도 상당히 빨라졌다. 스스로 걷는다기보다는 누가 강제로 걷게 만드는 듯한 감각이었다. 쉴 새 없이 뭔가가 나를 계속해서 몰아대는 느낌이 들었다.

완전히 땅거미가 진 교사를 빠져나와서 역을 향해 종종걸음으로 걸었다. 중학생 때 막연히 동경했던 마쓰모토의 거리를, 잠시 딴 데 들르지도 않고 날마다 그냥 지나쳐 갔다. 깜짝 놀랄 만큼 친구가 없는 나는 이런저런 사정상 아직도 역 앞에 있는 스타벅스에도 들러보지 못했다.

개찰구를 지나 6호선 플랫폼으로 내려갔더니 열차 도착을 기다리면서 줄 서 있는 사람들의 맨 앞에 스와가 서 있었다. 예상치 못한 사태. 내 심장이 확! 오그라들었다.

내가 교실에서 혼자 꾸물거리는 사이에 동아리 활동을 마친 스와와 귀가 시간이 겹쳐버린 모양이다. 매일 같은 노선을 이용해 같은 학교에 다니는데도 스와를 역에서 본 것은 정말로 오랜만이었다.

어딘가에서 스와와 우연히 마주칠 기회가 있으면 좋겠다. 그동안 쭉 그런 생각을 했었다. 하지만 하필이면 지금 이 타이밍에?

왜냐하면 나는 이미 현실을 깨달아버렸는걸.

사귀지 않았던 거잖아. 나. 스와하고.

어? 그럼 나는 이제 어떤 식으로 스와에게 말을 걸어야 하는 거지?

이왕 이렇게 됐으니까, 안 사귀는 거면 안 사귀는 거여도 상관없지만, 왠지 모르게 어색한 현재의 이 거리감? 우리 둘 사이에 존재하는 마리아나 해구처럼 깊은 골? 그걸 어떻게든 해결해보고 싶었다. 말하자면 우리 사이를 평범하게 만들고 싶었다. 평범하게 스와와 이야기를 나누고 싶었다.

아, 그래. 처음부터 안 사귀는 거였다면 굳이 의식할 필요도 없는 거잖아? 평범하게, 단순한 중학교 동창생으로서 말을 걸면 되는 거잖아. 키스했던 것은…… 평생 언급하지 말고 쭉 무시해버리면 아예 없었던 일이 되지 않을까?

예를 들어 어깨를 톡 치면서 "오랜만이네"라고 말해보는 건 어떨까? 그리고 "어때, 요새 잘 지내?" 하고 물어보면 되는 거야. 그다음에 "아 참, 문과랑 이과 중 어디로 갈지는 정했어?"라고 말하면, 대화도 자연스럽게 이어지지 않을까? 아, 왠지 느낌 좋은데?

나는 조용히 숨을 길게 내쉬고, 내쉬고.

숨을 깊이 들이마셨다.

나는 머릿속에서 "오랜만이네"와 "어때, 요새 잘 지내?"를 몇 번이나 반복하면서 리허설을 했다. 우선 "오랜만이네"라고 해야지? 그다음에 "어때, 요새 잘 지내?" 하고. 응, 괜찮을 것 같아.

여기서 열 발짝만 더 다가가면 살짝 오른쪽으로 커브를 돌아 스와에게 접근할 수 있다. 그래서 어느 정도 거리가 가까워지면 "앗!" 하고 최대한 밝고 즐거운 목소리를 내면서 "스와!" 하고 이름을 불러야지. 스와가 이쪽을 돌아보고 눈이 마주치면 나는 자연스러운 미소를 지으며 "오랜만이네"라고 말할 거야. 친근한 미소를 유지하며 다가가, 옆에 나란히 서서 "어때, 요새 잘 지내?" 하고 묻는 거지. 좋아,

문제없어. 작전은 완벽해.

나는 거기서부터 한 발짝 전진했다.

앞으로 아홉 발짝.

스와는 휴대폰을 한 손에 들고 고개를 숙이고 있었다. 귀에는 흰색 이어폰을 꽂고 있었고. 앗, 혹시 내가 이름을 불러도 스와는 저 이어폰 때문에 못 듣는 거 아냐? 나는 그런 생각을 했다. 어쩌지? 완벽하게 준비한 표정으로 이름을 불렀는데 상대가 눈치채지 못하고 무시하면 너무 슬프잖아. 아니, 슬프다기보다는 민망하지. 어, 어쩔까? 뒤에서 살금살금 다가가 어깨를 톡톡 쳐볼까? 그것도 좀 이상한데.

앞으로 여덟 발짝.

앗, 그런데 스와는 줄의 맨 앞에 서 있잖아. 그러니까 여기서 내가 스와한테 다가가 옆에 서면, 스와 뒤에 줄 서 있는 사람들한테 새치기한다고 오해받지 않을까? 그런 별것 아닌 문제까지 신경 쓰이기 시작했다.

앞으로 일곱 발짝.

그러고 보니 세리카가 스와를 좋아한다고 했던가? 그럼 나는 무조건 한 번은 스와에게 물어봐서 사실을 확인해봐야 하는 거잖아. 어? 그런데 뭐라고 물어봐? 우리 둘이 사귀는 거야? 사귄 거였어? 사귄 적 없지? 우와~ 전부 다 도끼병 같아서 쪽팔려.

앞으로 여섯 발짝.

애초에 세리카가 스와를 좋아할지도 모른다는 이야기를 해줬을 때, 나는 왜 반사적으로 시치미를 뚝 뗐던 걸까? 모처럼 세리카가 나에게 마음을 열고 솔직하게 이야기해줬으니까, 나도 그 자리에서 즉시 솔직하게 고백하는 게 좋지 않았을까. 순전히 내 착각일지도 모르는 현재 나와 스와의 이 애매한 관계에 대해서. 그러면 세리카는 절대로 그것 때문에 불쾌해하지는 않았을 테고, 오히려 내가 앞으로 어떻게 하면 좋을지 같이 고민해줬을지도 모르는데.

앞으로 다섯 발짝.

이제 와서 "실은~" 하고 고백해봤자 이미 한번 시치미를 뚝 떼버렸으니까 분위기가 좀 어색해질 것 같았다. 어쩌면 세리카는 '얘는 결국 나한테 마음을 열어주지 않았던 거구나'라고 생각할지도 모른다.

앞으로 네 발짝. 스와는 내 눈앞에 있었다.

스와는 휴대폰 화면을 뚫어져라 주시하고 있었다. 나의 존재를 눈치챌 기미가 안 보였다. 뭘 보고 있는지는 몰라도, 매우 집중한 상태인 것 같았다. 방해하면 안 되는 걸지도 모른다.

나는 내가 스와에게 말을 걸지 않아도 될 이유를 필사적으로 찾고 있었다.

어? 뭐야, 벌써 망한 거 아냐?

나는 스와와 대화하고 싶지 않았다. 영 내키지 않았다.

아냐, 아마도 그런 건 아닐 거야. 나는 어떻게든 생각을 바꾸려고 했다. 틀림없이 지금이라면 아직 아슬아슬하게 늦지는 않았을 것이다. 마치 아무 일 없었던 것처럼, 평범한 중학교 동창생으로서 대화할 수 있을지도 모른다고 생각한다. 그렇게 생각하고 싶다. 나는 스와를 보고 있었다. 스와는 계속 휴대폰 화면에 시선을 떨어뜨린 채 고개를 들지 않았다.

만약에 스와가 고개를 들어 이쪽을 보고 나의 존재를 눈치챈다면, 그때는 제대로 웃으면서 "아, 오랜만이네?"라고 말하자. 그리고 이어서 "어때, 요새 잘 지내? 아 참, 문과랑 이과 중 어디로 갈지는 정했어?"라고 말하고, 그다음에는. 그다음에는——

스와는 고개를 들지 않는다.

나는 그대로 스와의 등 뒤를 스쳐 지나간다.

말을 걸지 않고, 아무것도 모르는 표정으로.

나는 더 이상 돌아보지 않는다. 돌아보지 못한다.

다음에, 다음에. 지금은 아직 그럴 때가 아니야. 그런 생각을 하면서 여러 번의 기회를 자꾸만 놓치고 그저 얌전히 침묵하고 있다가, 막상 기회가 눈앞에 다가와도 침묵의 시간이 너무 길었던 나머지 그때는 노래하는 방법을 잊어버린 것이다. 소리를 내고 싶어도 도저히 낼 수가 없어서, 말 없이 지켜보는 것밖에 하지 못한다.

좀 전의 그것이 진짜 마지막 기회였을 것이다. 그런데 나는 나의 시답잖은 자의식인지 자존심인지 뭔지 때문에 그 마지막 기회조차 걷어차 버렸고, 무의미하게 만들었고, 한번 지나가 버린 것은 두 번 다시 돌아오지 않는다.

떠나간다. 내 등 뒤에서 스와의 존재가 급속히 멀어져 간다. 가까이 있는데도 어찌할 수 없을 정도로 너무나 멀었다.

스와와 함께 보냈던 중학교 시절 최후의 반년과, 스와와 함께 보내려고 했던 고등학교 시절 최초의 반년. 그것이 아마 지금, 전부 다 과거가 되어 끝나버린 것이리라.

플랫폼에 열차가 들어왔다. 나와 스와는 서로 다른 문을 통해 차량에 올라탔다. 수많은 사람들의 벽 때문에 이제 내 자리에서는 스와의 모습이 보이지 않았다. 그래서 나는 은근히 안심하기도 했다.

끝난 것이다. 지금 정말로 끝나버렸다.

틀림없이 호타카에 도착하면 날이 완전히 저물었을 것이다. 평소보다 귀가 시간이 훨씬 늦어졌다. 집에 가면 얼른 저녁밥을 먹고 목욕을 하고, 변함없이 산더미처럼 쌓여 있는 숙제를 해치워야 할 것이다.

나는 가능한 한 내가 당장 해야 할 작업에만 정신을 집중하면서 물끄러미 창밖을 바라보고 있었다. 창밖으로 흘러가는 풍경이 뿌옇게 번져 보였다.

6호선에
봄은 온다.
그리고 오늘,
너는 사라진다.

2화

오늘도 어제도
눈 내릴 듯한 하늘
Episode 2

눈은 녹아내리고 갈대는 새싹이 돋네.
아, 봄이 왔구나 하고 생각했건만
오늘도 어제도 여전히 눈이 내리는구나.

사사고에 입학해 축구부에 들어가서 인터하이를 목표로 한다고 말했더니 정말로 사사고에 덜컥 합격했고, 이미 그런 말을 해버렸으니 축구부에 안 들어갈 수도 없어서 축구부에 들어갔더니 어찌어찌하는 사이에 놀랍게도 주전 선수가 되었으며, 2학년 때에는 현(縣) 종합체육대회를 제패하여 진짜로 인터하이에 출전하게 되었다.

벨트 컨베이어에 태워진 것 같았다.

내가 아무 생각을 안 해도, 무슨 결단을 내리지 않아도, 해야 할 일이 차곡차곡 내 눈앞에 쌓이면서 향후 몇 개월 동안의 스케줄이 완벽하게 잡혀버린다. 하고 싶은 일은 해야 할 일에 치여서 뒷전으로 밀려난다. 나에게 주어진 선택지는 맨 처음 '축구부에 들어가느냐 마느냐' 하는 것밖에 없었고, 그다음부터는 끊임없이 해야 할 일만 했다. 루트 분기점이 전혀 없는 구시대 롤플레잉 게임 같았다.

물론 축구니까 언제나 시합에 이기느냐 · 지느냐 하는 분기점은 존재하지만, 어째서인지 우리 팀은 좀처럼 지지 않았다. 고교 축구계에서는 일단 우리 현에서는 무적이라고 할 만했고, 축구단 유소년 팀과 붙어도 호각 이상으로 싸울 수 있었다. 이 정도면 겨울 국립경기장*까지 갈 수 있

---

* 전국 고등학교 축구 대회 결승전 무대

을지도 모른다. 사사게노쇼 축구부는 원래 전국대회에도 몇 번 출전한 적 있는 강호였지만, 올해는 특히 일반계 공립학교 축구부로서는 비정상적일 정도로 강했다.

사사고는 일반계 고등학교다. 심지어 무식하게 많은 숙제로 학생들을 괴롭히는 것으로 유명한 자칭 입시 명문고다. 축구만 열심히 하면 대체로 문제없는 체육 고등학교나, 강력한 동아리를 만들기 위해 전국에서 학생들을 스카우트하는 사립학교와는 차원이 달랐다. 요컨대 우리가 아무리 축구 시합에서 이겨봤자 공부를 대충 할 수는 없다는 뜻이다. 축구부원에게나 그 외 학생에게나 평등하게 꾸준히 숙제가 주어졌다.

문무겸전. 강한 의지로 시간을 잘 활용한다면 불가능한 것은 없다! 그것이 교사들의 주장인 듯했다. 뭐, 실제로 해내고는 있으니까 불가능한 것은 아닐 것이다. 하지만 '불가능한 것은 아니다'란 것은 '가능하다'와 동의어라고는 할 수 없다. 단지 뭔가를 희생해서 억지로 어떻게든 하고 있을 뿐이다. 그러기 위해 날마다 뭔가가 소모된다. 기력이나 체력, 또는 정신력이나 사고력 등 뭔가가 소모된다. 내 안에 있는 무언가가 매일매일 박박 소리를 내면서 깎여 나간다. 틀림없이 축구부원 전원이 그럴 것이다.

칭찬은 고래도 춤추게 한다는 말이 있는데, 주변에서 작살로 찌르면서 몰아대도 고래는 어쩔 수 없이 몸부림칠 것이다. 결과는 똑같다. 결과가 좋으면 다 좋은 것이다.

우리는 날마다 쉴 새 없이 뭔가에 쫓기고 있다.

해야 할 숙제는 산적해 있다. 시합 일정은 빡빡하게 짜여 있다. 축구단 유소년 팀과 합동훈련 및 친선경기를 한다. 시험 범위가 통지된다. 내일은 운동회 날입니다, 여러분, 스포츠맨십을 발휘해서 최선을 다해 즐겁게 임해주세요.

수업 시간에는 책상 앞을 떠나지 못한다. 창문을 열고 뛰어내릴 수는 없다. 짧은 교실 이동 시간을 이용해 신속하게 화장실에 다녀와야 한다. 축구부 단톡방 알림은 쉬지 않고 온다. 단톡방에서도 트위터에서도 인스타그램에서도 기운 넘치는 긍정적인 게시물만 올라온다. 어디에서도 솔직하게 한탄은 할 수 없다. 아침 훈련 스케줄, 저녁 훈련 스케줄, 주말 연습경기 스케줄, 가끔은 얼마 안 되는 점심 시간까지 투자해서 낮에도 훈련을 한다. 전국대회 출전팀으로서 자부심과 긍지를 가져라. 후배들에게 모범이 되어라.

알았어, 알았어. 알았으니까 좀 가만히 있어 봐.

머릿속에 항상 옅은 안개가 끼어 있어서 사고가 흐리멍덩하다. 아무것도 생각할 수 없다. 뭐가 뭔지 모르는 상태로 스케줄을 소화하면 하루가 끝난다. 밤에는 침대에서 벗어나지 못한다.

낮에는 뭔가 제대로 생각하지도 못하는 내 머리도 밤이 되면 갑자기 활발해진다. 그러나 내일을 위해 잠을 자야

한다. 자동적으로 생각하려고 하는 나 자신의 사고를 필사적으로 수면 쪽으로 유도한다.

눈을 뜨면 안 된다. 몸을 움직이면 안 된다. 초침 소리에 신경 쓰면 안 된다. 잡힐락 말락 한 수마의 꼬리가 손가락 사이로 스르르 빠져나가지 않도록 이쪽으로 끌어들여 잡아당긴다.

마음을 비우고 진흙탕 속에 잠기듯이 잠을 받아들인다.

깊은 수면. 꿈도 꾸지 않는다. 새벽 다섯 시 반에 알람이 울린다.

자명종 두 개와 휴대폰 알람의 요란한 삼중주가 나를 부른다. 나는 깊고 어두운 진흙탕 밑바닥에서 떠올라 현실 세계로 돌아온다.

우선 머리맡에 있는 자명종을 퍽퍽! 하고 두들겨 정지시키고, 이어서 충전기에 꽂아둔 휴대폰 화면을 터치해 알람을 끈다.

1년이 넘게 거의 날마다 반복하고 있으므로, 이 일련의 동작은 무의식중에 물 흐르듯이 완수된다. 반복훈련에 의해 동작이 숙련되는 것은 만고의 진리다.

행동이 좀 진행되고 나서야 정신이 든다. 나는 점점 자동적으로 변해간다. 이러다가 언젠가는 완전히 자아를 잃어버려도 문제없이 계속 움직이는 로봇 같은 육체가 완성될 것이다.

창밖은 벌써 하얗게 밝아오고 있었다. 집 안은 고요하다. 나는 이불을 걷어차고 침대에서 일어나 망령 같은 걸음걸이로 비틀비틀 1층으로 내려간다.

"오~ 일찍 일어났네? 타카오."

아직 아무도 안 일어난 줄 알았는데. 부엌에 들어갔더니 누가 말을 걸어서 깜짝 놀랐다. 눈이 좀 번쩍 뜨였다.

"아, 형. 언제 왔어?"

"좀 전에. 길 막히는 게 싫어서 밤중에 달려왔어."

식탁에는 의자가 네 개 있고, 그중 창가 앞쪽에 있는 의자가 형의 자리였다. 지금도 그곳은 여전히 형의 자리다. 형이 거기 앉아 커피를 마시면서 잡지를 펼쳐놓고 있는 모습은 전혀 위화감이 없었다. 다만 사시사철 아스레타 운동복이었던 형의 복장이 약간 세련되어졌다는 것이 2년 전과의 차이점이려나. 지금은 그 아스레타 운동복은 내가 입고 있었다.

"형, 어째 심심하면 집에 오는 것 같다? 대학교는 원래 한가해?"

"아냐, 바빠. 어? 아, 그건 아니다. 대학교 자체는 별로 안 바쁠지도 몰라. 이래저래 이것저것 하느라 바쁜 거지. 알바나 미팅 같은 거."

"아~ 그래, 대학생은 좋겠다. 속 편해 보여."

"뭔 소리야? 내가 보기엔 고등학생인 네가 훨씬 더 속 편해 보이는데."

"그런가?"

절대로 내가 형보다 속 편하게 살고 있는 건 아니라고 생각하지만, 글쎄. 형은 집을 나가서 혼자 살고 있으니까 그건 또 그것대로 힘들 것이다.

형은 나보다 세 살 많았다. 대학교 입학과 동시에 집을 떠나 자취를 시작했는데, 이렇게 가끔…… 아니, 꽤 자주 집에 돌아왔다. 그때마다 특별히 예고도 안 하고 불쑥 찾아와 이렇게 마음대로 집에 들어왔다. 방문객이라기보다는 아직도 이 집의 일원인 것 같았다. 진짜로 완벽하게 집을 떠나진 못한 것이다.

"커피 남아 있어?"

"응, 커피포트에 있어. 마실 거면 마셔."

나는 부엌에 있는 커피포트의 커피를 머그잔에 따랐다. 냉장고에서 우유를 꺼내 듬뿍 넣었다. 덤으로 야채칸에서 사과도 하나 꺼냈다.

"아, 맞다. 너 잡지에 나왔더라?" 하고 형이 펼쳐놨던 잡지를 나한테 보여줬다. "제법인데? 인터뷰 대답도 잘하고. 너 진짜로 이렇게 말했어? 오~ 훌륭한데?" 그러면서 자기 마음대로 감개무량해하는 것이었다. 짜증나.

"잡지라고 해봤자 어디서 잘 팔지도 않는 고교 축구 잡지잖아. 고등학생이 축구 하다 보면 그 정도 잡지에는 나올 수도 있지, 뭐. 하나도 안 훌륭해."

이 세상에는 고교 축구 전문 잡지라는 별난 잡지가 있

다. 종이 질 하나는 쓸데없이 좋아 보이지만 두께는 아주 얇으면서도 가격은 1000엔이나 하는 잡지. 게다가 놀랍게 도 1년에 네 번이나 발매된다. 전국 축구부가 정기구독을 하고 있어서 그것만으로도 어떻게든 사업이 굴러가는 모 양이다. 내가 그 잡지에 실린 것 같다는 소문을 듣고, 우리 어머니가 기념으로 사오셨다.

"아니, 하지만 축구 하는 고등학생은 하늘의 별만큼이나 많잖아? 그중에서 주목받는다는 것은 훌륭한 일이야. 나 도 축구는 했지만, 잡지에 실린 적은 없었어."

"뭔 소리야. 형은 트레센*이었잖아. 형이 더 훌륭했어."

"그랬나?"

"그랬어."

형은 의아해하는 얼굴로 고개를 갸웃거리더니 "뭐, 아무 튼 훌륭해" 하고 적당히 결론을 내렸다. 말로는 칭찬하면 서도 실제로는 전혀 관심 없어 보이는 반응이었다.

"넌 어릴 때부터 재능이 있었으니까~."

"어릴 때부터가 아니야"라고 나는 조그맣게 대꾸했다. "응? 뭐라고?" 하고 형이 물어봤지만, 나는 그걸 무시하고 세수하러 갔다. 슬슬 집에서 나가야 할 시간이다.

인간의 기억이란 것은 나중에 가서 얼마든지 날조될 수 있다.

---

* '내셔널 트레이닝 센터 제도'의 약자. 나중에 국가 대표로 활약할 만한 우수한 선수를 발 굴해서 육성하는 제도

어른이 되면 어린 시절은 잊어버리고, 일단 뭔가를 잘하게 되면 그걸 못했던 과거는 떠올릴 수 없게 된다. 축구도 마치 처음부터 잘했던 것 같은 기분도 든다. 이따금 나 스스로도 그렇게 생각할 정도다.

내가 축구를 처음 시작했을 때부터 쭉 옆에서 지켜봤던 형조차도, 이제는 내가 어릴 때부터 축구를 잘했다고 생각하게 되었나 보다. 아니, 어쩌면 형은 스스로 축구 하느라 바빠서 내가 축구 하는 모습 따위는 제대로 보지 않았을지도 모른다. 흥, 나중에 두고 보자! 하고 죽어라 노력했는데, 그 '나중'이 되었더니 정작 상대는 나를 전혀 봐주지도 않는 것이다. 김새는 이야기다.

운동복으로 갈아입고 준비를 마친 뒤 집을 나오려고 했다. 그때 형이 "뭐야? 어디 가?" 하고 어리둥절한 얼굴로 말을 걸었다.

"어디긴? 학교지."

"이 새벽에? 그 꼴로?"

"매일 아침 이 시간에 나가. 오늘은 수업 없는 운동회 날이라 교복은 안 입어도 돼."

"그래? 고생하네. 난 씻고 한숨 자야겠다."

"맘대로 해."

"응, 잘 다녀와."

"다녀올게."

역시 대학생은 속 편한 거잖아. 그렇게 생각했다. 내가 보기에는 자고 싶을 때 자고, 일어나고 싶을 때 일어나고, 하고 싶은 일을 하고 싶은 대로 자유롭게 하는 것 같았다. 꼭 고양이 같으시네요.

어린 시절 이야기를 해보겠다.
주로 나와 형과 축구 이야기다.

나는 3월 말에 태어났다. 즉, 같은 학년 친구들 중에서는 가장 늦게 태어난 셈이다*. 4월에 태어난 녀석하고는 학년은 같아도 나이는 거의 한 살 차이가 난다. 그리고 신체가 덜 발달된 초등학교 시절에는 그 차이가 굉장히 중요하다.

기억을 되살려봐라. 당신이 초등학교 1학년이었을 때, 한 학년 위인 2학년생은 무척 거대해 보였을 것이다. 초1이 초2와 싸워 이긴다는 것은 거의 불가능한 일이다. 운동신경이 조금 좋아봤자 소용없다. 근본적인 몸집이 다르니까.

그럼 축구는 어떻게 되느냐. 초등학생이 축구를 할 때는 아직은 기술보다도 근본적인 덩치가 크게 작용한다. 3월에 태어난 아이는 그 점 하나만 봐도 압도적으로 불리했다.

게다가 나는 같은 빠른년생들 중에서도 유난히 몸집이

---

* 일본에서는 1월 1일부터 4월 1일 사이에 태어난 사람은 1년 빠르게 입학한다

작은 편이었다. 그래서 어린 시절에 나는 축구를 전혀 잘하지 못했다.

축구뿐만 아니라 체육 전반이 특기가 아니었다. 좋아하지도 않았다. 자기가 이기지도 못하는 놀이를 재미있어하는 사람이 어디 있겠는가? 나는 원래 죽방울 놀이나 요요 놀이처럼 혼자 묵묵히 기술을 갈고닦는 손기술 계통의 놀이를 좋아했다. 혼자 노는 것이 특기인 아이였다. 어머니는 지금도 "넌 손이 안 가는 아이였어"라고 자주 말씀하시곤 한다.

한편 우리 형은 초등학교 시절부터 유소년 팀에서 활약했고, 현(縣) 트레센으로 선발될 정도로 실력 있는 선수였다. 형은 우리 모두의 영웅. 그러니 동생인 내가 형을 동경하지 않을 리 없었다. 형을 동경해서 나도 같은 유소년 팀에 들어갔다. 누가 뭐래도 형제니까. 지금 당장은 아니어도, 연습하면 나도 언젠가 형처럼 될 수 있을 거라고 막연하게 낙관했다. 언젠가는 형제가 같은 경기장에서 뛰는 날이 올지도 모른다. 그렇게 태평한 생각을 했었다.

축구단에서 형은 인기인이었다.

코치들은 "지금은 핵심 멤버지만, 옛날에는 너희 형이 우리를 많이 힘들게 했단다" 하고 웃는 얼굴로 말했다. 다른 멤버들도 새로 들어온 에이스의 동생을 보고 흥미진진해했다. 그리고 나와 형이 성 말고는 공통점이 하나도 없다는 사실이 밝혀지자, 그들은 그 순간 흥미를 잃어버렸다.

튀는 성격이지만 그만큼 투쟁심도 강하고 좌절을 모르는 명랑한 형.

반대로 돌덩이처럼 과묵하고 얌전한 나.

투쟁심이 부족한 인간은 축구뿐만 아니라 근본적으로 타인과 경쟁하는 경기에 적합하지 않다. 형과 나는 완벽하게 다른 취급을 받았다. 형은 팀의 중심이자 최고의 영웅이었다. 나는 한구석에 있는 듯 없는 듯 존재하는 녀석이었다. 형은 '상위 존재'이고 나는 '하위 존재'였다.

유소년 축구라고는 해도 축구단이란 것은 즐겁게 노는 단체가 아니라, 시합에서 이기기 위해서 또는 강한 선수를 육성하기 위해서 존재하는 조직이다. 코치도 팀원도 그런 판단은 타산적으로 아주 잘하기 때문에, 축구를 못한다 싶은 녀석이 있으면 철저하게 무시한다.

그래도 나는 그 팀에 쭉 소속되어 있었다. 돌덩이처럼 과묵하고 얌전하고 투쟁심이 부족한 나는 사실 속으로는 '나중에 두고 봐!' 하고 조용히 결의를 다지고 있었다.

몸집이 작은 나는 시합은커녕 시합 형식의 연습에도 참가할 기회를 얻지 못했다. 다른 멤버들이 미니게임을 하는 동안에도 혼자 그라운드 한구석에서 리프팅을 하고 있었다. 아무도 나에게 신경 쓰지 않았다. 나는 손이 안 가는 아이였다.

리프팅은 재미있다. 공에 작용하는 물리법칙은 언제나

일정하므로, 같은 행동을 하면 항상 같은 현상이 발생한다. 공의 움직임을 재현하지 못하는 원인은 언제나 나 자신에게 있는 것이다. 몇 번이나 같은 움직임을 반복함으로써 최적이 무엇인지 탐구한다. 조금씩 닿는 부분을 바꾸면서 비교 검증을 한다. 정확히 움직이면 공은 반드시 대답해준다. 그 단순 명쾌함이 마음에 들었다.

"넌 축구는 못하는데 리프팅 하나는 기막히게 잘하는구나."

누군가가 나한테 그런 말을 한 적도 있다.

"시합에도 못 나가는데 연습은 해서 뭐 해?"

누군가가 나한테 그런 말을 했던 기억도 난다.

나중에 두고 봐. 그렇게 생각했다. 나도 우리 형의 동생이야. 그러니까 꼭 두고 봐.

나는 그저 혼자서 묵묵히 연습을 계속했는데, 결국 시합은 한 번도 경험해보지 못한 채 유소년 축구를 졸업하고 중학교 축구부에 들어가게 되었다.

중학교 축구부에 들어간 첫날, 멤버들을 둘러보고 직감적으로 '어, 뭔가 다른데?'라고 생각했던 것은 지금도 똑똑히 기억한다.

덩치가 크고 얼굴이 잘생겼고 헤어스타일도 좀 멋있어 보이고 심지어 목소리도 큰 녀석들이 있었는데, 그들은 선생님이 무슨 이야기를 하는데도 아랑곳하지 않고 큰 소리로 웃고 떠들고 있었다. 아마도 이 축구부에서는 저 녀석들이 제일 파워가 강한가 보다.

좋은 의미로든 나쁜 의미로든 실력 지상주의였던 축구단에서는 축구를 못해도 그냥 무시만 당했는데, 중학교 축구부는 뭔가 또 느낌이 달랐다. '상위' 그룹과 '하위' 그룹으로 나뉘어 있었고, '상위' 멤버들은 '하위' 멤버를 적극적으로 놀렸다. 신입생 중에서 가장 별 볼 일 없었던 나는 즉시 '하위'로 분류됐고, 별명은 '비실'로 정해졌다. 비실이의 비실.

이 '상위'와 '하위'는 선배냐 후배냐 하는 것과는 상관없고, 심지어 축구 실력과도 상관없었다. 굳이 말하자면 분위기? 공기? 그때그때의 상황? 뭐 그런 것으로 정해지는 듯했다.

신입생들 내부에서도 금방 '상위'와 '하위'의 구분이 생겨났다. 청소 시간이 되면 '상위' 멤버들은 나 몰라라 하고 냉큼 집에 가버렸다. 그리고 '하위'에 속한 신입생들만 묵묵히 뒷정리를 했다. 또 '하위' 내에도 더더욱 세분화된 상하 관계가 존재했다.

동아리에서의 '상위'와 '하위' 카테고리는 교실에까지 그대로 옮겨져 온다. 누군가가 나를 놀리면 '아, 이 녀석은 놀려도 되는 녀석이구나'라는 분위기가 형성된다.

분위기에는 아무도 저항하지 않는다. 나는 자연스럽게 모두에게 놀림 받는 존재가 되었다. 돌덩이처럼 과묵한 나는 한층 더 말수가 적어졌다. 나쁜 흐름이 생겨났다.

학교를 지배하는 것은 분위기였다. 모두가 분위기를 파악하고 분위기에 맞춰 행동한다. 인간은 분위기의 노예다. 내 가슴속에 막연한 증오가 쌓였지만, 나의 적은 분위기였으므로 누구를 어떻게 증오하면 될지 알 수 없었다.

뚜렷한 대상이 없는 증오는 결국 내부로도 화살을 돌린다. 애초에 내가 별 볼 일 없는 녀석인 게 문제인 거다. 생각하고 또 생각하다가 매번 그런 결론에 다다랐다.

1년 동안 나는 죽어라 공을 치우고 그라운드를 정리했다. 당연히 재미는 하나도 없었다. 그런데 왜 축구부 활동을 계속했느냐 하면, 증오심 때문이었을지도 모른다. 나중에 두고 봐라. 오직 그 감정이 나의 엔진을 움직여주었다.

그래도 변함없이 리프팅만은 순수하게 즐거웠다. 청소를 끝마치고 해가 질 무렵에 나는 혼자 그라운드에서 리프팅 연습을 했다.

상황이 바뀐 것은 중학교 2학년이 절반정도 지난 시점이었다.

내 키는 쑥쑥 자랐다. 176센티미터. 해냈다.

이전에는 아무리 내 키가 커져도, 주위의 다른 녀석들도 똑같이 성장했기 때문에 결국 상대적으로 나는 계속 작은 사람일 수밖에 없었다. 그러나 전원의 신체 성장 속도가 슬슬 한계에 도달하자, 드디어 태어난 달에 의한 체격 차이가 사라지게 되었다.

게다가 3학년이 동아리를 그만두고 은퇴해서 부원도 줄

어들었으므로, 그동안 게임 형식의 연습에 참가하지 못했던 나도 마침내 실전에 나서게 되었다. 처음에는 어쩔 수 없이 참가시킨다는 식이었지만.

어~ 인원수 부족하지 않아? 어쩔래? 하는 수 없지. 비실이 내보낼까?

나는 경기장에 나선다. 그리고 눈치챈다.

어라? 뭐야, 이 녀석들. 축구 못하네?

육체가 완전히 성장해서 더 이상 몸싸움에서 지지 않게 되자, 그동안 갈고닦은 볼 컨트롤 기술이 빛을 발했다. 공은 내 뜻대로 움직였다. 공을 지배하는 물리법칙은 언제나 일정하다. 확고하여 변동이 없다. 내가 공을 가지고 있으면 아무도 건드리지 못했다. 비정상적으로 탁월한 나의 리프팅 기술과, 그로 인한 볼 키핑 능력. 드디어 주위 사람들도 그것을 눈치채기 시작했다.

나는 주전 선수로 발탁됐다. 자신감을 가지게 되었다.

어느새 아무도 나를 놀리지 않게 되었다. 저절로 나는 '상위' 그룹의 멤버가 되었다.

어? 잠깐만. 너희들은 지금까지 나를 실컷 놀렸잖아. 왜 그렇게 태연하게 나를 같은 그룹 멤버처럼 취급하는 거야?

한번은 그런 이야기를 해본 적이 있었다. 너희들은 1학년 때 나를 '비실'이라고 부르면서 청소도 다 나한테 떠넘기고 실컷 놀려댔잖아? 하는 이야기를.

"그랬나?"라고 그 녀석은 말했다. 그리고 "에이, 뭐 어때. 신경 쓰지 마"라고 했다.

아니아니아니, 잠깐만요. 그건 굳이 말한다면 내가 할 말이지 않아? 당사자인 네가 할 말은 아니지. 난 그렇게 생각했지만, 내가 무슨 말을 해도 전혀 통하지 않았다.

아, 알았다. 이놈들. 전혀 자각이 없었던 거야.

이놈들은 분위기에 맞춰 행동할 뿐이다. 스스로 뭔가 나쁜 짓을 하려고 맘먹고 그러는 게 아니었다. 단지 그런 분위기여서 그렇게 했을 뿐이다. 자각이 없으니 기억도 못한다. 나는 증오를 원동력 삼아 '나중에 두고 보자!' 하고 축구를 계속해왔는데, 막상 그 '나중'이 왔을 때에는 상대는 그 일을 기억하지 못하는 것이다. 빌어먹을.

됐어, 신경 쓰지 말자. 아무튼 주전 선수가 됐으니까.

이제 나도 조금쯤은 형에게 가까워졌을지도 모른다.

그렇게 생각해서 형에게 보고했다. 마침내 주전 선수가 되었다고. 그러자 형은 읽고 있던 음악 잡지에서 시선을 떼고 흘깃 이쪽을 보면서 "어? 뭐야, 너 주전 아니었어?"라고 말했다. "아~ 그래. 훌륭하네. 잘했어."

그걸로 끝이었다.

그 무렵에는 형은 이미 축구에는 완전히 흥미를 잃어버리고 좀 트렌디한 느낌의 음악 같은 것에 푹 빠져 있었다. 형이 사 모았던 아스레타 티셔츠와 운동복 등은 전부 다 내가 물려받았고, 그 대신 형은 알뉴볼드인지 아니에스베 옴므인지 뭔지 하는 브랜드의 니트 제품을 입기 시작했다.

헤어스타일도 멋쟁이처럼 바꿨다.

"너도 이런 거 들어봐" 하면서 덤으로 좀 트렌디한 CD까지 나한테 물려줬다. 또다시 형을 뒤쫓아서 나도 좀 트렌디해지면 되는 걸까?

여러 가지 복잡한 감정을 어디로 보내면 좋을지 도통 알 수가 없었다.

나를 축구로 끌어들인 장본인은 미련 없이 축구장을 떠나 전혀 상관없는 곳에서 자기 멋대로 즐겁게 지내고 있었다. 그리하여 나에게는 목적을 잃어버린 축구만 남았다.

좋아하는 것과 잘하는 것이 반드시 일치하지는 않는다.

적어도 최종적으로는, 나는 축구를 잘하는 사람이었나 보다.

그런데 "그럼 축구 좋아해?"라는 질문에 대해서는 나는 고개를 갸웃거리게 된다.

리프팅은 좋아했다. 하지만 축구부는 싫어했다. 단지 '나중에 두고 보자'라는 증오의 힘으로 나는 묵묵히 축구를 계속했을 뿐이다. 그 증오가 어디를 향한 것인지, 누구에 대한 것인지, 나 스스로도 잘 모르겠다.

형에 대한 증오? 아니면 나를 투명인간 취급했던 축구단 사람들에 대한 증오? 분위기의 노예 같은 학교 학생들에 대한 증오? 아니면 축구 그 자체에 대한 증오?

모르겠다. 나는 내 마음을 알 수 없었다.

6시 29분에 출발하는 급행열차를 탄다. 열차 안에서는 휴대폰에 저장해둔 참고서 이미지를 보면서 공부한다. 그러면 선 채로 한 손만 이용해서 공부할 수 있으니까. 그런데 선 채로 한 손밖에 이용할 수 없는 환경에서도 이렇게 기를 쓰고 공부한다는 것이 비정상적이란 생각이 들었다.

자전거를 탈 때는 이어폰으로 영어 리스닝 공부를 한다. 우리 집 화장실에는 영어 단어장이 준비되어 있어서, 볼일 보는 동안에도 단어를 하나라도 더 외우려고 애쓴다.

어른들은 나에게 생각을 하라고 하는데, 이 생각한다는 것도 아무거나 대충 생각하면 되는 것이 아니라 제대로 잘 생각해야 할 것이다. 생각하는 것쯤이야 언제 어디서나 머리 하나만 있으면 가능하지 않아? ……그거야말로 얄팍한 생각이다. 생각하는 것도 적당히 생각할 만한 환경이 갖춰지지 않으면 제대로 하는 것은 불가능하다. 축구를 제대로 하려면 스파이크, 공, 잘 정비된 그라운드가 필요한 것과 마찬가지다.

생활하면서 틈틈이 짧은 시간을 이용해 뭔가를 생각한다는 것은, 사람들이 정신없이 오가는 역 플랫폼에서 공을 차면서 연습하는 행위와 같다. 그런 환경에서는 아무리 연습을 해도 효과도 없고, 좋은 생각도 떠오르지 않는다. 사고 날 가능성만 높아진다. 뭔가가 잘못된 것이다.

그러나 이런 현실에 대한 의문은 그 정체를 정확히 파악하기 전에 뒤로 미뤄져서 매몰돼버린다. 뭐가 어찌 됐든 정기고사 기간은 찾아오고, 시간은 없다. 우선 그것부터 해결한 다음에 이야기를 하든가 말든가 해야지. 그리고 그 걸 해결하면 또 다음 정기고사가 코앞까지 다가온다. 문제 는 또다시 뒤로 미뤄진다.

나는 이런 삶을 원했던 걸까? 가끔 그렇게 자문하는 순 간이 온다. 그러나 아슬아슬하게 성립되어 있는 현재의 페 이스를 무너뜨릴 수도 없다. 자전거와 마찬가지로 웬만큼 속도가 있으니까 균형을 유지한 채 계속 앞으로 나아가고 있는 것뿐이다. 발을 멈추면 넘어진다. 어디까지 굴러떨어 질지는 실제로 굴러떨어지기 전까지는 알 수 없다. 시험 삼아 떨어져 볼 수도 없다.

마쓰모토에서 내린다. 역 뒤편의 자전거 주차장과 계약 해서 거기에 자전거를 한 대 놔뒀다. 학교까지 가는 버스 도 있고, 월 주차료를 생각하면 버스 타고 다녀도 가격은 비슷할 테지만 버스를 기다리는 시간이 아까웠다. 자전거 를 타면 학교에 더 빨리 도착할 수 있었다.

어머니가 일어나기도 전에 집을 나왔기 때문에 아침밥 은 아직 못 먹었다. 편의점에 들러 빵과 우유를 샀다. 그리 고 집에서 가져온 사과도 하나 있었다.

편의점 앞에 우리 학교 학생이 앉아 있었다. 아는 사람 이었다. 그래서 예의상 "안녕?" 하고 말을 걸었다.

"응, 안녕?" 하고 눈을 끔벅거리면서 그 녀석도 인사 했다.

마루야마 류키. 평균 성적이 좋은 자칭 입시 명문고인 우리 학교에서는 보기 드문, 아니, 아마도 유일한 불량학생이다. 아무리 봐도 미용실에 다니는 것처럼 이상한 헤어스타일을 하고 있었다. 덩치도 커서 위압감이 느껴졌다. 밤늦게까지 시내에서 어슬렁거린다든가, 클럽(버터 발음)에도 출입한다든가, 뭔가 위험한 약을 한다든가, 그런 소문이 끊임없이 돌았다. 그리고 아마 음악 취향도 별로라서, 쩌렁쩌렁 요란한 음악만 들을 것 같았다. 나하고는 성격이 안 맞아 보이는 녀석이었다.

소문을 곧이곧대로 믿을 생각은 없지만, 나는 이 녀석이 실제로 시내에서 누군가와 주먹질하면서 싸우는 장면을 봤다. 그러니까 이 녀석은 제대로 된 인간은 아닐 것이다. 평범한 고교생은 시내에서 남을 때리진 않는다. 소문도 다소 부풀려지긴 했어도 새빨간 거짓말은 아닐 거라고 생각한다. 아니 땐 굴뚝에 연기 날까.

뭐, 그래도 내가 보기엔 그것도 '얼마나 나쁜 짓을 할 수 있을까?' 하고 실험해보는 쇼 같은 거고, 어떻게든 자기만의 특별한 개성을 어필하려고 애쓰는 하찮은 녀석처럼 보였다. 진짜로 무지무지 나쁜 놈 같지는 않았다.

요컨대 평범한 악동이란 거다. 요즘 세상에선 악동도 보기 드문데.

"뭐야? 너 혹시 밤샘했어?"

결코 착실한 학생은 아닌 마루야마가 이상하리만치 일

찍 등교했고, 또 눈도 빨갛게 충혈되어 있었다. 일찍 일어난 게 아니라 밤새 신나게 노느라 밤샘한 것 같았다. 팔자 좋네.

"아냐, 잠은 좀 잤어" 하고 마루야마가 커다란 하품을 씹어 삼키면서 대답했다. "그런데 밤샘이 뭐냐? 밤샘이. 보통 올나이트라고 하지 않아?"

"뭐든지 상관없잖아." 클럽이다 올나이트다 뭐다 하면서 너희들은 툭하면 영어를 쓰고 싶어 하더라? 대체 이유가 뭐야. "나 참…… 오늘은 운동회 날이잖아? 너 그 상태로 운동했다간 쓰러질걸?"

사실 마루야마가 수면 부족으로 열사병 걸려 쓰러지더라도 나하고는 상관없는 일이지만. 나답지 않게 그런 잔소리를 하고 말았다.

"쳇…… 시끄러워."

마루야마의 태도는 엄청나게 안 좋았다. 뭐, 불량학생이니까 그야 당연한가.

"나도 좋아서 수면 부족이 된 건 아니거든? 아, 아닌가? 좋아서인가? 에이, 됐어. 아무튼 나한테도 내 나름대로 이런저런 사정이 있단 말이야."

"아~ 그래, 좋겠다. 마루야마. 넌 너 좋을 대로 살 수 있어서."

"뭔 소리야? 너도 너 좋아서 축구 하는 거잖아? 피장파장이지."

"좋아서……?"

그렇게 쉽게 딱 잘라 말할 수 있다면 얼마나 편할까. 아, 하긴, 동아리 활동이니까 기본적으로는 좋아서 하는 셈이 되려나. 거기에 어떤 강제력이 작용한다 해도.

"야, 고민하지 마. 여기서 심각해지면 나더러 어떻게 반응하란 거냐? 뭐든지 진지하게 대하다 보면 애증의 감정이 생기는 건 당연한 거잖아? 좋아하는 부분도 있고, 그런데 또 싫어하는 부분도 눈에 띄고. 그런 것을 좋아한다고 하는 거 아냐?"

이 자식, 뭐지? 얼렁뚱땅 명언 투척하듯이 말하지 마.

"시끄러워. 내가 왜 너한테 설교를 들어야 해? 보통은 반대여야 하지 않아?"

"뭐~? 누가 설교를 했다고 그래? 야, 네가 아무리 최강 축구부의 최고 에이스여도 숨 쉬듯이 남을 깔보는 짓은 하지 마. 알았어?"

"뭐? 오히려 너희들이 깔보고 있잖아?"

"너희들은 또 뭐야? 아무리 봐도 여기 있는 사람은 나 혼자인데? 너 누구랑 싸우는 거냐? 섀도복싱 할 거면 딴데 가서 해줄래?"

"야, 너…… 아니, 됐다." 뭐라고 대꾸해보려고 했지만, 다 쓸데없는 짓임을 깨닫고 적당히 이야기를 끝냈다. 이런데서 마루야마와 충돌해 봤자 무슨 소용이 있겠어. 마지막으로 "학교 빠지진 마"라는 말을 남기고 자전거를 탔다.

"응, 나중에 봐" 하고 마루야마도 손을 흔들었다. 흥, 넉살 좋은 녀석이라니까.

자전거 페달을 밟으면서 조금 반성했다. 적어도 반사적으로 '너희들'이라고 말한 것은 진짜로 괜한 화풀이었다. 내가 '너희들'이라고 상정한 것은 아마 중학교 시절의 '그 녀석들'일 것이다. '이 녀석은 놀려도 되는 녀석이다'라는 분위기가 형성되면 가차 없이 그 사람을 놀리는 인간들. 자기 머리로는 생각을 하지 못하는 분위기의 노예. 아마도 나는 마루야마에게 제멋대로 '그 녀석들'을 투영해서 제멋대로 화를 냈을 것이다.

단순히 분위기에 맞춰 행동하는 녀석들은, 내가 축구를 잘한다는 사실이 밝혀짐으로써 '저 녀석은 놀려도 된다'라는 분위기가 사라지자 마치 서로 짠 것처럼 순식간에 태도를 바꿨다. 그야말로 손바닥 뒤집듯이. 분위기에 맞춰 행동하는 거니까, 분위기가 바뀌면 그 녀석들도 바뀐다. 바람의 방향이 변하면 거기 맞춰 움직인다. 빙글빙글 도는 풍향계.

태도가 전혀 변하지 않았던 사람은 고즈 한 명밖에 없었다.

내가 아직 중1이었던 시절. 해가 저물어가는 시각에 혼자 그라운드를 정리하고 있을 때, 궁도부원이었던 고즈가 동아리 활동을 마치고 지나가는 경우가 종종 있었다. 그때는 축구부에서도 교실에서도 완전히 투명인간으로 변해 있었던 나에게 고즈는 평범하게 말을 걸었다.

"안녕? 고생한다. 열심히 하고 있네"처럼 무난한 말이었다.

나는 아마 "좋아서 하는 것도 아닌데, 뭐"라고 대꾸했을 것이다.

"그런가?" 하고 황혼 속에서 고즈는 살짝 고개를 갸웃거렸다. 무테안경 렌즈가 저녁 해의 잔광을 반사하여 노랗게 빛났다. "좋아하지도 않으면 절대로 못하지 않을까? 이렇게 힘든 일." 그 말을 듣고 그럴지도 모르겠다는 생각을 좀 했다. 그러고 보니 그라운드를 정리하는 작업 자체는 그렇게까지 싫진 않았던 것 같기도 하다. 그런 일을 억지로 떠맡게 된 나 자신의 '하위' 같은 포지션이 싫었을 뿐이다.

고즈는 처음부터 평범하게 나를 대했고, 내가 주전 선수가 되고 나서도 쭉 평범하기만 했다. 아무것도 변하지 않았다. 분위기의 노예가 아니었다.

어쩌면 분위기 파악을 못 한다고 해야 할지도 모르지만.

뭐, 어쨌든 그런 점이 왠지 신뢰가 가는 녀석이라고 느꼈다.

불현듯 고즈를 떠올려버렸다. 나는 좀 후회했다.

지금도 고즈를 생각하면 가슴속 어딘가가 따끔거렸다.

어디서 뭘 어떻게 잘못했던 걸까?

아니, 잘못하고 자시고 할 것도 없었다. 지난 1년 동안

내 앞에 선택지가 주어진 적은 없었다.

선택이 가능했던 것은 맨 처음뿐. 그다음부터는 내내 롤러코스터에 몸을 싣고 있었다. 안전바를 내리시고, 몸을 앞으로 내밀지 말아 주세요.

어디서 뭔가를 잘못했다면, 아마 축구부에 들어간 것이 잘못이었을 것이다. 아니면 그보다 더 예전에, 애초에 내 학력에 걸맞지 않은 사사고에 억지로 입학하려고 했던 것이 잘못이었을지도 모른다. 아니, 어쩌면 그보다도 더 옛날에 고즈를 좋아하게 된 것 자체가 잘못이었던 걸까.

난 아마 고즈를 좋아했을 것이다.

교실에서도 동아리에서도 완벽한 투명인간으로서 괴롭힘을 당하던 나. 그런 나를 평범하게 대해주는 유일한 존재인 고즈. 그래서 고즈와 대화하는 것이 즐거워졌다. 어느새 나는 고즈가 지나가기를 기다리면서 그라운드 정리를 하게 되었다. 뭐 대단한 이야기를 하는 것은 아니었다. 단지 한두 마디 인사를 나눌 뿐이다. 고작 그것을 위해서 나는 청소가 끝나버린 다음에도 고즈가 지나갈 때까지 혼자 리프팅을 하면서 시간을 때웠다.

그러나 고즈를 상대하기는 어려웠다.

좋아하는 것과 잘하는 것이 반드시 일치하지는 않는다.

우리 둘 다 사사게노소를 목표로 하니까 같이 공부하자. 나는 고즈에게 그런 제안을 했다. 그런데 사실 고즈에게 그렇게 말한 시점에서는 나는 사사고의 평균 성적도, 위치도 잘 몰랐다. 그저 축구부가 강하다는 소문만 들어서 알고 있었을 뿐. 벌써 반년 앞까지 닥쳐온 자기 자신의 고교 수험조차도 나는 구체적으로 상상하지 못했던 것이다.

고즈는 내 제안을 두말하지 않고 받아들였다. 그렇게 즉답한 것을 보면 아마도 고즈는 '같이 공부한다'는 것을 그다지 중대한 일이라고 생각하지 않은 모양이다. 뭐, 어쨌든 나로선 수험일까지 몇 달 동안 고즈와 오래오래 같이 있을 수 있다면 그걸로 족했다. 내가 상정한 것은 그 몇 달이 전부였다. 내가 정말로 사사게노쇼에 붙는다는 미래는 현실적으로 상상해본 적이 없었다.

그런데 사실 그것은 '같이 공부하는 것'도 아니었다. 그저 내가 고즈에게 쭉 스파르타식으로 엄하게 지도를 받았을 뿐이다. 거기에는 명확한 상하 관계가 존재했다. 고즈가 선생님이고 나는 못난 학생이었다. 학력을 보면 고즈가 압도적으로 나보다 우월했으니까, 그게 당연하다면 당연한 거지만.

그때까지 나는 단순히 고즈를 수수하고 얌전하고 공부잘하는, 눈에 안 띄는 녀석이라고 생각했었다. 어떤 의미에선 얕봤다고 할 수 있을지도 모른다. 변명의 여지도 없다.

뭐랄까, '하위' 카테고리에 속해 있던 시간이 너무 길었던 나머지 비굴함이 뼛속까지 배어버린 나조차도 고즈를 별로 무서워하지 않았던 것이다. 그러니까 솔직히 까놓고 말하자면, 고즈도 나와 같은 '하위'에 속하는 동지일 거라고 내 맘대로 믿고 있었다. 맙소사.

단둘이 대화해보니 고즈가 전혀 얌전하지 않다는 사실은 금방 알게 되었다. 오히려 고즈는 기가 세고 고집스러웠다. 게다가 머리도 좋아서 더 질이 나빴다. 내가 무슨 말을 해도 고즈는 완벽하게 반론했다. 압살했다. 그야말로 철저하게 말발로 이겨버렸다. 멍청이는 아무리 머리를 굴려도 멍청이인 거다. 나 같은 놈이 무슨 생각을 해봤자 고즈에게는 절대로 이길 수 없었다.

그러나 나는 고즈의 그런 점도 싫어하지 않았다.

얌전한 외모만 봐서는 쉽게 알 수 없는 의외의 면. 고즈의 그런 점을 알게 될수록, 내가 다른 녀석들보다 더 특별하게 고즈와 친해진 것 같아서 기분이 좋았다.

하지만 정말로 상대하기가 어려웠다.

아무리 애써도 잘되지 않았다. 대화를 재미있는 방향으로 유도할 수 없었다. 센스 있는 말을 하나도 할 수 없었다. 고즈가 하는 말을 이해하지 못했다. 틀림없이 고즈도 나와 대화하는 것이 재미없었을 것이다.

똑똑한 고즈를 즐겁게 해주기에는 나의 지력은 치명적으로 부족했다.

한번 그런 식으로 생각하게 되니까 고즈가 '상위'이고 내가 '하위'라는 인식이 내 안에서 완성돼버렸다. 그러자 내 안의 비굴함이 서서히 꿈틀거리기 시작했다. 나는 점점 더 이야기를 잘하지 못하게 되어버렸다. 말수가 적어졌다. 묵묵히 연습 문제만 풀었다.

사람을 '상위'나 '하위' 카테고리로 구별하지 않는 고즈. 나한테도 평범하게 대해주는 고즈의 그런 점을 좋아했는데, 나 자신은 아무리 애써도 그 인식에서 벗어날 수 없었다.

내가 '하위'에 머무르는 한, '상위'인 녀석과는 능숙하게 의사소통을 하지 못한다.

그래서 나는 어떻게든 고즈보다 '상위'가 되어보려고 시시콜콜한 축구 이야기를 일방적으로 마구 늘어놓기도 했다. 나는 공부는 못하지만, 축구는 제법 잘해! 하고 고즈에게 어필하려고 했다. 고즈는 축구에는 관심이 전혀 없는데도.

결국 반년이나 함께 지냈어도 나와 고즈의 대화는 여전히 어색하기만 했다. 이야기가 잘 통한 적은 한 번도 없었다. 어떻게든 해봐야지 하고 초조해하면서도 결국 아무것도 못 하는 상태로 나는 그저 묵묵히 수학 연습 문제를 반복해서 풀었다. 성적만 쑥 올랐다.

그러다가 이게 무슨 요행인지, 진짜로 사사고에 붙어버렸다.

깜짝 놀랐다. 고즈와 이야기가 잘 통하지 않았는데도, 아니, 어쩌면 이야기가 잘 통하지 않았기 때문일까? 아무튼 고즈와 같이 했던 공부만은 착실하게 결실을 맺었다.

그러나 요행이든 뭐든 상관없었다. 봄부터는 고즈와 같은 고등학교에 3년 동안 다닐 수 있게 되었다.

반년으로는 잘되지 않았지만, 기간이 3년이나 된다면 그 사이에 어떻게든 잘되지 않을까? 나는 낙관적으로 생각했다.

뭐든지 연습하면 능숙해지는 법이니까.

봄이 온다. 봄이 오면, 모든 것이 틀림없이 잘될 것이다. 왜냐하면 봄이니까.

아, 맞다. 축구부에 들어가 인터하이를 목표로 하기 위해 사사고에 가고 싶다는 말을 했었지. 일단 축구부에는 안 들어갈 수 없겠구나.

사실 내가 고즈의 지도를 받으며 공부할 무렵에는 이미 동아리에서 은퇴한 상태였으므로, 고즈는 내가 축구 하는 모습을 거의 보지도 못했을 것이다.

천하의 고즈도 아마 내가 진짜로 축구를 잘하는 모습을 본다면, 조금쯤은 나를 다시 봐주지 않을까.

은근히 그런 생각도 했던 것 같다.

봄이 되었을 것이다. 하지만 거기에는 내가 상상했던 것 같은 화사함은 하나도 없었다. 나가노의 봄은 추웠다.

나는 입학 직후에 축구부를 찾아갔고, 정신 차려 보니 벌써 2학년이 되어 있었다.

올여름에 우리 축구부는 인터하이에 출전한다.

봄은 옛날에 지나갔고, 내 곁에 고즈는 없었다.

학교 자전거 주차장에다 자전거를 세워놓았다. 동아리 건물로 걸어가면서, 집에서 가져온 사과를 가방에서 꺼냈다. 티셔츠에 대고 몇 번 북북 문지른 다음에 걸으면서 껍질째 씹어 먹었다.

자전거 주차장 출구에서 누군가가 "앗! 타카오, 안녕~?" 하고 말을 걸었다.

"아, 세리카. 안녕?" 하고 나도 인사했다. 그러고 보니 이 녀석도 자전거로 통학했었지. 평소에는 시간대가 달라서 이런 데서 마주칠 일도 없지만.

"아하하, 뭐야. 그게 네 아침밥이야? 멋있네."

"……? 응, 맞아. 그런데 사과가 멋있고 말고 할 게 있나?"

"사과를 티셔츠로 대충 닦아 통째로 깨물어 먹는 거. 멋있잖아? 아마 그러는 사람은 파즈밖에 없을걸? 그런데 타카오, 네가 하니까 참 잘 어울린다."

"그런가? 그냥 어머니가 일어나기 전에 내가 먼저 집을 나오니까 아침밥을 못 먹는 건데. 그래서 아침은 거의 이렇게 때워. 또 우유랑 빵도 먹고. 사과가 꽤 괜찮아. 의외로 배부르거든." 나는 사과를 아삭아삭 먹으면서 설명했다. "그런데 파즈가 누구야?"

"타카오, 파즈 몰라? 라퓨타 주인공인데. 사나이 중의 사나이야. 멋있다고."

"……라퓨타는 아는데, 그런 장면이 있었어?"

"어? 없었나? 네로나 피터인가? 아무튼 뭐, 그런 부류야."

"그런 부류가 뭔데."

"사과를 통째로 깨물어 먹는 부류."

나는 멈추지 않고 계속 걷고 있었는데, 세리카가 슬쩍 옆에 붙어서 나란히 걸었으므로 대화를 계속하게 되었다. 하긴, 가는 방향이 같으니까 나란히 걸어도 부자연스러울 것은 없지만. 보통은 상대가 친구가 아니면 의도적으로 속도를 조절해서 따로 걷지 않나? 하는 생각도 들었다. 세리카의 이런 점이 묘하게 사교적이라고나 할까. 자신이 누군가에게 거절당하는 상황 따위는 전혀 상상조차 안 해본 것 같은 사교성이었다.

실제로 누군가에게 거절당한 적이 한 번도 없을 것이다. 얼굴도 예쁘고 세련된 멋쟁이고, 밝고 싹싹하고. 미움받을 요소가 없었다. 날 때부터 '상위' 그룹에 속한 인종이다.

세리카는 나를 타카오라고 친근하게 부른다. 나도 세리카를 세리카라고 편하게 이름으로 부른다. 그러나 사이가 좋냐 하면, 딱히 그렇지도 않았다. 사이가 나쁜 것은 아니지만, 세리카는 나와 사이가 좋다기보다는 모든 사람과 사이좋게 지내는 녀석이다. 내가 세리카를 이름으로 부르는 이유는 단지 성이 잘 기억나지 않기 때문이다.

중학교에서 고등학교로 넘어오면서 바뀌는 것이 몇 가지 있는데, 그중에서도 특히 '명찰이 사라진다'는 것은 의외로 커다란 차이점이었다. 내 생각에는.

중학교 시절에는 가슴팍에 명찰이 붙어 있었다. 명찰에는 성이 적혀 있다. 즉, 처음 보는 사람이어도 명찰을 보면 이름을 부를 수 있다.

그런데 고등학교에는 명찰이 존재하지 않는다. 그러니까 상대가 자기소개를 하거나, 출석부를 보고 확인하지 않으면 누군가의 이름을 알 수 없다. 둘 중 누군가는 어지간히 적극적이지 않으면 이름을 알 기회가 없는 것이다.

그 점에서 일인칭으로 자기 이름인 '세리카'를 사용하는 이 세리카란 녀석은 무슨 말을 할 때마다 매번 자기소개를 하는 셈이다.

그래서 저절로 '아, 이 녀석 이름은 세리카구나'라는 정보가 머릿속에 새겨진다.

어쩌다 이름을 부르려고 하면서 '어? 이 녀석 이름이 뭐였지?'라고 생각했을 때 맨 먼저 떠오르는 것이 세리카라는 이름이다. 성은 잘 기억나지 않는다.

그래서 '세리카'라고 불러본다. '세리카야~'라든가 '세리카 양'이라고 부르면 쓸데없이 의식하는 것 같아서 이상하니까. 그냥 '세리카'라고 단순하게 부른다. 그렇게 '세리카'라고 편하게 불러도, 세리카는 별로 개의치 않고 태연하게 "응, 왜~?" 하고 대답하며 웃는다. 편하게 이름을 불러도 평범하게 대답해준다. 이 일련의 프로세스가 문제없이 성립되면, 단지 그것만으로도 왠지 모르게 사이가 좋아진 듯한 착각이 든다.

그런 메커니즘으로 세리카는 누구하고나 친한 사이가 된다.

그렇게 하는 세리카 본인이 그걸 자각하고 있는지는 모르겠다. 무의식중에 저러는 거라면 진짜 재능일 것이다.

남자들한테 인기 있는 여자는 여자들한테 미움받는다는 말도 있는데, 세리카는 그렇지도 않았다. 특별히 남자한테만 애교 부리는 것도 아니고 모든 사람을 일관된 태도로 대하기 때문일 것이다.

"그런데 세리카. 너 오늘 일찍 왔다?"

"응. 운동회 진행 스태프로 임명됐거든. 그래서 준비도 하고 이것저것 하려고 오늘은 좀 일찍 왔어. 그러는 타카오, 너야말로 빨리 왔네?"

"아니, 난 항상 이 시간에 와. 아침 훈련이 있으니까."

"그렇구나. 어? 잠깐만, 오늘도 아침 훈련을 해? 아침 훈련을 하고 운동회도 하고, 그다음에 또 저녁에도 동아리 활동을 하는 거야?"

"어, 아마 그럴걸."

"우와~ 몸을 너무 혹사하는 거 아냐? 쓰러지지 않을까?"

"응, 맞아. 전국대회라고 기합이 잔뜩 들어가 있는데, 그 전에 훈련하다가 몸이 망가지면 답도 없지. 하지만 운동회는 가벼운 놀이니까 괜찮아. 적당히 할 거야."

"아하하, 여유 넘치네? 그런데 남자 종목은 축구고, 타카오가 진심으로 싸우면 약자들을 괴롭히는 나쁜 사람이 되는 거잖아. 아, 맞다. 세리카도 타카오가 실린 잡지 봤어. 탈(脫)고교급 볼 컨트롤 능력이라면서? 탈고교급이라니, 그런 말을 진짜로 쓰는구나~ 하고 놀랐어. 어우, 훌륭하다니까."

"아냐, 안 훌륭해." 그렇게 말하고 나서 뒤늦게 깨달았다. 어라? 설마 세리카가 방금 "훌륭하다"고 평가한 대상은 내가 아니라, 태연하게 '탈고교급'이란 표현을 사용한 축구 잡지 측인가? 으음. 내 자의식이 너무 강했나봐.

"타카오, 넌 역시 나중에 프로 축구 선수가 될 거니? 아, 아니다. 일본 대표 선수인가? 올림픽이나 월드컵에 나가는 거야?"

"아니야. 우리가 하는 것은 어차피 고교 축구야. 올림픽이나 월드컵에 출전할 정도로 진짜 굉장한 녀석은 열여섯 살에는 이미 축구단 유소년 팀 같은 데서 프로나 다름없는 플레이를 하고 있어."

"아~ 그래? 하지만 가능성이 없는 건 아니잖아? 아, 지금 미리 기념으로 악수해두고 싶은데. 해줄래? 조만간 타카오가 유명해지면 자랑하고 싶어."

"관둬. 달라붙지 마. 귀찮아."

"에이, 왜 그래~ 해줘도 되잖아? 닳는 것도 아니고. 쩨쩨하게."

자기 마음대로 내 손을 잡으려고 오른쪽 왼쪽에서 바쁘게 덤벼드는 세리카를 적당히 튕겨내면서 걸음을 옮겼다.

진짜로 고양이가 놀아 달라고 하는 것 같았다.

끈질기게 달라붙던 세리카도, 교사와 동아리 건물로 가는 길이 나뉘는 갈림길에 도착하자 "그럼 이따 봐~!" 하고 손을 흔들더니 순순히 떠나갔다.

같이 놀고 싶을 때에는 제멋대로 다가오고, 떠날 때에도 미련 없이 가볍게 떠난다. 정말 고양이 같은 녀석이다. 자유롭게 살아가는 것 같아서 부러웠다.

아마 고민거리도 별로 없을 것이다.

세리카는 고즈와 자주 붙어 다녔다.

교실 이동을 할 때, 복도에서 나란히 걷는 두 사람과 마주치곤 한다.

세리카는 나를 발견하면 유난히 큰 소리로 인사한다. 마치 나한테 말하는 게 아니라 주변 사람들 모두에게 어필하는 것처럼.

나도 슬쩍 손을 흔들어 세리카의 인사에 답한다. 그러나 내 눈은 고즈를 보고 있다.

언제부터였을까. 고즈는 더 이상 나를 보고 웃지 않는다.

딱 한순간, 무표정하게 내 얼굴을 가만히 바라본다. 그리고 금방 시선을 피한다. 나는 고즈와 이야기하고 싶은데, 어째서인지 세리카하고만 이야기하게 된다.

입학한 지 얼마 안 됐을 때에는 이렇지 않았을 것이다.

복도에서 마주치면 "오랜만이네" 하고 고즈가 먼저 말을 걸어줬고, 나도 "응, 요새 너무 바빠. 넌 어때?"라고 말했다. 그렇게 짧은 대화는 나눴었다.

드디어 수험도 끝났으니까 기회가 되면 어디 놀러 갈 약속이라도 잡아볼까. 그런 생각도 그때는 어렴풋이 했었던 것 같다. 하지만 그런 기회는 오지 않았다. 막연히 생각만 하는 와중에 시간은 쏜살같이 지나갔다.

고등학교 입학해서 같이 놀게 된 세리카의 영향 때문일까? 고즈는 점점 예뻐졌다.

안경 쓴 시골뜨기 여자애였던 과거의 모습은 이제 사라져버렸다. 완전히 촌티를 벗고 화사해졌다. 땀 냄새 나는 투박한 축구부원인 내가 편하게 말을 걸어도 될 만한 분위기가 아니었다.

도서관 자습실 바로 옆자리에서 고즈의 옆얼굴을 바라볼 수 있었던 그 시절이, 최근에는 잘 기억도 안 날 정도였다. 어쩌면 내가 착각했거나 잘못 기억하고 있는 게 아닐까? 그런 의문이 불쑥 생기기도 했다.

일단 뭔가를 잘하게 되면 그걸 못했던 시절을 완전히 잊어버리는 것과 마찬가지로, 뭔가가 불가능해지면 그게 가능했던 시절을 떠올리지 못하게 된다.

손을 잡았던 것도, 고즈가 나에게 키스해줬던 것도, 분명히 실제로 일어난 일일 텐데.

그건 도대체 뭐였을까? 단지 고입 시험에 합격해서 너무 기쁜 나머지 일시적으로 흥분해서 폭주했던 걸까.

하늘은 탁한 은색으로 덮여 있었다.

날이 쾌청하진 않아도 밝았다. 오늘도 더울 것 같았다.

아침 훈련을 하려고 창고에서 공을 꺼내고 스파이크를 신었다. 그때 모모세가 왔다.

"안녕?" "어, 안녕" 하고 간단히 인사를 나눴다. 아침에 는 대체로 내가 1등이고 모모세가 2등이다.

내가 특별히 성실한 것은 아닌데도 열차 시간 때문에 저 절로 이 시간에 오게 되었다.

2학년 주력 선수인 내가 유난히 일찍 오니까 1학년들이 부담을 느낀다는 이야기를 듣고, 나는 좀 미안해졌다. 그 러고 보니 아침 훈련 시작 시간이 조금씩 빨라진 것 같기 도 하다.

"운동회에서는 스파이크 금지래" 하고 모모세가 말했다.

"뭐, 그렇겠지? 축구부원 말고는 스파이크를 갖고 있는 사람도 없을 테니까. 안 그래도 축구부가 유리한데 그건 너무 불공평하다는 거겠지."

"트레이닝슈즈는 괜찮나?"

"글쎄? 애초에 스파이크 금지!라고 하는 녀석들이 스파 이크와 트레이닝슈즈의 차이를 알까?"

"아, 하긴~. 어쩌지? 내 신발은 스파이크랑 트레이닝슈 즈를 제외하면 구두밖에 없는데."

"어차피 신을 기회가 없으니까." 나는 스파이크 끈을 다 묶고 가볍게 공을 차면서 그라운드로 나갔다.

"맞아. 축구 말고는 할 일이 하나도 없어." 그렇게 대꾸하면서 모모세도 쫓아왔다. 나는 모모세 쪽으로 공을 찼다. 그대로 얼렁뚱땅 패스 연습이 시작됐다.

"작년 여름부터 거의 쉬지도 않고 쭉 달려온 것 같아. 이제 슬슬 져도 되니까 좀 쉬고 싶다는 생각도 들어." 모모세가 웬일로 투덜투덜 불평하듯 말했다.

다른 멤버가 있을 때에는 그런 부정적인 말은 입 밖에 내기도 꺼려진다. 이렇게 아침에 나와 모모세가 단둘이 있을 때를 제외하면, 이런 푸념은 하지도 못한다.

"응. 전국대회니까. 의욕이 넘치는 것도, 기합이 들어간 것도 이해는 하는데. 그래도 전국대회에 나간다고 해서 숙제나 시험 방면에서 편의를 봐주는 것도 아니잖아. 그게 진짜로 힘들어. 다른 학교는 좀 더 융통성이 있지 않나?"

"글쎄. 다른 학교는 어떤지 몰라도, 스와, 넌 낙제만 안 하면 공부는 대충해도 되지 않아? 축구로 어떻게든 될 것 같은데?"

"어떻게든? 그게 뭐야?"

"응? 아니 뭐, 잘은 몰라도. 프로가 되든지, 대학교에 가더라도 체육특기자 전형으로 가든지? 네 실적이라면 뭔가 방법이 있을 것 같은데. 당연히 학업 성적도 좋으면 최고지만. 그렇게 아등바등 애쓰지 않아도 어떻게든 되지 않을까?"

나는 모모세가 패스해준 공을 보유하면서 잠시 생각에

잠겼다. 모모세가 고개를 살짝 갸웃거리면서 "왜 그래? 스와, 너 축구 계속할 거 아냐?" 하고 물어봤다.

"글쎄? 모르겠어. 생각해본 적이 없거든"이라고 대답하고 공을 모모세에게 돌려줬다.

"하긴, 아직 2학년 1학기니까. 우선 코앞에 있는 전국대회를 생각해야지. 아니, 그보다는 오늘 운동회가 먼저인가? 장래도 생각해봐야 하지만, 장래만 열심히 생각해봤자 소용없기도 하고. 아무튼 아직 모르는 것이 너무 많잖아?"

모모세가 공을 띄워 포물선 궤도로 이쪽으로 보내줬다. 그걸 트래핑 해서 나도 공을 크게 띄웠다. 원바운드. 모모세가 가슴으로 받아냈다.

"모모세, 넌? 진로 생각해봤어?" 하고 내가 별생각 없이 물어봤더니, 모모세는 즉시 "나? 난 방위대(防衛大)에 갈 거야"라고 딱 잘라 대답했다. 그래서 나는 좀 놀랐다. 상당히 구체적인 대답이라서. 그리고 방위대? 방위대가 뭐야?

"자위대의 대학교 같은 거야. 학생이어도 거기 입학하면 월급을 받게 돼. 나중에 자위대에 입대해 국민을 위해 봉사하는 대신, 돈을 받으면서 공부할 수 있는 거야."

"어? 뭐야. 너 자위대에 입대할 거야?"

"응? 그건 나도 몰라. 하지만 만약 방위대에 합격하면 그렇게 되겠지? 졸업하고 나서 진로는 거의 강제적으로 자위대원으로 확정되는 거니까."

"흐음~ 뭔가 굉장한데? 저기, 너 원래 군대 좋아했었어?"

"아니. 하지만 군대 좋아하는 사람만 자위대원이 되는 것도 아니잖아? 방위대에도 축구부는 있으니까 축구도 계속할 수 있고. 제일 중요한 건 우리 집 형편이 좋지는 않다는 거야. 대학에 진학하면서 월급도 받을 수 있으면 좋지."

모모세가 그렇게 말하고 골을 향해 힘차게 공을 찼다.

드라이브 슛. 공은 골네트로 빨려 들어갔다.

멋진 슛이었다. 버티는 다리도 안정적이었고 허리도 잘 돌아갔다. 모모세는 좀 설렁거리는 이미지가 있지만, 실은 설렁거리는 녀석이 아니었다.

진로를 생각해봐야 한다.

요새는 유튜버인지 뭔지 하는 신흥세력에 의해 밀려나게 되었지만, 그래도 남자아이들의 '장래희망' 순위에서 항상 1위나 그 언저리에 군림하는 직업이 '프로 축구 선수'다. 소년들의 영웅. 모두가 동경하는 대상.

그러니까 프로도 노려볼 만한 상황이 되자, 모두들 단순하게 "그럼 넌 프로 축구 선수가 되겠네?"라고 말한다. 축구를 하고 있으니까 당연히 프로가 되고 싶은 거겠지? 하고. 아마 프로가 되면 부자가 되어 잘살 수 있을 거라고 생각하는 것이리라.

그러나 프로 선수가 된다는 것은 결승점이 아니라 출발

점에 불과하다.

프로가 되고 나서도 인생은 계속된다. 또 은퇴한 다음에도 살아가야만 한다.

축구 선수의 생명은 짧다. 대부분 30대가 되기 전에 은퇴한다.

은퇴한 다음에는 어떻게 해? 전직 프로 축구 선수란 것은 이력서의 어디에 적으면 되는 거야? 그런 의문에는 아무도 답해주지 않는다. 당연하지. 어차피 남의 일이니까.

그런데 좋아하는 일을 직업으로 삼아 살아갈 수 있다면, 그건 멋지지 않아?

응, 그건 그렇지.

하지만 그런 생각을 하기 시작하면 자동적으로 "그런데 내가 그렇게까지 축구를 좋아했었나?"라는 의문에 부딪치고 만다.

애초에 나는 형을 동경해서 축구를 시작했었다.

그 후에는 '나중에 두고 봐라'라는 증오의 힘만 가지고 축구를 했다. 순수하게 축구를 하는 게 재미있어서, 축구를 좋아한다는 감정만으로 축구를 계속했던 것이 아니다.

물론 재미있다고 느낄 때가 없었냐고 물어본다면, 그건 아니라고 대답할 것이다. 당연히 시합에서는 이기고 싶고, 이겼을 때에는 축구를 하길 잘했다고 생각하기도 한다.

아마 이런 문제로 고민하고 있는 시점에서 나는 축구를 충분히 좋아하진 않는 것이리라.

적어도 축구를 위해서라면 뭐든지 다 포기할 수 있다! 하는 각오는 나에겐 없었다.

설령 내가 축구를 좋아한다 해도, 단지 좋아한다는 이유만으로 무한히 모든 것을 희생시켜야만 한다는 것은 역시 너무 심한 횡포라고 생각한다. 모든 것에는 한도가 있는 법이다. 사랑은 유한하다.

툭 까놓고 말해서 운동회 따위에 진지하게 임하는 것은 무의미한 짓이다.

"초보자들 틈에 끼어 축구를 한다고? 어휴, 사고 날까 봐 무섭네. 드디어 다음 달부터 인터하이인데. 이런 일로 다치기라도 하면 큰일이지. 그러니까 조심하자." 시합이 시작되기 전에 모모세가 그렇게 말했다.

정확한 지적이었다. 어떻게 움직일지 전혀 예상이 안 가는 초보자는 무섭다. 초보자가 온몸으로 부딪쳐 오면 우리도 넘어지고, 다치기도 한다.

"응, 알았어" 하고 나는 싸구려 운동화 끈을 다시 묶으며 대답했다.

"공을 오래 가지고 놀지 마. 최소한만 건드리고 얼른 앞으로 보내버려. 스와, 넌 특히 세리카에게 잘 보이고 싶어 하는 녀석들한테 견제당할 테니까, 네가 공을 오래 가지고 있으면 초보자들이 무식하게 몸통 박치기를 시도할지도 몰라."

"왜 여기서 세리카가 튀어나와?" 하고 내가 궁금해서 물어봤더니, 모모세는 "글쎄? 왜일까? 너를 쓰러뜨린다고 세리카가 자기 것이 되는 것도 아닌데. 뭐, 청소년의 마음은 복잡해서 이해하기 어렵다는 거겠지. 이해가 안 가는 것은 무조건 피하고 봐야 해"라는 식으로 뭔가 정답인 듯 아닌 듯 알쏭달쏭한 이야기를 했다.

운동회의 관건은 하나다. 그 반에 운동 잘하는 녀석이 얼마나 많이 있느냐 하는 것.

모모세를 원톱으로 세우고, 중반의 공격적인 포지션은 수영부와 배드민턴부 소속인 달리기 잘하는 녀석에게 맡긴다. 나는 볼란치*. 나머지는 전원 디펜스.

작전은 단순하다. 공격은 전적으로 앞에 있는 세 사람에게 맡기고 디펜스는 수비에만 집중한다. 카운터 어택의 경우에도 시간만 벌면 되니까, 억지로 공을 빼앗으려고 하지 않는다. 적과의 거리를 유지하면서 끈질기게 버틴다. 이러면 상대에게 점수를 빼앗길 염려는 거의 없으므로, 이제는 운동 잘하는 녀석들이 어떻게든 힘내서 점수를 따면 된다.

이 작전은 성공했다. 현재 우리는 2연승을 했고, 세 번째 경기에서도 2점을 먼저 따내서 승기를 잡은 상태였다.

전방에서 모모세가 공을 커트해서 일단 뒤에 있는 나에게 보냈다. 나는 여유롭게 공을 트래핑 하고 상황을 살펴봤다. 단지 그뿐인데도 그라운드를 에워싼 관중이 열광

* 수비형 미드필더

했다.

이제는 대충 공을 돌리면서 시간만 끌어도 될 테지만.

"꺅~!! 타카오~!! 공격해, 공격~!!"이라는 세리카의 날카로운 환성이 들려왔다. 나는 무심코 쓴웃음을 지었다. 혼연일체가 되어 시끄러운 소음으로 변해버리는 다른 녀석들의 응원 속에서 세리카의 목소리만은 유난히 또렷하게 울려 퍼졌다.

뭐, 어쨌든 고맙게도 응원해주는 거니까. 멋진 모습도 좀 보여줘야겠다. 나는 전방에 있는 녀석들에게 '나도 공격에 참가한다'는 수신호를 보냈다. 모모세가 턱짓으로 '좋아, 해봐' 하고 반응했다.

내가 이번 시합에서 처음으로 직접 드리블하여 앞으로 나가자, 또다시 관중이 열광했다.

운동회라고는 해도 실은 다들 축구부의 활약을 구경하러 온 것이었다. 그래, 관객을 위해 진귀한 쇼를 보여주는 게 좋을지도 모르겠다.

구보하듯이 느린 속도로 느긋하게 전선까지 나아갔다.

상대 팀 선수 하나가 마크하러 왔을 때 나는 탁! 하고 발바닥으로 공을 밟아 잠깐 멈춰놓고, 상대를 계속 등지면서 몸을 돌려 오른쪽으로 빠져나갔다. 일명 마르세유 턴.

와아악!! 하고 또다시 관객이 환성을 질렀다.

진짜 시합은 속도가 너무 빨라서 이런 기술을 쓸 기회도 없지만, 이렇게 속도가 느린 경우에는 움직임을 일일이 눈으로 확인하면서 완벽하게 할 수 있으니까 쉬운 일이었다.

이번에는 두 명이 한꺼번에 막으러 왔다.

일단 오른쪽으로 공을 차는 척하다가 발을 끌면서, 그 발로 다시 한 번 공을 터치해 제자리로 가져왔다. 공은 활기찬 강아지처럼 내 발치에서 빙글빙글 돌았다.

돌아온 공을 왼발 발바닥으로 잡아 앞으로 가져오고, 살짝 뜬 공을 오른발로 쳐서 위로 올렸다. 공이 상대의 머리를 넘어갔다. 단번에 두 사람을 제쳤다.

축구부원인 사카요리가 막으러 왔다. 이 녀석은 그리 쉽게 일대일로 뚫을 수 있는 상대가 아니었다.

나는 사카요리를 보는 동시에 곁눈질로 주변 상황도 파악하고 있었다. 시저스로 페인트 동작을 취하면서 우측 사이드에 있는 모모세에게 패스했다. 그리고 사카요리를 지나쳐 뛰어가자, 원투로 공이 나에게 다시 돌아왔다.

사카요리는 1초 늦게 따라오는 중.

앞에는 디펜스 두 명과 골키퍼 한 명이 있었지만, 전원 초보자였다. 아마 제대로 움직이지도 못할 것이다. 나는 그걸 보고 딱 0.1초만 생각한 뒤, 인프런트로 공의 중심보다 약간 바깥쪽을 찼다.

공이 포물선을 그리며 디펜스 두 사람 사이를 뚫고 날아갔다. 골키퍼가 몸을 날렸지만 거기서는 전혀 닿지 않는다. 휘어질 테니까.

회전하는 공이 확! 휘어지면서 떨어졌다. 원바운드로 골네트를 흔들었다. 3점.

환호성이 터져 나왔다.

"꺄악~!! 타카오~!!!!" 하고 외치는 세리카의 목소리. 나는 그쪽으로 고개를 돌렸다. 세리카는 나와 눈이 마주치자 활짝 웃으며 열심히 손을 흔들었다.

내 시선이 그 주변에서 이리저리 방황했다.

거의 항상 세리카와 한 세트로 다니던 고즈의 모습이 그 근처에서는 보이지 않았다. 언제나 그랬다. 내가 정말로 내 모습을 보여주고 싶어 하는 상대는, 나를 봐주지도 않는다.

시합 종료 휘슬 소리가 울렸다.

시합이 없을 때 우리는 운동장 구석에 있는 동아리 건물 그늘 속으로 들어갔다. 거기서 인양된 참치처럼 데굴데굴 굴러다녔다.

멀리서 들려오는 환호성을 듣고 상황을 대강 추측해봤다. 스피커에서 나오는 방송위원의 어설픈 실황 중계보다도, 여기까지 들려오는 세리카의 육성이 더 잘 들렸다. 지금 진행되는 시합에서 이긴 팀이 다음에 우리와 붙는다. 그러면 운동회 첫날은 끝난다.

"야, 스와. 너 세리카랑 안 사귀냐?" 하고 모모세가 물어봤다.

"뜬금없이 웬 세리카? 아닌데. 걔 나한테 고백한 적도 없어." 나는 건성으로 대답했다.

"진짜~? 하지만 아무리 봐도 세리카는 너 좋아하는 것 같던데?"

세리카가 나를 응원해줘서 그러는 건가? '응원=좋아한다'라는 것도 너무 안일한 생각이 아닐까. 무슨 중학생도 아니고.

"세리카의 그건, 그런 게 아니지 않아? 이거 봐, 지금도" 하고 내가 하늘을 가리키자, 때마침 세리카의 날카로운 목소리가 들려왔다. 세리카는 아마도 오늘 진행되는 모든 시합을 착실하게 응원하고 있을 것이다. 그것도 어느 한 팀을 응원하는 것이 아니라 모든 팀을 공평하게.

"누구든 상관없으니까 그때그때 눈에 띄는 녀석을 응원하는 거야. 세리카는 그런 녀석이야. 이런 이벤트에서는 유난히 에너지가 넘치는 타입."

"으음~ 글쎄, 그럴까~?" 모모세는 그렇게 말하면서도 더 이상 깊이 파고들 마음은 없는지 "아~ 더워~!" 하면서 몸을 뒤척였다. 공기가 축축해서 더웠지만, 그늘 속 콘크리트는 서늘해서 이렇게 누워 있으니 기분 좋았다.

"그런데 세리카 말이야. 얼굴만 봐도, 남자 경험이 있는 얼굴이지?" 딴 녀석이 조그맣게 중얼거렸다. 그러자 누워 있던 모모세가 벌떡 일어났다.

"맞아. 귀엽기도 하고 얼굴이 예쁘기도 하지만, 그거 말고도 뭔가 좀 섹시하잖아?"

"응. 틀림없이 처녀는 아닐 거야. 아마도."

"틀림없이? 아마도? 둘 중 하나만 해." 나는 그 화제를 적당히 넘겨버렸다. 남자들의 이런 감성은 고교생이 되어도 중학생 때보다 별로 나아지지 않는가 보다.

중학교 시절에는 막연하게 그런 생각을 했다. 고등학교에 들어가면 자동적으로 고교생이 될 거라고. 그러나 적어도 내가 관측한 범위 내에서는 남자애는 여전히 남자애이지, 결코 '사나이'는 아니었다. 또 나 자신도 중학교 시절과 뭔가 달라진 것 같지도 않았다.

이것저것 망상하는 것은 즐겁지만, 이야기가 구체적으로 변하거나 지나치게 노골적인 경우에는 저절로 기가 죽었다.

"난 솔직히 말해서 세리카보다는 카이가 더 마음에 들어." 누군가가 그런 말을 했다. 모모세가 또다시 "아~ 그것도 알지, 알지. 그 뭐냐~? 청순가련? 청초한 타입이잖아"라는 식으로 애매하게 이야기에 참가했다.

"그 녀석은 틀림없이 처녀일 거야. 아마도."

"야, 틀림없이든 아마도든, 둘 중 하나만 하라니까?"

내가 그런 말로 이야기를 끝내려고 하자, 가끔 이상하게 눈치가 빠른 모모세가 "야, 스와. 넌 카이 이야기가 나오면 싫어하더라?" 하고 화제를 던졌다.

"넌 카이와 중학교 동창이잖아? 서로 이야기는 안 해? 혹시 카이가 불편해?"

어, 그래. 불편한 걸지도 몰라.

적어도 제삼자가 보기에는 절대로 나와 고즈가 친해 보이진 않을 것이다. 실제로 친하지도 않고. 이제는 도서관에서 같이 공부했던 기간보다도, 이렇게 묘하게 서먹서먹한 사이로 지낸 기간이 더 길었다.

그때 누군가가 "아 참, 카이는 마루야마랑 사귄다는 소문이 있던데?"라는 말을 꺼냈다. 나는 깜짝 놀랐다. 나도 모르게 벌떡 상반신을 일으켰다.

"뭐? 야, 진짜야?"

"틀림없이 진짜야. 아마도."

틀림없이인지 아마도인지 둘 중 하나만 하라니까? 그게 제일 중요하다고.

"마루야마? 그거, 그 녀석이지? 좀 불량해 보이는 녀석."

"응. 그 녀석. 파르코 백화점 같은 데서 단둘이 있는 모습을 애들이 자주 봤다던데?"

"뭐야~? 카이도 의외로 남자 보는 눈이 없네? 아, 혹시 그건가? 똥차 콜렉터. 유독 나쁜 남자한테 쉽게 넘어가는 타입." 그러면서 모모세도 몸을 일으켰다.

"바보같이 밴드 하는 남자랑 사귀는 타입인 거야. 틀림없이 너무 곱게 자라서 지금까지 그런 족속들과 접촉할 기회가 없었던 거야, 아마도. 그냥 머리가 나쁘고 행실이 못된 건데, 그걸 보고 개성적이고 멋진 사람이라고 착각하는 거지. 똑똑한 사람일수록 그러는 경우가 꽤 있거든~."

"우와~…… 진짜……?" 나는 저절로 풀이 죽어 신음했다.

아니, 뭐, 그래. 고즈가 남자친구를 사귀는 것은 괜찮아. 고등학교 입학하고 나서 고즈는 촌티를 벗고 무척 예뻐졌으니까. 그렇게 예쁜 여자애를 남자들이 그냥 놔둘 리가 없잖아. 지금까지 1년 넘게 남자친구가 없었다는 것이 오히려 놀라울 정도야.

응? 그런데 왜 그게 마루야마야? 하필이면.

또다시 세리카의 목소리가 여기까지 들려왔다. 그 목소리 톤 덕분에 시합이 끝났음을 알 수 있었다. 편리한 녀석이다. "자~ 이제 가자~" 하고 콘크리트 위에 뻗어 있던 모모세도 천천히 일어났다. 우리의 다음 시합 상대는 바로 그 마루야마 류키의 반이었다.

마루야마는 축구부원인 이와쿠라와 함께 앞으로 나와 있었다. 저 반의 리더는 이와쿠라일 것이다. 이와쿠라가 앞으로 나오게 한 것을 보면, 마루야마도 운동을 꽤 잘하는 모양이다.

"어, 마루야마네? 저 녀석 체격 좋잖아. 축구 잘하나?" 하고 모모세가 말했다.

"글쎄. 확실히 덩치는 크지만, 어차피 동아리 활동도 안 하는 녀석이잖아. 규칙적으로 운동하는 습관이 없다면 저렇게 덩치가 큰 만큼 발이 느리지 않을까?"

"하긴 그래. 아, 하지만 거친 플레이는 조심해. 저 녀석은 진짜로 무슨 짓을 할지 모르니까. 절대로 다치면 안 돼."

"그냥 덩치만 큰 초보자한테 몸싸움으로 질 것 같아?" 나는 그렇게 대꾸했다. 내 생각보다 더 날카로운 말이 입에서 튀어나와서, 내가 말해놓고 스스로 놀랐다.

이제 곧 킥오프다. 그런데 문제의 마루야마는 티셔츠 밑에 손을 집어넣고 배를 만지면서 실실 웃으며 이와쿠라와 떠들고 있었다. 신발 끈도 제대로 묶지 않은 것 같았다.

나 참, 저런 녀석을 진지하게 상대해봤자 무슨 소용이야?

시합 개시 휘슬 소리가 울렸다. 킥오프.

포메이션만 보면 상대 팀은 마루야마를 공격의 중심으로 삼는 듯했다. 원래 미드필더인 이와쿠라는 뒤로 물러나 수비에 치중하는 것 같았다.

공은 주로 우리가 상대의 진영에서 보유하고 있었으므로 우리가 우세했다. 그러나 이와쿠라가 후위에 있다 보니, 우리도 모모세 혼자 전선에 나선 상태에서는 좀처럼 득점하기가 어려웠다.

오른쪽 라인 근처에서 공격수단을 잃어버린 모모세가 센터 라인 부근에 있는 나한테 일단 공을 보내줬다. 나는 그걸 트래핑 하면서, 마루야마가 나를 마크하러 뛰어오는 것을 힐끗 보고 파악했다. 뭐야? 폼만 잡는 게 아니라 전력 질주도 할 줄 아네? 나는 마루야마를 좀 다시 봤다. 자, 이제 어떻게 피할까.

공을 가지고 앞으로 뛰쳐나가려고 했다. 그때 내 눈앞에서 짝! 하는 소리가 났다.

나는 깜짝 놀라 반사적으로 눈을 감았다.

마루야마가 내 눈앞에서 손뼉을 친 것이다. 그건 즉시 파악했지만 이미 늦었다. 마루야마가 내 다리를 가로막으면서 자기 다리를 공으로 쭉 뻗었다.

"이 자식이?!"

나는 점프해서 마루야마의 다리를 피했다. 이건 분명히 마루야마의 파울이었지만, 학교 운동회에서 뭘 바라겠는가. 제대로 된 심판도 없었다. 아무도 휘슬을 불지 않았다. 공을 빼앗겼다. 관중석이 들썩거렸다.

"꺄악~!! 류키~!! 잘한다~~~!!!!"라고 외치는 세리카의 목소리가 들렸다. 변절자다.

흥, 뭘 잘했다는 거야? 시시한 속임수와 파울을 했을 뿐이잖아. 나는 방금 다시 봤던 마루야마에 대한 평가를 철회했다. 그러나 초보자에게 공을 빼앗겨버린 것은 사실이었다. 내 안에서 화르르! 하고 불이 붙는 것을 느꼈다. 젠장, 날 깔보는 거냐.

공을 빼앗긴 했지만 별다른 대책도 없이 혼자 앞으로 나선 마루야마는 우리 팀 디펜스들 사이에 끼어버렸다. 결국 공은 라인 밖으로 나갔다. 우리 팀의 스로인으로 게임이 재개됐다. 나에게 공이 되돌아왔다. 또다시 마루야마가 마크하러 왔다.

방금 전에는 허를 찔렸지만, 사실 내가 마루야마 같은

놈한테 공을 빼앗긴다는 것은 말도 안 되는 일이었다. 좀 가지고 놀아볼까? 수준 차이를 보여주마.

나와 마루야마의 일대일 대결.

공을 발바닥으로 눌러 세우고 마루야마의 눈을 똑바로 봤다. 사람은 누가 자기 눈을 쳐다보면 반사적으로 상대의 눈을 쳐다보게 되어 있다. 그런데 내 눈을 본다는 것은, 마루야마가 공을 보지 못한다는 뜻이다. 공은 내가 지배하고 있으므로, 나는 보지 않아도 공이 지금 어디 있으며 어떤 운동을 하고 있는지 파악하고 있었다.

나는 마루야마의 눈을 보면서 '오른쪽이다'라는 메시지를 보냈다.

이런 아이콘택트는 동료들뿐만 아니라 적에게도 직감적으로 통하게 되어 있다. 물론 '오른쪽이다'라는 메시지를 보내면서 나는 왼쪽으로 빠져나갈 것이다.

오른쪽으로 보디 페인트를 구사하면서 시선은 마루야마의 얼굴에 고정한 채, 공을 보지 않고 왼쪽으로 건드렸다. 오른쪽으로 기울었던 무게중심을 단번에 왼쪽으로 옮기려고 몸을 낮췄다.

발이 살짝 미끄러졌다.

축구용 스파이크가 아니라 싸구려 운동화를 신었기 때문이다. 축구를 지배하는 것은 물리법칙. 즉, 똑같은 행동을 똑같이 하면 매번 똑같은 현상이 발생하지만, 그것은 다시 말해 아주 조금만 조건이 달라져도 다른 결과가 나온다는 뜻이다. 약간 출발이 늦어졌다.

나도 모르게 "쳇" 하고 혀를 찼다. 예정과는 달리 마루야마를 떼어내지 못했다.

마루야마는 눈을 내리깔고 공을 보고 있었다. 자신이 공을 보지 못한다는 사실을 눈치챈 걸까. 이것도 초보자치고는 빠른 복귀였다. 그러나 아직은 내가 반 박자 앞서고 있었다. "제길!!" 하고 마루야마도 욕을 하면서 쫓아왔다. 자세가 무너졌는데도 놀랍도록 힘찬 스타트였지만, 그 다리는 곧 휘청거렸다. 그러게 신발 끈은 제대로 묶었어야지.

나는 공과 마루야마 사이에 내 등을 끼워 넣으면서 대각선으로 드리블하여 앞으로 나아갔다. 의외로 마루야마가 찰싹 달라붙어서 나는 자유롭게 움직일 수 없었다.

스텝오버 기술로 드리블 완급을 조절했다. 기운이 넘쳐한 발 더 튀어나간 마루야마는 그 와중에도 제동력과 순발력으로 즉시 대처했다. 나쁘지 않은 속도였다. 반응은 지나치게 단순하지만, 신체 능력 하나는 제법 훌륭해 보였다. 어릴 때부터 축구를 했으면 실력 있는 선수로 성장했을지도 모른다.

그런데 미안하게 됐네. 나는 그런 수준으로 축구를 하는게 아니야. 너 같은 녀석이 좀 필사적으로 덤벼들어 봤자 게임이 안 되는 거다.

나는 뒷발로 공을 끼웠다가 가볍게 위로 띄웠다. 힐 리프트.

마루야마의 머리 위로 공을 넘겨서 앞으로 보내고, 나는 그놈의 옆을 스쳐 지나가듯 통과했다.

어때, 봤냐? 이래서 격이 다르다는 거다. 나는 다소 의기양양하게 스쳐갈 때 마루야마의 얼굴을 쳐다봤다. 얼마나 얼빠진 얼굴로 울상을 짓고 있을지 확인해보고 싶어서.

마루야마는 나를 보지 않았다. 마루야마의 시선은 나를 지나쳐 내 뒤를 보고 있었다. 휘둥그레진 눈으로. 그 입이 무슨 말을 하려고 벌어지는 장면이 슬로모션으로 보였다.

"위험……!!"

마루야마의 그 말을 들은 순간, 내 몸에 충격이 가해졌다.

부딪쳤나?!

모르겠다. 나는 반사적으로 최대한 몸을 웅크려 둥글게 말았다.

몸이 허공에 떴다. 체공 시간이 이상하리만치 길게 느껴졌다. 고통이 찾아올 듯한 예감.

왔다. 쿵! 하고 어깨부터 딱딱한 운동장에 부딪치면서 쓰러졌다. 가해진 힘에 저항하지 않고 그대로 데굴데굴 두 바퀴 굴렀다. 아야, 아야.

외부에서 작용하던 힘이 완전히 발산된 다음에 내 몸은 정지했다. 나는 한껏 움츠리고 있던 신체의 긴장을 풀고 대자로 뻗었다.

뭐야? 무슨 일이 일어난 거야?

"스톱! 스톱~!!" 하고 외치는 모모세의 목소리가 들렸다. 관중석에서 비명이 터져 나왔다. 나는 지면에 쓰러진 채 눈을 뜨고 주위를 빙글 둘러봤다. 좀 떨어진 곳에 주저앉아 있는 녀석이 보였다. 저 녀석과 부딪친 건가. 그럭저럭 상황은 파악했다.

아마도 위로 올라간 공만 보고 뛰어온 상대 팀 멍청이와, 플레이 도중에 한눈팔고 마루야마의 얼굴을 쳐다본 내가 충돌한 것이리라.

아, 그럼 둘 다 멍청이구나.

아무리 아마추어 운동회여도 경기 도중에 한눈을 팔면 안 되는 거였어. 뒤늦게 후회했다. 안 그래도 사고의 위험성이 있으니까 지나치게 공을 가지고 놀지 말고 최소한으로 건드려서 앞으로 보내자고, 처음부터 그런 이야기를 했었는데.

어휴~ 진짜. 거봐라, 꼴좋다.

"너 괜찮아?" 모모세가 이쪽으로 뛰어왔다.

"피 나잖아. 야! 누가 좀 와봐! 의료 스태프 없어?!" 하고 모모세가 운동장 밖을 향해 소리치자, "네네, 갑니다~! 가요가요, 가요~~!! 나한테 다 맡겨~!!"라고 쓸데없이 힘찬 목소리로 외치면서 누군가가 뛰어왔다. 세리카였다. 의료 스태프가 너였어?

"어때? 타카오. 일어설 수 있어? 걸을 수는 있어?"

나는 세리카와 모모세의 부축을 받아 일어났다. 이쪽저

쪽 무게를 실으면서 어디가 안 좋은지 확인해봤다. 직접 부딪친 어깨는 아직 좀 아팠지만, 어디 삐거나 인대가 늘어난 곳은 없어 보였다. 팔꿈치가 까져서 피가 나긴 했어도 이 정도는 금방 나을 것이다.

"괜찮아. 별것 아니야. 시합을 계속하자." 나는 괜찮은 척했지만, 세리카가 "앗~! 안 됩니다!!! 절대로 안 됩니다!! 너 피 나잖아. 보건실에 꼭 가야 해!! 무조건 보건실에 가서 치료를 받아야 해!!" 하고 난리를 쳤고, 또 사람들이 모여들더니 모모세와 상대 팀 녀석들이 '누가 위험한 플레이를 했느냐' 하고 말싸움을 벌이기 시작했으므로 뭔가 일이 귀찮아진 것 같아서 나는 얌전히 보건실에 가기로 했다.

혼자서도 걸을 수 있는데, 어째서인지 나는 세리카에게 손을 잡힌 채 운동장을 떠나게 되었다. 한참을 걷다가 드디어 위화감을 느꼈다. 왜 어린애처럼 세리카에게 손을 붙잡힌 채 끌려가고 있는 거지? 뒤늦게 손을 떨쳐냈다. 아직도 정신이 약간 멍한 상태인가 보다.

내가 "뭐야, 세리카. 왜 나를 끌고 가는 거야?"라고 물어보자, 세리카는 "응? 그거야 뭐, 세리카가 의료 스태프니까?" 하고 의아하다는 듯이 고개를 갸웃거리며 엉뚱한 대답을 했다. 대답은 엉뚱했지만, 고개를 기울이는 각도는 완벽했다. 자신이 제일 귀여워 보이는 각도를 잘 아는 것 같았다.

"아냐, 됐어. 괜찮아. 나 혼자 걸을 수 있어."

"그래?" 하고 세리카가 내 눈을 들여다봤다. 묘하게 거리가 가까웠다. "아, 좀 전까지는 동공이 흔들렸는데 이제는 거의 정상으로 돌아온 것 같네. 이 정도면 괜찮은가?"

"뭐? 동공이 흔들렸어?"

"응. 정신이 오락가락~ 하는 것 같았어. 머리 주변에서 별이 빙글빙글 도는 느낌?"

들고 보니 그랬을지도 모른다는 생각도 들었다. 어? 머리는 안 부딪쳤을 텐데.

"너답지 않더라" 하고 세리카가 하얀 이를 드러내며 장난스럽게 웃었다. "상대가 류키여서 좀 열 받았던 거야?"라면서 악의 없이 핵심을 찔러댔다. 아, 나 지금 정색하고 있구나. 그걸 스스로도 느꼈다.

"앗, 미안해. 내가 너무 정곡을 찔렀나? 타카오, 넌 항상 카이를 보고 있잖아. 그리고 류키는 카이와 사이가 좋으니까. 질투한 거야?"

"야."

내 생각보다 더 거친 목소리가 튀어나와서 이번에도 또 스스로 깜짝 놀랐다.

"너랑 나는 그렇게 서로 아무 말이나 해도 될 정도로 친하진 않은 것 같은데."

세리카는 입을 다물었다. 그러나 시선을 피하지는 않았다. 세리카는 내 눈동자 속에서 어떤 정보를 알아내려고 하는 것처럼 보였다. 나로선 세리카가 무슨 생각을 하는지 전혀 알 수 없었다.

"아~ 미안해. 세리카가 원래 그런 소리를 좀 들어. 너무 허물없이 친하게 군다고. 거리감? 그런 걸 잘 파악하지 못하나 봐. 그래도 세리카 나름대로는 신경 쓰고 있는데."

세리카가 눈썹을 축 늘어뜨리면서 사과했다. 더 이상 화내면 오히려 내 입장이 난처해질 것 같았다. 그래서 나는 "아냐, 됐어" 하고 대답했다. 왠지 모르게 마음이 불편해져서 "보건실에는 나 혼자 갈 수 있어. 세리카, 넌 그만 가봐도 돼"라고 했다.

"그래?" 하고 세리카는 또다시 완벽한 각도로 고개를 갸웃거렸다. "그럼 난 먼저 갈게. 그 대신 보건실에는 꼭 가, 알았지?" 그런 말을 남기고 고양이처럼 가벼운 발걸음으로 운동장으로 돌아갔다.

예상보다 쉽게 세리카가 물러나는 바람에 나는 좀 놀랐다. 틀림없이 세리카도 불편했던 것이리라. 내가 너무 공격적으로 말했나 보다. 나는 반성했다. 방금 전에도 열 받아서 실수했으면서, 왜 그런 실수에서 전혀 교훈을 얻지 못하는 걸까.

자랑하는 건 아니지만, 나는 좀처럼 병에 걸리지도 않고 거의 다치지도 않는다. 그래서 보건실에는 신체검사를 할 때 말고는 올 기회도 없었다. 문 앞에서 약간 긴장했다.

두 번 노크하고 미닫이문을 살며시 열었다.

예의 소독약? 같은 보건실 특유의 냄새가 코를 찔렀다. 반사적으로 인상을 찌푸렸다.

"실례합니다······."

보건실은 어둡고 조용했다. 보건 선생님도 안 계시는지, 아무도 대답하지 않았고 인기척도 느껴지지 않았다.

"······뭐야. 없네."

투덜투덜 혼잣말하고 보건실 안을 둘러봤다. 불은 꺼져 있었다. 에어컨도 안 켜져 있었다. 창문은 열렸고 커튼은 닫혀 있어서, 바람이 불면 커튼이 펄럭이면서 햇빛이 잠깐씩 들어왔다 나갔다 했다. 조용하고 인기척 없는 낯선 장소에 혼자 있는 것은 왠지 남의 집에 도둑질하러 들어온 것 같아서 마음이 불편했다. 괜히 불안했다.

나는 그 근거 없는 죄책감인지 뭔지를 떨쳐내려고 "어, 실례합니다······." 하고 조그맣게 중얼거리면서 보건실 안을 돌아다녔다. 나는 나쁜 마음을 먹고 숨어 들어온 게 아닙니다! 하고 누군가에게 어필하려는 것처럼.

침대 쪽에는 커튼이 쳐져 있었다.

상식적으로 생각하면, 커튼이 쳐져 있다는 것은 거기서 누군가가 자고 있다는 뜻이다. 누군가가 자는 모습을 훔쳐보는 것은 바람직한 짓이 아니다. 그건 나도 알았다. 그런데 그때는 나도 머리가 잘 돌아가지 않아서, 어떻게든 보건 선생님을 찾으려고 자연스럽게 커튼을 젖히고 그 안을 살펴보게 되었다.

먼저 발바닥이 눈에 띄었다.

신발도 양말도 신지 않은 맨발바닥. 남의 발바닥을 직접 볼 기회는 흔치 않으니까, 내 시선은 저절로 거기 고정돼 버렸다.

작았다. 내 손바닥과 비슷한 크기였다. 여자애 발바닥이 었다.

"으응……?" 하고 살짝 숨을 내쉬는 소리가 들렸다. 그 제야 나는 시선을 위로 올려, 침대에 누워 있는 여자애 얼 굴을 확인했다.

고즈였다.

눈을 가늘게 뜨고 1초. 고즈는 내 모습을 인식하자 순간 적으로 눈을 크게 뜨고 "꺅……!!" 하고 작은 비명을 지르 면서 용수철 튕기듯이 벌떡 일어났다. 동시에 가슴에 걸쳐 져 있던 담요를 끌어당겼다. 맨발이 담요 속으로 쏙 들어 갔다.

그래도 나는 여전히 멍하니 고즈의 얼굴을 보고 있었다.

이런 거리에서 얼굴을 본 것은 꽤 오랜만이었다. 이런 식으로 눈이 마주친 것은 아주 오래된 옛날 일처럼 느껴 졌다.

핏기가 없었다. 안색이 안 좋았다. 어디 아픈가? 하고 생각했다가, 아니, 그거야 보건실에 누워 있으니까 어디 아픈 게 당연하잖아? 하고 스스로 타박을 줬다. 아, 잠깐만. 태평하게 그런 생각이나 할 때가 아니잖아.

아파서 침대에 누워 있는 여자애 맨발을 뚫어져라 응시하다니, 이거 반쯤은 치한과 비슷한 행위 아냐? 아니, 사실 고즈의 반응이 완전히 치한을 만난 사람의 반응이잖아?

"아! 미안해! 저기, 일부러 훔쳐보려고 한 건 아니고! 보건 선생님이 안 계셔서 찾는 중이었어!!" 하고 나는 큰 소리로 말했다. 생각보다 더 큰 소리가 튀어나와서, 안 그래도 동그랗게 움츠러들었던 고즈가 흠칫하면서 더더욱 몸을 작게 움츠렸다. 와, 이게 뭐야.

고즈의 동작 하나하나가 전면적인 '거부'를 나타내고 있었다. 나는 으아아~ 진짜 최악이다~~라고 생각했다. 그동안 쭉 무슨 계기가 있어서 고즈와 다시 이야기할 수 있으면 좋겠다고 생각했는데, 이것은 내가 상정했던 어떤 경우보다도 더 심각한 하드 모드였다.

"저, 저기. 선생님은 어디 계셔?" 하고 나는 힘겹게 말을 꺼냈다.

"몰라. 난 자고 있었으니까." 고즈는 퉁명스럽게 대답하고 시선을 피했다. 아, 하긴, 그렇지~ 그야 당연하지. 나도 그렇게 생각했다. 뭐 이런 멍청한 질문을 다 했을까?

실점을 만회하려고 발버둥을 치면 칠수록 상황은 점점 더 악화되기만 했다. 그러나 이것은 겨우 찾아온 소중한 기회였다. 나는 포기를 모르는 놈이라 물러날 수 없었다.

"너 피 나." 고즈가 말했다. 자고 일어나서 그런가? 약간 갈라진 목소리였다. 고즈는 한 번 헛기침을 하더니 침대에서 내려왔다. 맨발로 실내화를 대충 신었다.

"으, 응. 이 정도는 별것 아니야"라고 말했다. 고즈는 그런 내 옆을 지나쳐서 "선생님 모셔 올게"라고 누구에게랄 것도 없이 중얼거리면서 보건실 밖으로 나가려고 했다.

"잠깐만!" 또 반사적으로 큰 소리를 내고 말았다.

뒷모습만 봐도 알 수 있을 정도로 고즈의 온몸이 노골적으로 흠칫! 떨렸다.

나 진짜 바보인가? 쟤를 놀라게 하면 어떡해? 겁주면 어떡하냐고. 나는 정신 차리고 "아, 미안해. 저기…… 잠깐 기다려봐" 하고 차분한 목소리로 고즈의 뒷모습을 향해 말했다.

"어…… 도망치지 않아도 돼. 고즈. 난 네가 싫어하는 짓은 안 할 거야."

일단 나는 고즈에게 적의도 없고, 해칠 마음도 없다는 사실을 전하고 싶었다. 그저 평범하게 이야기를 하고 싶었다. 그것이 이토록 힘들었다.

뒤돌아 있던 고즈가 천천히 이쪽을 돌아보면서 "다친 데부터 씻는 게 낫지 않아?"라고 말했다. "상처가 심해 보이진 않아도 모래 같은 거 묻었잖아."

이 상황을 대충 넘기고 도망치려던 고즈도 이제는 포기한 것 같았다. 그 체념의 기색이 또다시 나를 옥죄었다. 고즈는 철제 캐비닛 문을 열고 안에서 구급상자를 꺼냈다.

"소독해줄게. 먼저 씻고 와."

나는 "으, 응. 알았어" 하고 가까스로 대답하고, 입구 옆에 있는 세면대로 갔다. 먼저 양손을 비누칠해서 씻었다. 이어서 상처 난 곳을 흐르는 물로 씻어냈다. 조금 따가웠다.

수도꼭지를 잠그고 대강 물기를 털어낸 다음에 돌아봤다. 고즈가 "거기 앉아"라면서 책상 옆의 둥근 의자를 가리켰다. 나는 시키는 대로 얌전히 앉았다.

고즈가 내 맞은편에 앉았다. 나는 상완이두근을 과시하는 듯한 포즈로 고즈에게 팔꿈치를 보여줬다. 고즈가 탈지면으로 상처를 소독해줬다. 아무 말 없이 담담하게 작업만 했다.

이야기를 하고 싶었다.

그런데 무슨 말부터 하면 좋을지 나로선 전혀 알 수 없었다.

"안 아파?"

"조금 아픈데. 별것 아니야."

전혀 특별하지 않은 이야기를 뜨문뜨문 나눴다. 고즈가 바로 내 맞은편에 앉아 있었다. 친근한 분위기는 아니고 오히려 극도로 어색한 분위기였지만, 그래도 고즈가 나에게 말을 걸어주고 나도 대답을 했다. 즉, 최저한의 의사소통은 이루어지고 있었다.

단지 그뿐인데도 나는 어쩐지 기분이 좋아졌다. 멀리서 보면 완전히 변해버린 것처럼 느껴졌던 고즈도 이렇게 이야기를 해보니 그다지 변한 것은 없었다. 그러고 보니 고즈는 예전부터 이런 녀석이었지 하고 생각했다.

아마도 변한 것은 고즈가 아닐 것이다. 나도 아니다. 다만 불확실한 공기, 분위기, 관계성 같은 것이 변해버렸을 뿐이다.

운동장에서 가장 멀리 떨어진 건물의 가장 안쪽에 있는 보건실은 운동회의 요란한 소음과는 완전히 격리되어 있었다. 이따금 거대한 물참나무가 바람에 잔물결처럼 흔들리는 소리만 들려오는 한없이 고요한 분위기. 혹시 지금 이 순간에 이 세계에는 나와 고즈만 존재하는 것이 아닐까? 그런 착각이 들었다.

맞은편에 앉아 있는 고즈의 마음은 단단히 밀봉되어 있어서 내 힘으로는 열 수 없었다. 그 마음의 문은 이미 닫혀버렸다.

너무 늦었다. 그 사실을 통감했다.

본질적인 이야기는 하나도 하지 않았지만, 이렇게 실제로 몇 마디 말만 나눠 봐도 저절로 알 수 있었다.

지난 1년이 왠지 엄청나게 바보같이 느껴졌다. 벌써 옛날에 끝나버린 건데, 아니, 실은 시작도 안 했던 건데, 내 멋대로 고민하고 괴로워하고. 내내 나 혼자 설치고 있었던 것이다.

고즈가 능숙하게 거즈를 잘라 겹쳐서 상처 위에 붙이고 테이프로 고정시켰다. "다 됐어." 그러더니 꺼낸 도구들을 구급상자에 도로 집어넣었다.

"고마워" 하고 나는 인사했다. 구급상자를 철제 캐비닛에 다시 넣는 고즈의 뒷모습을 보면서, 나는 뭔가 이야기하고 싶다고 생각했다. 내 상처를 치료해준 것뿐만 아니라, 좀 더 많은 것에 관해 고맙다고 말하고 싶었다.

"이렇게 이야기할 수 있어서 다행이야."

자연스럽게 그런 말이 내 입에서 흘러나왔다. 고즈의 움직임이 멈췄다.

"있잖아. 우리는…… 여전히 참 서투른 것 같아." 나를 등진 채 고즈가 말했다. "서투른 주제에 어떻게든 잘해보려고 하고, 잘 안 되니까 그렇게 잘하지 못하는 나 자신한테 답답함을 느끼고, 그래서 결국 아무것도 못 하게 되어버리는 거잖아. 사실 누구나 처음에는 서투른 게 당연하니까 굳이 잘할 필요도 없는 거였는데."

응, 맞아. 나도 그렇게 생각해.

누군가를 좋아하는 것 자체가 처음이었다. 맨 처음부터 잘할 수 있는 사람은 아무도 없다. 자신의 미숙함을 부끄러워하면서 연습도 안 하는 녀석은 능숙해질 수 없다. 그런 당연한 사실조차 나는 너무 쉽게 잊어버렸다.

서툴러도 괜찮다. 실패해도 된다. 아예 안 하면 한 걸음도 앞으로 나아가지 못하니까.

그래서 나는 말했다.

"고즈. 난 너를 좋아해."

그러고 보니 고즈에게 좋아한다고 말한 것은 처음이었다. 너 진짜 바보냐. 어째서 모든 것이 돌이킬 수 없는 지경에 이르기 전까지는, 가장 중요한 것조차 말하지 못하는 걸까.

"나도…… 스와, 너를 좋아했어." 고즈가 이쪽을 돌아보고 말했다. 고통스런 표정. 그래도 입꼬리를 끌어올려 웃고 있었다.

"너는 쿨하고 다정하고, 그러면서도 실은 의지가 강하고, 스스로 하겠다고 결정한 일은 끝까지 해내는 힘이 있고. 그래서 난 네가 자랑스러웠어."

과거형이었다. 즉, 이미 다 끝난 이야기였다.

끝났구나……라고 생각했다.

실은 그렇게 말할 정도로 뭐가 시작되지도 않았었지만. 그래도 이제는 끝났고, 벌써 옛날에 끝났던 것이다. 나는 그 현실을 받아들일 수밖에 없었다.

"축구나 하고 있을 때가 아니었네." 나는 천장을 우러러보며 중얼거렸다.

모든 것이 내 손가락 사이로 흘러내린다. 이것저것 많은 것을 잃어버리고, 결국 또다시 축구만 내 손에 남아 있었다. 어쩌다 주머니 속을 뒤져보니 튀어나온 500엔짜리 동전처럼.

뭐, 그래도 그 500엔이 사람을 구원해주는 경우도 가끔은 있을 테지.

아무튼 이제 남은 것이 이것밖에 없다면, 좀 더 축구도 열심히 해볼까? 나는 그런 생각을 하기 시작했다.

"오케이. 그럼 난 가볼게." 나는 둥근 의자에서 일어났다. 달리 할 말이 떠오르지도 않아서 마지막으로 고즈에게 "잘 지내"라고 말했다. 고즈도 "응. 스와, 너도 잘 지내"라고 차분하게 대답했다.

나는 보건실에서 나왔다. 문을 닫았다.

조용한 복도를 타박타박 걸으면서 나는 지금 뭔가가 진짜로 끝나버렸다는 것을 실감했다. 정말로 끝났다. 받아들여. 아파도. 나는 무척 슬프지만, 조금 후련한 기분도 느꼈다.

그런데 마루야마라니~? 나는 구질구질하게 그런 생각을 했다.

마루야마는 그냥 마루야마잖아. 나는 고즈의 다음 상대가 마루야마인 것 같다는 사실만은 아직도 전혀 받아들이지 못했다. 그것만은 진심으로 마음에 안 들었다. 아니, 헤어진(사귀지 않았음) 전여친(전여친 아님)이 좋아하는 남자 타입에 대해서까지 잔소리를 하다니, 이거 너무 징그럽지 않나? 스스로도 그런 생각을 했지만, 마음에 안 드는 것은 마음에 안 드는 거라 어쩔 수 없었다.

현관까지 왔더니 저 멀리서 운동회의 소음이 들려왔다.

지금 운동장으로 돌아가면 마루야마네 반과의 시합에 다시 참가할 수 있을까?

일단 마루야마를 축구로 신나게 밟아줄 거다. 마루야마가 어떤 남자인지, 얼마나 대단한 놈인지, 그런 것은 단순히 면식만 있는 나로선 자세히 알 수는 없지만. 그러나 적어도 축구 분야에서는 네가 아무리 발버둥 쳐도 절대로 나를 이기진 못해. 그걸 마루야마에게 철저히 가르쳐줄 거다. 좋아, 그렇게 하자. 틀림없이 속이 시원해질 거다. 나는 그런 생각을 하면서 운동화 속에 발을 집어넣었다.

그래서 마루야마를 축구로 신나게 밟아준 다음에는.

과거는 전부 훌훌 털어버릴까.

나는 신발 끈을 꽉 묶었다.

3화

Harder Better
Faster Stronger

Episode 3

해! 좀 더 힘내!! 좀 더 해낼 수 있어!!
무조건 해! 더 빠르게!! 더 강하게!!
해야 할 숙제는 무한히 쌓여 있으니까!!

멜론이 날아가는 광경을 본 적 있나?

난 있다. 마치 세상의 종말처럼 비극적인 광경이었다.

정의의 반의어는 악(惡)이 아니라 또 다른 정의다. 뭐 그렇게 말해도 역시 악한 것은 악한 것이고, 이 세상에는 절대악이라고 불러야 하는 확정적 사악함이 존재한다. 이를테면 멜론이 허공을 날아가는 것. 그것은 가장 사악한 것이다. 용서 못 해.

멜론은 훌륭하다. 멜론은 그 자체로서 멜론이고 멜론으로서 그곳에 존재한다는 것, 단지 그것만으로도 세상을 조금 행복하게 만들어주는 것이다. 그것은 그야말로 신이 하늘에서 내려주신 기적의 구체. 세상이 멜론으로 가득 찬다면 이 세상에서 싸움은 사라질 것이다.

그러나 안타깝게도 멜론은 한 줄기에 하나만 열린다. 병해에 대한 저항력도 약해서 재배하기가 매우 어렵다. 그 섬세한 특성 때문에 멜론은 귀중한 것이고, 아직 지표면이 멜론으로 뒤덮이진 못했다. 그래서 오늘도 이 세상 어딘가에서 인간은 싸우고 인류는 단절된다.

우리의 식탁에 멜론이 도착하는 것은 그것 자체가 하나의 기적인 셈이다.

그 멜론이, 그 아름답고 향기롭고 맛있는 황록색 과육이, 인간의 입으로 들어가지도 못하고 누군가를 좀 행복하게 만들어줄 기회조차 얻지 못한 채 허공을 날아가다니. 이토록 슬픈 일이 또 있을까.

그 멜론은 이 세상의 누군가를 아주 조금은 행복하게 만들어줄 수 있었을 텐데. 그것은 본디 절대로 일어나면 안 되는 일이다. 아무리 피치 못할 사정이 있어도, 멜론이 허공을 난다는 것은 결코 있어선 안 되는 일인 것이다.

나는 그것 때문에 가족이란 존재를 믿지 못하게 되었다.

어머니는 아버지의 일거수일투족에 불만을 느꼈다. 그래서 나는 어렸을 때 끊임없이 어머니가 아버지를 흉보는 소리를 들으며 자랐다.

당시에는 순수하게 "어머니가 불쌍해. 우리 아버지는 무지무지 나쁜 놈이구나"라고 생각했는데, 그것도 어쩔 수 없는 일이었다. 아버지는 일하느라 바빠서 자주 집을 비웠고, 어쩌다 집에 와도 대개 피곤해서 금방 잠들었으므로 나에겐 아버지의 주장을 들을 기회가 없었다. 그래서 어릴 때 나는 어머니의 일방적인 주장만 곧이곧대로 믿었다. 어머니는 이렇게나 고생하시고 어머니는 이렇게나 불쌍한데, 아버지는 어머니를 전혀 거들어주지도 않고 도와주지도 않는다. 틀림없이 저 사람은 더 이상 어머니를 사랑하지 않는 거야.

어머니가 어디서 뭐 때문에 폭발할지는 진짜로 예측 불

가능했다. 예를 들어 내가 수학 시험에서 만점을 받아 자랑했을 때 아버지가 "나도 어릴 때 수학과 과학을 잘했는데. 네가 나를 닮았나 보구나"라고 말하면, 그런 별것 아닌 말에도 어머니는 벌컥 화를 냈다. 뭐야 당신은 내가 애 키우는 것도 하나도 안 도와줬으면서 이제 와서 애가 뭘 잘하니까 자기 덕분이라고 우기는 거야? 웃기는 소리 하지 마.

어머니는 내가 부분적으로라도 아버지를 닮는 것을 용납하지 못하는 것 같았다. 하지만 아무리 그래도 부모 자식이니까 어머니 아버지를 반반씩 닮는 게 자연스러운 일이잖아?

그런데 또 한편으로는 "넌 네 아빠랑 똑같아"라는 것이 어머니가 나한테 하는 최상급 모욕이기도 했다. 나는 그때그때 상황에 따라 아버지와 똑같은 사람이 되기도 했고, 어머니의 교육의 산물이 되기도 했다. 이러니 당연히 혼란스러울 수밖에.

어머니는 아버지가 지나가다가 강물에 빠진 어린아이를 구해줘서 신문에 실리고 경찰의 표창장을 받은 것조차도 불쾌하게 여겼다. 생판 남을 구해줄 시간은 있으면서 왜 자기 집에서는 아무것도 못 하는 거야? 가족보다 남이 더 좋다는 거지? 애초에 뭐 하다가 강가를 지나간 거야? 강가에서 도대체 무슨 짓을 한 걸까?

상식적으로 생각하면 순 억지 같은 논리였지만, 그때의

나는 아직 순수하게도 맞아맞아, 어머니를 내버려 두고 물에 빠진 남의 집 아이를 구해준 아버지는 나쁜 사람이야 하고 생각했다. 이 정도면 세뇌된 상태였다고 해도 되려나.

날 때부터 어머니를 싫어하는 아이는 없다. 아이에게 어머니는 유일한 존재다. 선택의 여지 따위는 없다. 아이는 어머니의 사랑을 받아야만 한다. 그것이 아무리 삐뚤어진 것이어도.

우리 어머니가 이상하다는 사실을 내가 눈치챈 것은 멜론이 허공을 나는 장면을 목격했기 때문이었다.

그날도 어머니와 아버지는 싸우고 있었다. 그 무렵에는 이미 어머니는 자주 히스테리를 부리셨고, 어머니가 물건을 집어던지거나 부수는 것은 흔한 일이었다. 고로 물건이 날아다니는 것에도 나는 완전히 익숙해져 버렸다. 하지만 그런 나조차도 멜론이 허공을 날았을 때에는 할 말을 잃고 말았다.

45도 각도로 회전하면서 허공을 날아가는 멜론이 내 눈앞을 통과하는 모습이 마치 슬로모션처럼 선명하게 보였다.

풍부한 과즙이 원심력에 의해 둥글게 퍼져 나갔다.

어머니는 방금 자신이 자른 멜론을 집어던졌다. 그것은 아버지를 스치지도 못하고 전혀 엉뚱한 곳으로 날아가, 주방 벽에 부딪쳐 철썩! 하고 축축한 걸레 같은 소리를 내더니 바닥에 툭 떨어졌다.

나는 놀랐다. 너무 놀라서 한동안 소리도 못 냈다.

그야 그렇잖아. 멜론은 안 되는 거잖아. 멜론은 절대로 던지면 안 되는 거잖아.

아무 말도 못 하고 입만 뻐끔거리던 나는 그래도 어떻게든 정신 차리고 어머니에게 항의했다. 멜론은 안 된다. 뭘 던져도 되지만, 멜론은 던지면 안 된다. 그런 일은 절대로 있어서는 안 된다. 어머니는 사과해야 한다.

그런 나에게 어머니는 말씀하셨다. 자기가 누구에게 사과할 필요가 있냐고. 물건을 던지긴 했어도 어차피 아버지에게는 맞지 않았고, 사실 처음부터 맞힐 생각은 없었고, 자기는 일부러 벽을 향해 멜론을 집어던진 거고, 어차피 지저분해진 벽과 바닥을 청소하는 사람도 자기일 테니까 누구한테 사과할 이유도 없다. 자기가 멜론을 던져서 누구한테 무슨 피해를 줬다는 거냐. 불만 있으면 우선 저 벽과 바닥을 네가 청소하고 나서 말하든가 해라. 그런 식으로 잘 이해하기 어려운 논리를 거침없이 폈다.

누구한테? 그야 당연히 멜론한테지!! 멜론한테 사과하라고!!!!

논리는 됐어. 논리 따위는 필요 없어. 어떤 논리가 있든 없든, 멜론은 던지면 안 돼. 멜론을 던지는 것은 절대로 있어서는 안 돼. 그것은 절대악이야.

나는 말이 안 통하는 어머니에게 화가 났다. 그래서 침실에 틀어박혀 버린 아버지한테 가서, 같이 어머니에게 항의해 달라고 부탁했다. 그러나 아버지도 일단 어머니가 저렇게 되면 손쓸 방법이 없다면서 완전히 포기해버린 것 같았다.

안 되겠다. 이 인간은 쓸모가 없다. 처음부터 내 인생과는 별로 관계없었던 아버지는 이 순간 완벽하게 내 인생에서 로그아웃했다.

나는 절망했다.

너무 과하다고? 글쎄, 그럴지도 모른다. 하지만 그것은 나에게는 마치 성직자가 성서 내용에서 치명적인 모순을 발견해버린 것처럼 매우 충격적인 일이었다.

어머니는 멜론을 던진다. 멜론을 던진다는 것은 절대로 하면 안 되는 짓인데, 그것은 절대적인 악행인데, 어머니는 멜론을 던지고 심지어 사과도 하지 않는다. 즉, 어머니는 악한 존재다. 어떤 논리를 내세워 정당화하려고 해봤자 이미 멜론을 던져버린 이상, 어떤 측면에서는 절대적인 악인 것이다. 어머니는 잘못된 사람이다.

나는 희망을 버렸다. 어머니에 대해. 그리고 나와 같이 화내주지 않았던 아버지에 대해.

그리하여 아래층에서는 오늘도 지치지도 않고 어머니와 아버지가 말다툼을 하고 있지만, 나는 단호한 결심으로 그것을 철저히 무시했다. 보즈의 노이즈캔슬링 헤드폰을 장착한 채 다프트 펑크*의 곡을 요란하게 틀어놓고, 어떻게 든 눈앞에 있는 숙제에 집중하려고 했다.

나도 벌써 고등학교 2학년이다. 봄이 되면 고3이 된다. 즉, 수험생이다.

아직 내 진로는 전혀 정해지지 않았다. 그러나 이제 슬 슬 공부는 해야지, 안 그러면 위험할 것이다. 나는 숙제에 집중하고 싶었지만, 당연히 숙제에 집중해야 할 때 다프트 펑크를 요란하게 틀어놓는 것은 애초에 좋은 환경이 아니 었다. 그러나 어머니의 새된 목소리를 덮어버리기에는 발 라드는 효과가 하나도 없었다. 좀 더 하더, 베러, 패스터, 스트롱거한 음악이 필요했다. 기 마누엘 드 오맹 크리스 토, 나에게 힘을 줘.

그런데 오늘 밤에는 어머니의 엔진도 컨디션이 최고조 인가 보다. 한계를 뛰어넘은 초고음의 영역에 도달한 어머 니의 새된 소리는 시끄러운 헤드폰조차 뚫고 내 귀에 들려 왔다. 그래서 내 귓가에서는 하더 (왜 그래?!) 베러 (더는 못 참 아!!) 패스터 (사돈 남 말 하시네!!) 스트롱거 (그럼 다 내 잘못이란 거 야?!) (쿵짝♪ 쿵짝♪ 쿵짝♪ 쿵짝♪) 하고, 다프트 펑크와 어머니 의 기적적인 콜라보가 이루어져 폭발적인 소리가 방출됐 다. 덩달아 글씨를 쓰는 내 손의 압력도 강해졌다.

쥐고 있는 샤프의 심이 부러지고 (하더) 부러지고 (베러) 부

---

* 프랑스의 전자 음악 듀오. 기 마누엘 드 오맹 크리스토와 토마스 방갈테르. 그들의 대표 곡 중 하나가 〈Harder Better Faster Stronger〉

러지고 (패스터) 부러지고 (스트롱거) 스트롱거는 뭔 스트롱거야, 힘 줄 때가 아니잖아. 그래, 마음을 가라앉혀야 해. 명경지수. 마음을 비우면 불도 시원하게 느껴지는 법. 무아지경의 심부에는 세 가지 극(極)이 있으리라.

아냐, 역시 안 되겠어. 이런 때 나는 어떻게 해야 하지? 가르쳐줘, 기 마누엘! 하고 돌아봤더니, 그곳에는 오늘도 변함없이 멋진 포즈로 나의 수호신인 기 마누엘 드 오맹크리스토가 서 있었다. 그의 번쩍번쩍한 헬멧 액정에서는 "GET OUT HERE RIGHT NOW"라는 문자가 흘러가고 있었다.

당장 여기서 나가자. 나의 기 마누엘이 그렇게 말했다. 나는 고개를 끄덕였다. 심호흡을 한 번 크게 하고 헤드폰을 벗었다.

기 마누엘 드 오맹 크리스토는 사이보그다. 두부는 번쩍번쩍한 풀페이스 헬멧으로 감추고 있다. 아마 말은 하지 않을 것이다. 말하는 소리를 들은 적은 없다. 그 대신 헬멧 앞쪽이 액정으로 되어 있어서, 거기다 전광판처럼 깜빡거리는 디지털 문자를 흘려보내면서 의사소통을 한다. 몇 년 전부터 항상 내 곁에 있으면서 내가 망설이거나 힘들어할 때 나를 지원해주는 멋진 형님이다. 나의 수호신. 또는 스탠드*. 그런 종류의 어떤 것. 뭐, 이미 있는 것은 있는 거니까 어쩔 수 없잖아. 설정을 수용해줘.

---

* 〈죠죠의 기묘한 모험〉에 나오는 일종의 초능력으로, 사용자의 분신

살금살금 계단으로 내려가 현관에서 팀버랜드에 발을 쑤셔 넣었을 때, 귀도 밝으신 어머니가 부엌문을 열고 "애, 류키! 이런 시간에 어딜 나가는 거니?!" 하고 소리를 질렀다. 스스로 저렇게 소리를 꽥꽥 지르고 있는데 어떻게 주변에서 나는 소리까지 들을 수 있는 거지? 나도 똑같이 "시끄러워! 이런 환경에서 공부를 할 수 있겠어?!" 하고 큰 소리로 맞받아쳤다. 드르륵! 쾅! 현관문을 닫고 밖으로 나왔다.

입고 있던 옷에다 재킷만 걸치고 나왔기 때문에 좀 추웠지만, 기세 좋게 쾅! 하고 나와 버렸으니 이제 와서 옷 갈아입으러 돌아갈 수도 없었다. 하는 수 없이 나는 호주머니에 손을 집어넣고 목을 움츠린 자세로 걸었다.

내가 태어날 때 아버지가 큰맘 먹고 새로 지은 우리 집은 내 나이와 똑같은 17년 된 건물이었다. 그래서 아직 심하게 낡지는 않았지만, 물리적인 문제가 아니라 뭔가 개념적인 부분에서 이미 망가져 버린 상태였다.

얼굴만 마주치면 서로 소리만 지르는 사람들끼리 굳이 한 지붕 아래에서 같이 살아야 하는 이유가 뭘까. 나는 모르겠다.

아마도 어머니는 '이상적인 가족의 형태'란 것을 마음속에 품고 있는데 자기 가족이 그것과는 달라서 불만을 느끼고 있으며, 그래서 나와 아버지를 자기 이상에 억지로 맞추려고 하는 것 같았다. 그런데 나나 아버지가 어머니 말을 듣고 그대로 행동하더라도, 결국 어머니는 '내가 시켜서 어쩔 수 없이 그러는 거잖아!' 하고 불만을 느끼니까 어머니의 이상은 영영 현실이 되지 못한다.

집을 짓는다는 것은 역시 그 나름대로 기합과 각오가 필요한 일이다. 아마 17년 전에는 아버지도 여기서 앞으로 어머니와 나와 셋이서 잘살 거라고 믿고, 그런 기합과 각오로 대출을 받았을 것이다. 그러나 벌써 몇 년 전부터 나도 아버지도 이 집에서는 마음이 편해지지 않으니까 집에 붙어 있지 않게 되었고, 나와 아버지가 집에 잘 오지 않으니까 가족은 점점 더 어머니의 이상과는 거리가 멀어지고, 어머니는 더더욱 불만과 독기를 품고 그걸 장기(瘴氣)처럼 퍼뜨린다.

집은 썩은 바다로 가라앉는다. 인간의 독기는 뿜어내면 뿜어낼수록 농도가 짙어지고, 스스로 뿜어낸 독기에 의해 자가중독을 일으켜 그 독기를 무한히 증식시킨다.

일단 집에 있기 싫어서 밖으로 나온 것까진 좋았는데, 주변에는 논과 밭과 집 말고는 편의점 하나조차 없었다. 밤 문화의 불모지라고나 할까. 집에 있을 수 없는 청소년이 도망쳐 들어갈 수 있는 장소는 기껏해야 절밖에 없었다.

아무리 그래도 절로 들어가는 것은 너무 부담스러운 일이었다. 그러기에는 현재의 나는 아직 어리다. 역시 건전한 청소년은 밤에는 클럽(버터 발음) 같은 데로 들어가야지.

그래, 마쓰모토 시내로 나가자.

가로등도 별로 없는 시골길을 지나 제일 가까운 사미조 역까지 갔다.

사미조 역은 단선 노선 옆에 그냥 발판 같은 플랫폼만 붙여놓은 아주 매력적인 무인역이다. 금요일 밤, 이 시각에는 열차는 한 시간에 한 대밖에 오지 않는다. 나는 플랫폼으로 올라가 조그만 조립식 대합실로 들어갔다. 벽이 바람이라도 막아줘서 그나마 낫긴 해도 무척 추웠다.

나는 역까지 걸어오면서 내 몸속에 모아둔 열을 최대한 지키려고, 의자에 앉아 재킷 앞섶을 여미고 팔짱을 낀 채 눈을 지그시 감았다. 다음 열차가 오려면 아직 30분 이상이나 시간이 남아 있는데. 무슨 이야기를 할까? 기 마누엘?

추워서 움츠러든 내 옆에서도 멋있는 기본 포즈를 유지하고 있는 프리티하고 쿨한 기 마누엘의 머리 액정에서는 'LOVE'라는 글자가 깜빡깜빡 출력되고 있었다.

LOVE. 아하, 사랑. 사랑 이야기를 하자는 거지?

글쎄. 나 같은 경우에는 집에서 어머니와 아버지가 저러고 계시는걸. 내가 보기에는 날 때부터 지독하게 사이가 안 좋았을 것 같은 그 두 사람도, 틀림없이 진짜로 날 때부터 사이가 나빴던 것은 아니고 과거에는 연애를 해서 서로 좋아하다가 둘이 같이 살기로 약속하고 결혼해서, 그 후 적당히 해야 할 일도 한 덕분에 내가 태어났을 테니까 당연하게도 처음부터 최악의 콤비였던 것은 아닐 것이다.

뭐가 어떻게 된 건지는 몰라도, 그랬던 두 사람이 지금은 얼굴 마주칠 때마다 저러고 있으니 남녀의 연애란 것도 참 덧없는 것이다. 사람은 변하고, 사람의 마음도 변한다. 일시적인 감정을 진심으로 여겨봤자 소용없다. 그런 식으로 생각하던 시기가 나한테도 있었습니다, 네 그럼 여기서 한 곡 듣죠, People Of The World!!!! 지금부터 내가 순식간에 사랑에 빠졌을 때의 이야기를 해줄 테니까 한번 들어봐~~~!! 야, 잠깐만. 기다려. 들어. 귓구멍 후벼 파서 두개골에 구멍 뚫어놓고 들어줘.

그게 말이지. 굉장해. 예고도 없이 훅 들어온다니까. 방심했을 때 확! 하고.

그것도 평범한 국숫집 같은 데서.

마쓰모토 역 6~7번 플랫폼에 있는 서서 먹는 국숫집. 알아?

사실 어디에나 있을 것 같은 평범한 가게니까. 모르면 그냥 적당히 아무 역에나 있는 국숫집을 상상하면 돼. 바깥에 식권 판매기가 있고, 식권을 사서 카운터에 제출하면 한 1분 만에 국수가 나오는 가게. 그런 곳에서 갑자기 뒤통수를 한 대 퍽!! 하고 얻어맞은 것처럼 사랑에 빠지는 경우가 있다니까.

그때 나는 아직 고1이었다. 지금처럼 집에 있는 게 불편했고, 지금보다 무사태평했기 때문에 당연히 자주적으로 숙제를 하지도 않았다. 방과 후에는 날마다 파르코 앞에 있는 공원(줄여서 파르 공) 같은 데 앉아서 헤드폰으로 음악을 들으며 이유 없이 길 가는 사람들을 구경하면서 시간을 죽이는 것이 내 일과였다.

집은 X 같았고 교실도 X 같았다. 시끄럽게 떠들어대는 여자애들 소리도, 한구석에 모여서 신나게 만화나 게임 이야기를 하는 촌스러운 남자애들의 속닥거리는 소리도, 교실 한가운데에서 자꾸 소리 지르고 농담을 하면서 반 전체의 주목을 받으려고 애쓰는 촐랑이들도, 동아리에서 활약하는 에이스급인 녀석들의 아주 역겨운 화려한 분위기도. 모든 것이 나를 짜증나게 만들었다.

하지만 사실 그 녀석들이 뭔가 잘못한 것은 아니었다. 고교생이란 것은 기본적으로 그런 생물이고, 그런 것에 짜증내는 나 자신에게 문제가 있다는 것은 스스로도 알고 있었다. 그러나 문제를 알아냈다고 쉽게 해결할 수 있느냐 하면 그건 또 아니었다. 나는 학교에서도 집에서도 오래 머물기 싫어서 필연적으로 시내 어딘가에서 시간을 보내게 되었다.

나는 시시하네~ 뭐 재미있는 일이라도 없나~? 하고 생각했지만, 내가 아무리 하늘을 향해 텔레파시를 보내도 갑자기 거대한 괴수가 일본에 상륙하거나 좀비 떼가 도시에서 우글거리는 비일상이 찾아오지는 않았다. 거리는 평온하여 평상시와 같았다. 그리고 있기가 불편하든지 내 자리가 없든지 간에, 어차피 어린애에 불과한 나에게는 결국 돌아갈 곳은 집밖에 없으니까. 배고파서 도저히 못 버틸 정도가 되면 나는 마침내 포기하고 역으로 향했다.

마쓰모토 역 플랫폼에서 우리 학교 교복을 입은 여학생이 무지무지 심각한 표정으로 국숫집을 뚫어져라 응시하고 있었다. 그렇게 진지한 얼굴로 국숫집을 응시하는 사람은 난 처음 봤다. 거대한 괴수가 일본에 상륙하거나 좀비 떼가 도시에서 우글거리는 사건은 아니어도, 이것도 나름대로 내가 기대했던 '무언가'일지도 모른다. 왠지 좀 재미있을 것 같아서 나는 그 아이에게 말을 걸기로 했다.

아는 사람이었다. 우리 학교 학생들의 아이돌인 미네무라 세리카의 단짝. 학교에서도 꽤 눈에 띄는 존재. 어, 이름이 뭐였더라? 세리카가 저 애를 부르는 소리를 듣고, 특이한 이름이네~ 하고 생각한 적이 있으니까. 그게 아마——

나는 깊이 생각하지 않고 아주 경솔하게 "야, 어쩌고 카이!"라고 그 애를 불렀다.

뭐, 실은 은근히 '무언가가 일어나면 좋겠다'는 생각을 하긴 했는데, 그 직후 일어난 일은 '무언가'라고 할 만한 것이 아니었다.

그 애는 이쪽을 돌아보더니 간단히 "고즈 카이"라고 자기 이름을 밝혔다. 단지 그뿐이었는데도 그 순간 내 가슴이 두그~~~~~~~~~~~~~~~~~~~~~~~~~~~은!!!!

(두근두근두근두근두그————은!!) 했다.

아 진짜. 천사인 줄 알았네.

맞아, 천사야. 천사가 아닐 리 없어. 어째서 천사가 마쓰모토 역 6~7번 플랫폼 같은 데 있는 거지? 여기는 천국인가? 그렇구나. 어쩌면 나는 나도 모르는 사이에 심장마비 같은 것을 일으켜 죽었고, 그래서 천국으로 불려온 걸지도 몰라. 아아, 처음부터 끝까지 아무것도 이루지 못한 X 같은 인생이었지. 그래도 후회는 안 해. 신이시여, 지금 당신 곁으로 가겠습니다. 우리 가족은 불교지만.

카이(친근하게 이름으로 부를 거다)는 혼자서는 그다지 눈에 띄는 타입은 아니었다. 아니, 아무래도 세리카가 너무 눈에 띄다 보니 카이는 단순히 세리카의 단짝이라는 인식이 강해서, 얼굴은 알아도 그동안 각 잡고 정면으로 자세히 본 적은 없었다.

예쁜 것은 아니었다. 아니, 예쁘긴 한데, 무슨 한계를 초월해서 예쁘다고 할 정도는 아니었다. 그것이 이 두근거림의 이유는 아니었다. 얼굴만 본다면 아마 세리카가 더 예쁠 것이다. 아니, 관두자. 애초에 비교한다는 것 자체가 몹시 불경한 짓이었다. 너의 하느님을 시험하지 말라. 불교지만.

이유는 몰라도, 카이가 이쪽을 돌아본 순간에 이 세상이 슬로모션이 되었다. 엄청나게 찬란한 반짝반짝 이펙트가 전체적으로 삽입됐고, 뭔가 성스러운 후광이 비치면서 환하게 빛나 보였다.

우와~ 천사다. 나 천사를 봤어.

갑작스런 충격에 내가 아무 말도 못 하고 굳어 있자, 카이는 노골적으로 의심하는 표정을 지었다. 그 미간에 새겨진 희미한 세로 주름조차도 어쩐지 완벽해 보였다.

"맞다. 고즈. 고즈 카이." 나는 간신히 그 말만 했다. 아니 그런데 뭐였지? 내가 왜 카이(천사)에게 말을 건 거지? 이대로 있다간 진짜로 이상한 놈이 될 텐데. 무슨 말이라도 해야 해. 나는 열심히 머리를 굴렸다.

"안 먹어?" 하고 내가 물어봤다.

스스로 생각해봐도 별로 센스 있는 말은 아니었지만, 이 상황에서 많은 것을 바랄 수는 없었다. 의미 있는 말을 쥐어짜낸 것만 해도 훌륭했다. 나 자신을 칭찬해주고 싶었다. 잘했어, 나. 계속 그렇게 해.

"응?" 하고 카이가 눈을 약간 크게 떴다.

"국수. 안 먹어? 아까부터 심각한 얼굴로 쳐다보던데."

맞아맞아, 그게 내 용건이었다. 아는 사람이 그렇게 심각한 얼굴로 국숫집을 쳐다보고 있으면 대체 왜 저러는 걸까? 하고 생각하는 게 일반적인 사람 심리잖아. 그렇지?

"아, 응. 먹고 싶네……라는 생각은 좀 했는데." 카이는 그렇게 말하면서도, 자신의 그 말이 가슴에 잘 와 닿지 않는 것처럼 고개를 갸웃거렸다. 부드러워 보이는 머리카락이 살랑살랑 흔들렸다. 오? 뭐야, 여기서 한층 더 강하게 자신이 천사임을 어필하려는 거야?

"그럼 먹으면 되잖아."

"응, 그런데 잘 몰라서."

나는 혼란에 빠져 제 기능을 완전히 잃어버린 내 머리로 간신히 '이 천사님(고즈 카이)께서 국수를 드시고 싶어 하시는데, 천상계에는 이렇게 서서 먹는 국숫집이 존재하지 않는지 우리 하계 사람들의 방식을 잘 모르시는 모양이다'라는 상황을 파악하게 되었다.

그런데 아직 언어 계통은 정상적인 활동이 불가능했으므로, 말이 목구멍 안쪽에 걸려서 밖으로 나오지 않았다. 그래서 어쩔 수 없이 나는 묵묵히 주머니에서 지갑을 꺼내 들고 식권 판매기에서 식권을 구입했다. 설명보다는 실전으로 보여주는 편이 더 이해하기 쉬울 거라고 생각해서. 좋아, 나쁘지 않아. 훌륭하다. 나.

메밀우동. 290엔.

"고즈 카이, 넌 뭐 먹을 거야?"

그러면서 내가 뒤를 돌아봤더니, 카이는 '아, 그렇구나. 먼저 그렇게 식권을 사는 거구나'라는 표정으로 자기도 가방에서 지갑을 꺼냈다. 한동안 식권 판매기의 메뉴를 뚫어져라 보더니, 천천히 튀김 메밀국수를 선택했다. 호사스럽네.

"고즈 카이, 너 갑부구나?" "어? 왜?" "비싸잖아. 튀김 메밀국수." "그런가?"

나도 이제는 슬슬 평상심을 되찾고 평범하게 이야기할 수 있게 되었는데, 어째 말문이 트이니까 쓸데없는 말만 하는 것 같은 느낌도 들었다. 차라리 입 다물고 있는 게 낫지 않아? 에이, 모르겠다.

내가 가게에 들어가 카운터에 식권을 제출하자, 카이도 '아, 그렇게 하는 거야?'라는 느낌으로 한 박자 늦게 허둥지둥 식권을 내밀었다.

카이가 신기하다는 듯이 가게 안을 두리번두리번 살펴보고 있는데 순식간에 "네, 메밀우동과 튀김 메밀국수 나왔습니다" 하고 국수가 나왔다. 그 경이로운 속도에 카이는 또다시 좀 놀란 듯한 반응을 보였다. 그래, 처음이면 놀랄 수도 있지. 컵라면보다 빠르니까.

가게 안에는 카운터밖에 없으므로 필연적으로 나와 카이는 나란히 옆에 서게 되었다. 그릇을 앞에 놓고 멍하니 서 있는 카이에게 나무젓가락을 건네주자, 카이는 "뭔가 굉장하네"라고 말했다.

"그런가? 평범하지 않아? 어서 먹지 그래?" "아, 응. 알았어."

나는 평소처럼 1분 만에 후루룩!! 하고 다 먹어치웠지만, 카이는 먹는 속도가 느긋해서 내 식사가 끝난 시점에서도 아직 1/3도 못 먹은 상태였다. 음~ 역시 서서 먹는 국숫집의 콘셉트가 잘 전달되지 않은 것 같네. 이런 건 마치 F1의 피트인처럼 쌩! 하고 들어가서 후다닥! 보급하고 다시 휙!! 뛰쳐나와야 하는 건데.

"어, 저기. 네 이름은 마루야마지?" "오, 나를 알아? 맞아. 마루야마 류키. 류키라고 불러도 돼. 다들 그렇게 불러." "마루야마, 넌 자주 와? 여기." "류키라니까. 뭐, 열차 기다리는 시간이 너무 길면 가끔 와. 가볍게 들르기 좋으니까." "류키, 너도 오이토 선을 타?" "아니, 난 가미코치 선을 타. 7번 플랫폼에서. 안 먹어?" "아, 아니. 먹을 거야."

아마도 후다닥 식사를 마쳐버린 내가 옆에서 가만히 들여다보니까 카이도 어색해서 점점 더 식사하기가 어려워진 것 같았다. 미안하다는 생각이 들었지만, 그럼 어떻게 하면 좋을지 나로선 알 수가 없었다. 그냥 신경 쓰지 말고 먹으면 좋을 텐데.

"으음, 뭔가 굉장해. 좋은 경험이야. 좀 더 어른에 가까워진 기분이야."

카이가 웃지도 않고 진지하게 그런 말을 했다. 나도 모르게 웃음이 나왔다. 국숫집에서 어른이 되는 계단을 올라가는 사람은 처음 봤다.

"그러고 보니 고등학교 들어와서 밖에서 밥 먹은 건 이번이 처음인 것 같아."

"진짜? 어디 놀러 가거나 길거리에서 군것질 같은 거 안 해? 모범생 그 자체?"

응, 모범생일 거라고 생각은 한다. 카이한테서는 성실한 모범생의 분위기만 느껴졌다. 온몸에서 선한 빛의 오라가 나오고 있었다. 나 같은 놈과는 정반대였다.

"마루야마, 너는." "류키." "류키, 너는 종종 어디 놀러 가?" "어~ 그렇지? 이유도 없이 파르 공에 가서 앉아 있기도 해. 종종."

그런 식으로 카이도 나에게 좀 적응했는지 우리의 대화가 조금이나마 이어지게 되었다. 아, 하긴. 그렇지. 나는 굳이 따지자면 처음에는 친해지기 어려운 타입인 것 같으니까. 지금 나보다 카이가 훨씬 더 힘들지도 모른다. 미안하네.

"파르 공이 뭐야?" "파르코 앞에 있는 공원. 꽃시계 공원인가?" "거기 이유도 없이 가서 앉아 있는 거야?" "응. 이유도 없이. 멍하니 사람 구경만 해도 꽤 재미있거든. 아, 아니다. 재미는 없나? 아무튼 다양한 사람들은 볼 수 있어." "그렇구나. 나도 가보고 싶네." "가고 싶으면 가면 되잖아? 입장료나 자릿세를 낼 필요도 없으니까. 파르코가 어디 있는지는 알지?" "으음…… 대충은?" "어? 진짜? 그 정도야?"

하기야 성실한 모범생은 그럴 수도 있으려나. 우리 학교는 공부 잘하는 학교라서 전체적으로 모범생이 많고. 마쓰모토에서 방과 후 교복을 입은 채 놀러 다니는 녀석들은 다 다른 학교 애들이다. 우리 학교 교복은 좀처럼 보기 어렵다. 일부러 열차를 타고 마쓰모토까지 놀러 오는 녀석도

있다고 하는데, 우리 학교 녀석들은 걸어서 갈 수 있는 거
리에 번화가가 있는데도 놀러 다니지도 않고 동아리 활동
인지 공부인지 뭔지만 한다. 그 정도면 건전함을 넘어서서
오히려 불건전한 느낌도 든다. 이른바 건전한 청소년은 걸
어서 갈 수 있는 거리에 번화가가 있으면, 이유도 없이 홀
린 것처럼 번화가 쪽으로 끌려가야 하는 거 아닌가?

"그럼 다음에 내가 한번 안내해줄까? 마쓰모토를." 자연
스럽게 내가 그런 말을 했다. 말하고 나서 스스로 우와, 나
방금 놀라운 말을 했는데? 하고 생각했다.

"어, 그래." 카이도 가볍게 대답했다. "마쓰모토를 안내
받고 싶기도 해."

"응? 아, 그래?" 어라, 저기요? 지금 뭔가 엄청난 일이
일어난 것 같은 느낌이 드는데요. 내가 카이에게 마쓰모토
시내를 안내해준다고? 어, 이거 굉장한데. 뭐라고?

"어~ 그럼, 휴대폰 번호나 LINE 아이디 같은 거 가르쳐
줄래?"

"응, 좋아."

그리하여 나와 카이는 LINE 아이디를 교환하게 됐다.

우와? 말도 안 돼. 뭐야, 내 LINE에 카이의 아이디가 등
록되어 있는데? 저기, 내 말 좀 들어볼래? 세상에. 내
LINE에 카이의 아이디가 등록되어 있다니까. 이게 말이
돼? 하고 기 마누엘을 돌아봤더니, 기의 머리 액정에는
'NICELY DONE'이란 글자가 표시되어 있었다. 우와 진짜

나란 놈, 너무너무 아주 나이스한데?! 아싸~! 땡큐, 기 마누엘!! 여태 살아 있길 잘했어!! 그런데 그때 7호선 열차가 도착했다. 젠장, 야, 분위기 파악 좀 해.

아무튼 그래서 그때 나는 "악, 차 왔다. 카이야, 다음에 봐!"라는 말을 남기고 국숫집을 빠져나왔다. 일단 LINE 아이디는 교환했으니까 지금 여기서 조급하게 이야기하려고 애쓸 필요가 없었다. 나는 언제든지 마음만 먹으면 즉시 카이에게 메시지를 보낼 수 있는 입장이니까. 와, 미쳤어. 완벽한 특권계급이라서 저 밑에 있는 우민들이 불쌍해 보여.

그렇게 그날 하루는 미친 듯이 흥분했지만, 모처럼 메신저 아이디를 손에 넣었는데도 보낼 만한 메시지가 생각나지 않아서 그 후 며칠이나 그 아이디를 썩히고 말았다.

침대에 누워 LINE 앱을 켜고 카이의 아이디를 지정하는 것까지는 몇 번이나 해봤지만, 막상 메시지를 입력하는 단계가 되면 머릿속이 하얗게 변하면서 아무것도 떠오르지 않았다.

으응? 잠깐만, 애초에 용건도 없이 LINE으로 메시지 보내는 남자는 아웃이잖아? 기분 나쁘지 않아? 아니, 보낼 거면 뭐라고 보내? 안녕? 얼씨구? 이거 멍청이 아냐? 용건도 없으면서 갑자기 그렇게 말 걸면 상대가 당황할 게 뻔하잖아. 아니, 사실 이런 건 함부로 건드리지 않는 게 기본이지. 중요한 증거야. 경찰이 올 때까지 현장을 보존하지 않으면 범인이 누구인지 알 수 없게 되어버리잖아.

그래서 나는 카이의 LINE 아이디를 마치 부적처럼 소중하게 간직한 채 이전과 마찬가지로 시시한 고교생 생활을 했다.

복도에서 마주치면 카이는 이쪽을 보고 손목만 까딱하면서 살짝 손을 흔들어줬다. 나란 존재를 인식하기는 하는 것 같았다. 그러니까 그 국숫집에서 있었던 일이 꿈이 아니었다는 것은 알 수 있었다. 카이가 이쪽을 보고 손을 흔들어줬다. 그 별것 아닌 일에도 나는 한나절 정도는 괜히 기분이 좋아졌다. 그런 나 자신의 단순함이 바보같이 느껴졌다.

그나저나 현재의 나는 사미조 역 대합실에서 몸을 한껏 움츠리고 추위를 견디면서 회상 모드에 돌입해 있는데, 열차가 왔으니 일단 중단해야겠다.

이 시각에 마쓰모토 시내로 나가면 내일 아침까지는 마쓰모토의 어딘가에서 시간을 보내야 한다. 돈도 별로 없는 건전한 남자 고교생인 내가 갈 만한 곳은 클럽(버터 발음) 정도밖에 없을 것이다. 소닉이라면 1000엔 가지고 새벽까지 임시 거처를 마련할 수 있을 것이다.

사람도 거의 없는 두 칸짜리 열차를 타고 가서 마쓰모토 역 플랫폼에 내렸더니 뜻밖의 인물이 거기 있었다.

내가 붙임성 있게 "안녕? 슈퍼 히어로!" 하고 말을 걸었더니, 벤치에서 뻗어 있던 스와 타카오가 대놓고 불쾌한 듯이 얼굴을 찌푸렸다. 이 녀석은 우리 고등학교 축구부를 고작 1년 만에 전국까지 데려가준 주역인데, 소문을 듣자 하니 엄청난 녀석이라고 한다.

"뭐야? 이 시간에. 넌 또 질리지도 않고 밤놀이를 하는 거야?" 변함없이 스와는 순식간에 나를 설교로 찍어 누르려고 했다. 지난봄 운동회 이후로 이 녀석은 이래저래 나한테 공격적으로 굴고 있었다. 속임수를 쓴 나한테 공을 빼앗겨서 가슴에 한이 맺혔나 보다. 산뜻해 보이는 외모와는 달리 꽤나 끈질긴 녀석이다. 아니 뭐, 나야 남한테 얕보이는 것도 설교당하는 것도 익숙하니까 그다지 상관은 없지만.

"우리도 벌써 고3이잖아? 마루야마. 너도 이제는 느긋하게 놀러 다닐 때가 아니지 않아? 진로는 정했어?"

"아, 시끄러워. 꼬치꼬치 따지고 들지 마. 네가 우리 엄마냐? 스와, 너야말로 왜 이렇게 늦게 다녀? 어디서 놀다 왔어?"

"말도 안 되는 소리 하지 마. 훈련 마치고 온 거야. 보면 몰라? 오늘까지 쇼난*에 가 있었어."

"쇼난? 오~ 굉장한데. 멋있어. 훌륭해."

"야, 넌…… 어차피 뭐가 얼마나 굉장한지도 모르면서. 이제는 고교 축구 레벨에서 벗어났어. 앞으로는 프로 선수나 일본 대표하고도 싸워야 한다고."

---

* 가나가와 현 해안 지방

"그러니까 굉장한 거 아냐? 굉장하다고 했잖아. 좋겠다. 재능 있는 녀석은. 일이 마음 먹은 대로 착착 진행돼서. 축구만 하면 되니까 진로 문제로 고민할 필요도 없잖아."

뭐야. 굉장하니까 굉장하다고 칭찬해줬는데 뭐가 납득이 안 간다는 거야.

어차피 스와가 나를 싫어해서 그런 걸 테지만. 분명히 말해두지만 난 너를 별로 싫어하지 않거든? 네 이웃을 사랑하라. 우리 가족은 불교지만.

"그렇게 단순한 게 아니야. 나한테도 여러 가지 사정이 있어."

"그건 그럴지도 모르겠네. 누구한테나 사정은 있으니까. 나한테도 있어."

"일반론으로 대충 넘어가려고 하지 마. 마루야마, 네 사정은 그런 게 아니잖아. 소문은 많이 들었다고. 적당히 하지 않으면 너 조만간 경찰에 잡혀갈걸?"

"대체 무슨 엄청난 소문을 들은 거야? 난 경찰에 잡혀갈 만한 짓은 안 했는데."

아무래도 우리 학교에서는 내가 모르는 데서 어마어마하게 부풀려진 소문이 돌고 있나 보다. 그야 뭐, 성실한 모범생들만 있는 자칭 입시 명문고(ㅋㅋ)니까 나 같은 불량학생은 당연히 희귀한 존재일 테지만. 그냥 시내에 나가서 노는 것뿐인데 마치 구제 불능인 불량배처럼 취급당하니 나로선 도통 이해가 안 갔다. 물론 우리 학교에 있으면 나는 상대적으로 불량한 인간일지도 모르지만, 다른 학교였으면 틀림없이 비교적 성실한 모범생이었을 거다.

"전혀 안 하진 않았을 텐데? 나 예전에 봤어. 네가 누구랑 주먹질하면서 싸우는 거."

"아~."

응, 그거. 듣고 보니 나도 백 퍼센트 결백하다고 할 수는 없지만. 그때는 또 나한테도 개인적인 사정이 있었거든. 누구한테나 사정은 있는 거니까.

"네가 그러면 고즈한테도 폐가 된단 말이야. 정신 차리고 똑바로 살아."

"여기서 왜 갑자기 카이 이름이 튀어나와?"

"왜, 불만 있어? 멍청아. 난 중학교 때부터 고즈와 아는 사이였어. 이런저런 사정이 있다고."

"그래. 너도 이런저런 사정이 있구나. 힘들겠네."

"아~ 너 진짜. 그러니까, 그런 점도······."

스와는 기막히다는 듯이 한숨을 쉬었다. 도대체 무슨 말이 하고 싶은 걸까.

스와가 그런 말 하지 않아도, 이제 슬슬 정신 차려야만 한다는 것은 나 자신도 알고 있었다. 이래 봬도 내 나름대로는 똑바로 살려고 노력하는 중이고. 그런데 나도 변명은 하고 싶지 않지만, 우리 집 상황이 그래서 말이지. 주변 상황이 나를 똑바로 살게 해주지 않는다.

"아무튼, 스와. 힘들겠지만 열심히 잘해봐. 응원할게."

"시끄러워. 바보야. 네가 응원해주지 않아도 나는 내가 알아서 잘할 거야."

그런 식으로 끝까지 험악한 분위기를 유지하면서 스와와 헤어졌다. 오늘도 이 세상 어딘가에서 인간은 싸우고 인류는 단절된다. 모든 사람과 친해질 수는 없나 보다.

역을 빠져나왔다. 내 목적지는 소닉(클럽)(버터 발음)이었다. 가까이 다가가자 바깥 도로까지 낮은 소리가 흘러나올 정도였다. 오~ 오늘도 달리고 있네? 내 기분도 좀 좋아졌다.

입구에서 입장료를 지불하고 왼손 손등에 재입장용 도장을 찍었다. 블랙라이트에 의해 빛나는 도장. 금고처럼 두꺼운 문짝을 열자, 확! 하고 소리의 홍수가 덮쳐왔다. 옳지 그래 바로 이거야~ 하고 내 안에서 딸칵! 하면서 어떤 스위치가 켜졌다.

쿵짝♪ 쿵짝♪ 소리에 맞춰 몸의 중심을 흔들면서 저 안쪽으로 걸어갔다. 아는 사람이 몇 명 눈에 띄었다. 나는 그중 한 사람에게 "유사쿠 씨, 안녕하세요?" 하고 인사했다. 서로 주먹을 내밀어 콩! 하고 가볍게 부딪쳤다.

"류키, 너 참 여유롭다. 수험생 아니야?"란 질문에 "아뇨, 아직 수험생은 아니에요. 내년부터."라고 했더니 "뭐? 야, 너 몇 살인데?" "열일곱 살." "뭐야?! 열일곱? 아이고, 엊그제 태어난 놈이네?" 이렇게 실없고도 리드미컬한 응수가 기분 좋게 느껴졌다. 요컨대 서로 말을 주고받는 게 즐거운 거지, 내용은 하나도 중요하지 않았다.

어머니는 "이런 시간에"라고 말했지만, 사실 이런 시간은 클럽에서는 초저녁이나 마찬가지라서 플로어 분위기도 크게 달라지진 않았다. 나중에 마음껏 날뛰기 위한 준비운동 시간이었다. 우리는 플로어 한구석에 우르르 모여 시답잖은 잡담이나 하면서 떠들어댔다.

"저 여자 뭐야. 누구 아는 사람이야?" "아니, 처음 보는 사람 같은데." "그래? 요새 자주 오지 않아? 다른 여자애인가?" 그런 틀에 박힌 이야기가 나오다가. "야, 류키. 네가 가봐. 이런 건 젊은이가 해야 할 일이잖아" 하고 등 떠밀렸다.

나는 "됐어요, 이제는 그런 거 안 해요" 하고 적당히 넘겼다.

유사쿠 씨는 "요즘 젊은이들은 패기가 없다니까~"라고 했지만, 그러는 유사쿠 씨도 아마 아직은 '요즘 젊은이'에 속할 것이다. 그리고 당연히 요즘 젊은이답게 패기가 없으므로 좀처럼 자기가 출격하지는 않았다. 사실 이런 서슴없는 태도가 좀 귀찮게 느껴지기도 했지만, 뭐, 어쨌든 우리 멤버니까. 어쩔 수 없지. 다소 마음에 안 드는 부분도 눈감아주면서 어울려 지내는 수밖에. 게다가 나는 유사쿠 씨에게 도움을 좀 받기도 했다. 그래서 너무 매몰차게 굴 수도 없었다. 아까 스와가 말했던 사건. 길거리에서 내가 누군가와 주먹질하면서 싸웠다는 이야기와 관련된 거다. 그 일을 계기로 나는 지금처럼 소닉에 터를 잡게 되었다.

자, 그럼 여기서 또다시 가볍게 회상 모드에 돌입해볼까.

그때는 고1 봄이었다.

고등학교에 적응하는 데 일찌감치 실패한 나는 파르 공에서 멍~하니 시간을 죽이게 되었다. 그러고 있으니까 신기하게도 비슷비슷한 녀석들과 아는 사이가 되었고, 친구라고 할 정도는 아니지만 어찌어찌 대~충 같이 지내는 동료 비슷한 것이 되었다.

대부분 나보다 나이가 많았는데, 나보다 나이도 많은 주제에 나처럼 하루 종일 멍~하니 지내는 녀석들이니까 멀쩡한 놈들은 아닐 테지만, 그래도 교실에서 동급생들에게 둘러싸여 있는 것보다는 조금 더 기분이 나았다.

그리하여 그날도 나는 학교 수업이 끝나자마자 어슬렁어슬렁 파르 공에 가서 특별히 뭔가를 하지도 않고, 돌아다니는 사람들을 멍하니 구경하고 있었다. 늘 그렇듯이 어딘가에서 아는 사람이 다가와 애매하게 가까운 곳에 앉아 이야기를 시작했다. 멤버가 여러 명인 그룹처럼 되었다.

야, 어디든 가자. 누군가가 말했다.

누군가가 돈 없어! 하고 단적으로 우리의 모든 문제의 근본을 지적했다.

어딘가에 가거나 뭔가를 하고 싶어도. 우리 모두 돈이 없었다. 그래서 우리 모두는 어디에도 가지 못했고 아무것도 하지 못했다. 우리는 돈이 없으니까 그저 의자에 앉아서 멍~하니 하루하루를 보냈다.

해가 저물어 밤이 되었다. 우리는 배가 고팠지만 그래도 여전히 아무도 움직이지 않고 그저 멍~하니 시간의 흐름에 몸을 맡기고 있었다.

야, 내가 가서 삥 뜯어 올게. 누군가가 아무렇지도 않게 그런 말을 했다.

나는 그 가벼운 한마디에 내심 '뭐야, 그래도 돼?' 하고 생각은 했지만, 하루 종일 멍~하니 있느라 뇌가 녹아내린 상태였으므로 굳이 말리지도 않고 그놈이 일어나서 걸어가는 모습을 멍~하니 바라보고 있었다. 어, 그래~ 하고 대답은 했을지도 모른다.

이윽고 멍~하니 거리를 바라보는 내 시야의 가장자리에서 그놈이 한 행인에게 말을 거는 장면이 보였다. 보이긴했지만, 나는 여전히 아무 생각도 하지 않았다. 삥 뜯는다고 하면서 일어났으니까 아마 삥 뜯으려고 했을 테지. 그리고 그 녀석이 오히려 상대에게 반격당해 얻어맞는 장면도 나는 멍~하니 보고 있었다.

아니, 아무리 그래도 저건 좀 위험하지 않아? 쟤 얻어맞고 있는데?

해파리같이 맥없이 흐느적~거리고 있던 나는 그제야 그사실을 깨달았다. 이것은 무시할 수 없는 사태구나 하고 느릿느릿 몸을 일으켜, 내가 아는 사람(누구인지는 잘 몰라도)을 열심히 패고 있는 그 누군가의 어깨를 슬쩍 잡았다.

이봐, 이제 그만해.

그런 말을 했던 것 같기는 한데, 어쩌면 말을 할 기회조차 없었을지도 모른다. 잘 기억나지 않는다. 그 직후 그놈의 주먹이 내 얼굴로도 날아왔기 때문이다.

퍽! 얼굴을 맞았다. 내 이성이 휙! 날아가 버렸다. 아무 소리도 들리지 않게 되었다. 정신을 차려 보니 나는 그놈의 얼굴을 똑같이 후려치고 있었다.

내 펀치는 놀랍게도 정확히 상대의 턱에 명중했다. 그 아무개 씨는 힘없이 비틀거리더니 무너지듯이 털썩 주저앉았다. 그러자 맨 처음에 삥 뜯으려다가 반격당한 녀석은 그 틈에 재빨리 도망쳐버렸다.

거기서 그만했으면 좋았을 텐데. 얼굴을 한 대 맞아 흥분한 걸까? 나는 그 아무개 씨를 계속 때리려고 그의 멱살을 잡고 주먹을 높이 치켜들었다.

그때 내 팔을 붙잡은 사람이 유사쿠 씨였다. 그때는 아직 유사쿠 씨의 이름도 몰랐지만. 얼굴만 아는 사람들 중 하나에 불과했다.

"뭐 해? 빨리 도망치자."

그런 소리가 들렸다. 그 말을 듣고, 나는 내 귀에 소리가 돌아왔다는 것을 깨달았다. 그 순간 주위의 소란스러움이 신경 쓰였다. 물론 그들은 나를 보고 수런거리는 것이었다.

도망친다. 돌연 제시된 선택지에 대해 생각해봤다. 사실 생각해볼 필요도 없는 것이었다. 한시라도 빨리 이곳을 떠나야만 한다. 안 그러면 돌이킬 수 없는 사태가 벌어질 것이다.

나도 변명할 말은 있었지만(아는 사람이 얻어맞고 있어서 말리려고 했을 뿐이다. 상대가 먼저 나를 때렸다), 그런 주장은 거의 먹히지 않는다는 것은 이미 경험상 알고 있었다.

하기야 그런 나의 생각들도 전부 다 '이제 와서 돌이켜보면' 그렇다는 거지, 그때의 나는 느긋하게 그런 생각을 할 여유는 없었다.

순식간에 판단을 내렸다.

나와 유사쿠 씨는 마주 보고 고개를 끄덕였다. 동시에 미친 듯이 뛰었다.

우리가 대로를 두 개 건너 골목길로 들어가 숨을 때까지 타이밍 좋게도 신호등은 계속 파란불이었다. 아슬아슬하게 행운의 여신이 나를 도와준 것이다.

일단 급한 불은 껐지만 그래 봤자 뒷골목이었다. 안심할 수는 없었다. 우리는 어딘가 안전한 곳으로 피신해야 했다.

"힙합과 EDM 중에서 뭐가 좋아?" 유사쿠 씨가 물어봤다.

"당연히 EDM이죠." 내가 대답했다.

그리하여 유사쿠 씨가 이 소닉으로 나를 데려온 것이다.

그날 이후로 나는 틈만 나면 여기로 피신했다. 실은 여기도 다 똑같이 형편없는 놈들만 모이는 형편없는 장소였지만, 그래도 집에도 학교에도 편히 있을 수 없는 나한테는 겨우 찾아낸 장소였다. 내가 그럭저럭 안심할 수 있는 장소.

오늘 밤에도 유사쿠 씨는 "야, 저 애들은? 누구 아는 사람이야?" 하고 끊임없이 누가 누구의 지인인지 알아내려 하고 있었다. 그런데 또 누구의 지인이라고 해서 말을 걸러 가느냐 하면 그것도 아니었다. 단순히 남의 인간관계를 파악하는 것이 취미인 걸까? 아니면 반대로 누구의 지인도 아닌 사람을 찾으려는 걸까. 자세한 생태는 잘 모르겠다.

실은 생태뿐만이 아니었다. 거의 매주 이렇게 만나는 소닉 멤버들이 정확히 어디 사는 누구인지도 파악하지 못했고, 관심도 없었다. 그런 느슨한 분위기가 오히려 마음 편하게 느껴져서 나는 자꾸만 이곳에 오게 되었다.

어, 잠깐만. 무슨 이야기를 하고 있었더라? 오랜만에 기마누엘을 쳐다봤더니, 그 머리의 액정에서는 변함없이 'LOVE'란 글자가 춤을 추고 있었다.

아, 맞아. 사랑 이야기였지. 내 사랑 이야기를 계속해보자. 아~ 기다려. 들어보라고. 밤은 아직 길잖아.

"류키, 너 카이를 좋아하지?" 하고 다짜고짜 단도직입적으로 세리카가 물어봤다. 실은 세리카가 등 뒤에서 다가온 줄도 몰랐던 나는 이 갑작스런 일에 잘 대처하지 못하고 무심코 "응? 어, 응" 하고 아주 솔직하게 대답하고 말았다.

점심시간 끝나기 전 청소하는 시간. 건물과 건물 사이의 연결통로를 담당하게 된 나는 일단 거기 가서 대빗자루로 바닥을 쓸고 있었는데, 이거는 말만 연결통로지 실은 야외나 마찬가지여서 바람이 좀 불기만 해도 방금 쓸어낸 쓰레기가 도로 이쪽으로 굴러오니 아무 의미가 없었다. 그래서 나는 겨우 1분 만에 청소를 포기하고, 대빗자루를 들고 야구인지 골프인지 알 수 없는 애매한 스윙을 하면서 혼자 놀고 있었다.

그랬더니 어느새 세리카가 다가와 내 뒤에 서 있었다. 그리고 초장부터 그런 질문을 던진 것이다. 평소에는 쓸데없이 강력한 빛의 오라를 내뿜으면서 지나치게 눈에 띄는 주제에. 이제 보니 기척을 숨기는 기술도 익혔나 보다. 손오공이세요?

"아하하! 류키, 너 참 솔직하다. 진짜 웃겨" 하고 세리카가 들고 있던 책자로 입을 가리고 어깨를 부들부들 떨면서 웃었다. 이런 동작 하나하나가 과장된 느낌? 연기하는 듯한 느낌? 그래서 나는 이 세리카라는 여자가 은근히 거북했다. 왠지 수상쩍어.

"시끄러워. 흥, 웃고 싶으면 웃든가."

"아, 미안해. 그렇게 웃긴 건 아닌데. 너무 화내지 마. 어휴~ 무섭잖아."

"그렇게 화난 것도 아니야." 실제로 나는 화나지 않았다. 그저 놀랐을 뿐이다.

"응, 알았어, 알았어~! 좋아, 그런 너에게 세리카가 중대한 고급 비밀 정보를 가르쳐줄게. 그러니까 기분 풀어, 응?" 하고 세리카는 또다시 연기하는 것처럼 상체를 기울이더니 집게손가락을 곧게 세워 입술에 댔다. '쉿~' 하는 포즈.

"뭔데? 고급 비밀 정보라니?" 나도 아까까지 휘두르던 대빗자루 위에 턱을 올려놓고 귀를 기울였다. 카이와 관련된 고급 정보. 이건 들어두는 편이 좋지 않을까?

"있잖아, 류키. 너는 음악에 빠삭하지?"

"응? 어~ 뭐, 그럭저럭."

내가 남들보다 더 나은 것은 이 커다란 덩치와 영어 성적 말고는 거의 없지만, 음악적인 지식은 이 나이치고는 꽤 많이 쌓았다고 생각한다. 하지만 나보다 더 전문적인 음악 마니아 같은 녀석들을 많이 알고 있으니까 나도 당당하게 "나 음악에는 빠삭하거든?"이라고도 말할 수 없다는 것이 문제였다. 뭐든지 전혀 모를 때보다는, 조금 알게 되었을 때 겸허해지는 법이다.

그러나 세리카가 나를 시험하는 것처럼 "그럼 혹시 피아노잭은 알아?"라는 말을 꺼냈을 때에는 나도 코웃음을 칠 수밖에 없었다.

"야, 사람 무시하지 마. 그건 메이저 중의 메이저잖아. 당연히 알지. 피아노잭. 내가 주로 커버하는 분야는 아니지만."

그것은 그 뭐냐. 뉴재즈 같은 계열인가? 아무튼 기본은 보컬이 없는 연주곡이다. 그 뭐냐, 쟈가쟝~♪ 하는 느낌의 좀 트렌디한 곡. 나는 누가 뭐래도 혈기 왕성한 단세포 젊은이라서, 굳이 따지자면 좀 더 단순하고 흥겹고 화려한 음악을 좋아하지만. 그래도 피아노곡 같은 것도 나쁘진 않다고 생각한다. 그래, 일본인치고는 센스가 좋은 편이지.

"아, 뭐야. 코웃음 치지 마. 그러면 비밀 정보 안 가르쳐준다?"

"아냐, 안 웃었어. 그래서 그 정보가 뭔데?"

흐음~? 글쎄, 어쩔까~? 하고 세리카는 이제 와서 비싸게 굴려고 했지만, 내가 "아, 그럼 됐어" 하고 떠나려고 하자 "앗! 아앗! 손님, 기다리세요!!!!" 하고 진부한 반응을 보이면서 나를 붙잡았다.

"아이참~! 솔직하지 못하긴! 좋아, 그럼 특별히 가르쳐줄게! 아 글쎄, 놀랍게도! 참으로 놀랍게도!! 실은 무엇을 숨기랴, 카이는 피아노곡의 광팬인 것입니다!!"

짜잔~♪ 하고 스스로 효과음을 내면서 세리카는 스시잔마이*의 사장님처럼 양손을 펼치고 '자, 어때요?'라는 표정을 지었다.

"아~ 그렇구나."

그런 말 들어봤자 '아~ 그렇구나' 말고는 할 말이 없지 않나? 하는 생각이 들었다. 그래도 취향이 나쁘진 않네.

---

* 일본 초밥 체인점

피아노잭. 너무 대중적인 느낌도 들지만, 그래도 트렌디한 맛이 있으니까. 여자가 듣기에는 오히려 딱 좋은 음악이라고도 할 만했다.

"앗, 반응이 시원찮네?! 그럼 여기서 좀 더 굉장한 빅뉴스~~~!! 놀랍게도! 카이도 무척 좋아하는 그 피아노잭의 콘서트가 이번에 마쓰모토에서 열린답니다!!"

짠~♪ 하고 또다시 스스로 효과음을 내면서 세리카가 내내 손에 들고 있던 책자를 펼쳐 보였다. 이 지역의 무료 정보지. 세리카가 펼친 페이지 왼쪽 하단에 정말로 피아노잭의 콘서트 정보가 실려 있었다.

"이 콘서트에 같이 가자고 하면, 아마 카이도 기뻐할걸~??" 세리카가 이쪽을 향해 책자를 펼쳐 든 채 그 옆으로 눈을 빼꼼 내밀고 나를 훔쳐봤다.

"뭐? 아니, 다짜고짜 콘서트에 같이 가자고 한다고? 너무 갑작스럽지 않아?"

이런 경우에는 좀 더 그 뭐냐…… 차근차근 단계를 밟아 조금씩 전진해야 하지 않을까?

"뭐야, 류키. 말은 그렇게 하면서 카이와 LINE 아이디를 교환한 지 지금 몇 달이 지났는데? 그동안 상황이 조금이라도 진전되긴 했어?"

"윽……."

"이런 건 말이죠~ 큰맘 먹고 확! 하는 게 중요해요. 걱정하지 마☆ 아마도 이건 네 생각보다 훨씬 더 승률이 높을 테니까."

세리카의 한마디에 그런가? 하긴, 나는 그렇다 쳐도 피아노잭은 좋아한다니까 콘서트에 간다면 보통은 기뻐할 테지? 하고 나도 좀 긍정적인 생각을 하게 되었다. 자, 그럼 어쩌면 좋을까. 기 마누엘을 돌아봤더니 기의 안면에도 "GO! GO! GO!"란 글자가 표시되어 있었다. 그래, 여기서는 강하게 밀고 나가야 하는 거겠지?

나는 즉시 휴대폰을 꺼내 티켓 정보를 검색해봤다. 금방 결과가 나왔다. 콘서트까지 얼마 안 남았는데 아직은 정규 루트로 티켓을 구입할 수 있는 것 같았다. 역시 피아노잭은 좋네. 모든 면에서 적당히 좋다니까. 만약에 유밍*이나 극단 사계**의 공연이었다면 애초에 티켓을 구하지도 못했을 텐데.

세리카가 발돋움해서 내 어깨너머로 휴대폰 화면을 훔쳐보더니 "앗, 이거 봐. 티켓 아직 있네. 이봐, 자네. 그거 사버려. 두 장이 겨우 1만 엔이야. 카이와 데이트할 기회 한 번이 1만 엔. 어때, 싸지 않아?" 하고 부추겼다.

카이와 데이트할 기회. 1만 엔.

"응. 싸네."

학교에서는 아르바이트를 금지하고 있지만, 다소 불성실한 불량학생인 나는 몰래 조금씩 아르바이트도 하고 있

---

* 마쓰토야 유미, 베테랑 여성 싱어송라이터
** 일본의 상업연극을 대표하는 인기 극단

었다. 그러니까 1만 엔은 결코 만만한 금액은 아니어도, 절대로 꿈도 못 꿀 만큼 엄청나지도 않은 절묘한 금액이었다. 나의 도량을 시험하는 건가.

망설임은 2초 만에 끝났다. 흐름이 생기면 거스르지 않고 거기에 몸을 맡기는 것이 나의 신조다. 그래, 이건 타야겠다. 이 거대한 흐름에 올라타자. 나는 그 자리에서 즉시 티켓을 구매했다. 곧바로 예약번호가 발행됐다. 이제는 Loppi 기계에서 돈을 내고 티켓을 뽑기만 하면 된다.

"어? 그게 끝이야? 벌써 티켓을 다 산 거야?" 세리카가 이상한 부분에서 감탄한 것처럼 큰 소리로 말했다. "오~ 요즘 휴대폰은 굉장하다. 즉석에서 티켓도 살 수 있고." 희한하게 우리 어머니 같은 소리를 다 하네.

하긴, 여자애들 중에서는 이런 것은 잘 모르는 애들도 꽤 많으니까.

"이봐." 기세 좋게 여기까지 빠르게 해치워버린 주제에 이제 와서 이러는 것도 웃기지만, 나는 세리카를 돌아보면서 질문을 던졌다. "너 대체 무슨 속셈이야?"

세리카가 일부러 나와 카이의 사랑의 큐피드 역할을 해주는 것은 고마웠지만, 그런 짓을 한다고 세리카에게 무슨 이득이 있을까? 알 수 없었다.

한순간 세리카의 얼굴에서 표정이 싹 사라진 것 같았다.

그러나 그것도 한순간. 벌써 평소의 가면 같은 미소가 또다시 얼굴을 뒤덮고 있었다.

"응? 아닌데~ 속셈 따위는 없거든? 그냥 카이는 그림의 떡이라고나 할까? 암암리에 남자애들한테 엄청나게 인기 있는데도, 어째서인지 다들 조용히 지켜보기만 하고 아무도 직접 접근하지 않으니까 결과적으로는 솔로가 된 듯한 느낌? 그러니까 패기 있는 누군가가 접근해보면 좋지 않을까~ 하고 예전부터 생각했거든. 세리카가 보기에는 류키, 너도 의외로 나쁘지 않은 것 같고."

친구잖아~ 그러니까 세리카는 카이가 행복해지길 바라는 거야~ 뭐 그렇게 아무 말이나 대충 해대고 있는데, 역시 나는 이 녀석을 믿을 수가 없었다. 반드시 뭔가 숨은 의도가 있을 것이다. 나도 바보는 아니니까 그 정도는 어렴풋이 알 수 있었다. 하지만 세리카가 몰래 무슨 짓을 꾸미더라도 나하고는 상관없으니까 그냥 그러려니 했다.

"어, 그래. 고마워. 나를 높이 평가해주는 것 같아서 땡큐. 감동이야. 그런데 그림의 떡 같아서 아무도 접근하지 않으니까 결과적으로 솔로가 된 것은 세리카, 너도 마찬가지잖아? 너는 뭐 없어?"

원한다면 나도 답례로 너를 도와줄 수 있는데? 그런 마음도 있었지만, 세리카는 "세리카는 그런 거 아니야~" 하면서 손을 가볍게 흔들었다. 자각이 없나?

"세리카는 순수하게 스와를 노리고 있는데, 스와는 평생 돌아봐 주지 않으니까. 세리카는 사랑을 보답받지 못하는 여자야."

"아~ 스와? 스와. 그놈도 이해하기 어려운 녀석이지."

스와는 어쩐지 나를 격렬하게 미워하고 있는 것 같으니까. 내가 답례로 세리카를 도와주기는 어렵겠다 싶었다. 하지만 스와가 아무리 철벽남이어도 세리카가 진심으로 유혹하면 유혹하지 못할 남자는 없을 테고, 세리카도 현재의 애매한 상황을 스스로 즐기고 있는 것 같았다. 미래의 축구 선수 아내란 말이지~. 흐음, 세리카한테는 그 정도 포지션은 되어야 어울릴 것 같기는 했다.

아무튼 그런 이유로 나는 그날 학교 수업이 끝나자마자 쌩!! 하고 로손 편의점으로 뛰어가서 당장 Loppi 기계로 티켓을 뽑았다. 입금하기 전까지는 가예약 같은 거라서 먼저 카이와 약속을 잡은 다음에 입금하는 것도 가능하고, 사실 그러는 편이 실패했을 때 대미지를 안 받아서 좋을 테지만. 이런 때에는 각오와 배짱이 중요한 거거든? 도전하기 전부터 실패했을 경우를 생각하면 안 돼. 나는 미련 없이(없지는 않다) 1만 엔짜리 지폐를 투입했다. 아듀, 나의 유키치*. 씨 유 어게인.

순조롭게 티켓 두 장을 구한 것까지는 좋은데, 이것은 소위 배수진을 친 셈이다. 이미 1만 엔 지폐까지 투입해버린 이상, 여기서 겁먹고 카이에게 메시지도 보내지 못한다는 것은 말도 안 되는 짓이다. 나는 내 방에서 바닥에 티켓 두 장을 늘어놓고 그 앞에 양반다리로 앉아서 팔짱을 낀

---

* 후쿠자와 유키치. 1만 엔 지폐의 모델

채 끙끙 신음했다. 네, 맞아요. 이미 티켓을 사버렸으니까 무조건 카이한테 같이 가자고 해야 해요. 어라? 뭐야, 나 왜 이렇게 자기 자신을 궁지로 몰아넣은 거지? 지나치게 폭주하는 거 아냐? 내가 어쩌다 운 좋게 카이의 LINE 아이디를 손에 넣은 것은 벌써 몇 달 전 일이고, 그 후로는 한 번도 메시지를 보내본 적이 없는데. 처음부터 콘서트에 같이 가자는 말부터 꺼내다니, 이 남자 너무 의욕적이라 부담스럽지 않아? 뭐야? 진짜야? 너 진심이야? 이렇게 될 줄 알았으면 미리미리 평범한 화제라도 던지면서 자연스럽게 메시지를 주고받을 수 있는 관계성을 구축해둘걸 그랬네. 맞아, 이런 때에는 역시 다짜고짜 본론으로 들어가는 것보다는 우선 가벼운 잡담에서부터 시작하는 게 좋을 거야. 야, 안녕~!! 잘 지냈어?! (이모티콘) 나 류키인데. 기억해?? 와, 미쳤냐. 그런 식으로 말 걸면 어떡해? 너 바보냐? 진짜 바보야?

나는 메시지를 썼다 지웠다 썼다 지웠다 하다가 최종적으로는 철저하게 사무적인 "피아노잭 콘서트 티켓 두 장이 있는데 혹시 괜찮다면 같이 가지 않을래요?"라는 문장을 완성하고, 좋아, 이걸 보내자! 하고 결정했다. 이모티콘은 없음.

마침내 결심한 나는 일단 바닥에 놔둔 휴대폰 앞에서 좌선하면서 정신통일을 했다. 눈을 감고 깊고도 긴 호흡을 반복했다. 나 자신의 자아가 공기 중으로 확산되어 삼라만

상과 하나가 되는 이미지를 발전시켜 나갔다. 오, 좋은데? 그래, 좋아좋아, 잘하고 있어. 너른 현상(現象), 너른 세계, 너른 우주와 모든 차원으로 넓고도 길게 나의 자아가 퍼져 나간다. 이윽고 빛이 소용돌이치는 터널을 지나 새로운 사상(事象)의 지평으로 꾸욱!!!! 하고, 최종적으로는 충동에 사로잡혀 전송 버튼을 눌렀다. 악! 눌러버렸어!! 전송 버튼을 눌러버렸다니까?! 나는 재빨리 지면에 납작 엎드려 휴대폰 화면에 얼굴을 바싹 갖다 대고, 그 어떤 반응도 놓치지 않으려는 듯이 지근거리에서 화면을 응시했다. 전송 중을 나타내는 표시가 딱 한순간 빙글 돌더니 순식간에 내 메시지가 허공을 날아 전선을 타고 카이(오 나의 천사님)의 휴대폰으로 전송되어 갔다. 놀라운 기술이다. 장난 아니지 않아? 버튼만 꾹 눌러도 천사에게 메시지를 보낼 수 있다니? 인간의 욕망은 그칠 줄을 모르고 과학은 끊임없이 진보한다. 도대체 인류의 문명은 어디까지 도달하려는 걸까? 교만해지지 마라! 하느님의 벼락을 맞아 불타게 되리라!!

　도저히 가만히 있을 수 없었다. 얼떨결에 천천히 팔굽혀펴기를 하기 시작했다. 하나! 둘! 셋! 넷! 그 숫자가 스물일곱!!이 됐을 때 내가 보낸 메시지의 상태가 '읽음'으로 변했다. 나는 흠칫! 하고 움직임을 멈췄다. 그대로 숨도 못 쉬고 뚫어져라 화면을 응시했다. 돌연 휴대폰이 부르르 떨리더니 음성 통화 벨소리가 울리기 시작했다. 나는 육성으로

"흐억!" 소리를 내면서 방 한가운데에서 데굴데굴 굴러가 벽에 찰싹 붙어 휴대폰과 멀찍이 떨어졌다. 뭐, 뭐야?! 적의 습격이야?!

어? 뭔데? 지금 벨소리가 나는데요??

화면에 표시된 것은 카이의 이름. 어, 그러니까 이게 무슨 일이야? 무슨 일이긴. 카이가 전화를 한 거지 이놈아 도망칠 때가 아니야 이 멍청아! 하고 나는 이번에는 깃발 뺏기 게임이라도 하는 것처럼 민첩하게 휴대폰에 달려들어 화면을 터치했다.

"여…… 여보세요? (헉…… 헉…… 헉…… 헉……)"

이상하게 숨을 헐떡거리는 것은 내가 극도로 성적 흥분을 느꼈다든가 뭐 그런 이유 때문이 아니라, 단지 방금 전까지 팔굽혀펴기도 했고 또 깃발 뺏기 게임 하듯이 방 안을 이리저리 뛰어다녔기 때문이었다. 그런데 팔굽혀펴기로 인한 헐떡임과 극도의 성적 흥분에 의한 헐떡임 사이에는 뭔가 객관적으로 판별 가능한 차이점이 존재하는 걸까? 나는 그런 생각을 하면서 절망에 빠졌다. 나 진짜 바보인가? 팔굽혀펴기는 도대체 왜 한 거야?

"여보세요? 마루야마?"

"아, 네. 마루야마입니다. 류키입니다……. (헉…… 헉…… 헉…… 헉……)"

"저기, 지금 통화 가능해? 숨소리가 굉장히 거친데."

"어, 음. 그게…… 팔굽혀펴기를 해서……. (헉…… 헉……)"

"그래? 미안해. 방해해서."

"아니, 절대로 그런 거 아닙니다. 방해 아니고요. 괜찮아요······ (헉······ 헉······)"

"아하하, 왜 존댓말 하는 거야?"

왜일까? 아니, 애초에 이게 현실일까? 내 휴대폰에서 카이의 목소리가 나오네? 최신 휴대폰에는 이런 기능도 있나? 휴대폰 짱이다. 이노베이션(기술 혁신)이다. 싱귤래리티 (질적 도약이 이루어지는 특정 시점) 너머의 세계야. 굉장하다 스티브 잡스. 천재세요? (천재지요)

"어, 저기, 있잖아? 피아노잭 콘서트는 나도 정말로 가고 싶은데."

"아, 응. 그렇죠!! 갑시다!! 가자, 피아노잭 콘서트!!"

그래. 나는 뭐 그렇다 쳐도, 세리카 말로는 카이는 피아노잭의 광팬이라고 하니까 틀림없이 피아노잭 콘서트에는 가고 싶어 할 것이다. 그래, 그거야. 가자, 콘서트. 일단 그게 중요한 거야.

"그런데 왜 나한테 같이 가자고 하는 걸까······ 괜찮은 걸까? 하는 생각이 좀 들어서."

카이가 신중하게 단어를 고르는 것처럼 말했다.

왜냐고? 어, 왜지?

"그건······ 좋아하니까?" 간신히 숨결이 안정된 순간에 나는 무심코 그런 말을 했다. 헉?! 이 자식이 지금 무슨 말을 하는 거야?!?! 왜 갑자기 고백하는 건데?? 아니 야, 잠깐만, 미친 듯이 적극적이잖아. 이런 때 나는 어떻게 하면 좋을까? 하면서 기 마누엘을 찾으려고 방 안을 둘러봤는데, 꼭 이런 때에는 그 녀석의 모습이 전혀 보이지 않는다. 이봐, 기 마누엘. 나한테 뭐라고 말 좀 해줘. 나를 인도해줘.

"뭐?" 한 박자 늦게 카이의 대답이 흘러나왔다.

"앗! 아니야! 노, 노!! 방금 그건 취소!! 잠깐만 기다려봐, 다시 할게!!"

"뭐야~ 취소하는 거구나."

일단 다시 하기로 했다. 뭐든지 충동적으로 하는 것은 좋지 않아.

"아니, 사실 취소하는 건 아니지만 타이밍이 잘못됐다고나 할까!! 그건 지금 말고 나중에 다시 제대로 할 테니까 당장은 콘서트에 관한 이야기를 하지 않을래?!"

내가 필사적으로 단숨에 속사포처럼 떠들어대자, 휴대폰 너머에서 카이가 쿡쿡 웃는 것이 느껴졌다. 아, 다행이다. 일단 웃어주는 것 같아서. 나는 조금 안심했다. 뭐든지 충동적인 에너지가 중요한 거다.

"응, 좋아. 그럼 나를 그 콘서트에 데려가 줄래?"

아싸~~~~~~~~~~~~~!!!! 나는 벌떡 일어나 허공으로 승리의 주먹질을 했다. 오늘 이 순간까지 나를 인도해준 이 세상의 모든 것이여, 정말 고마워!! 그런데 승리의 주먹질 때문에 저절로 하늘 높이 올라간 휴대폰에서 "어?

여보세요~?? 마루야마? 류키??"라는 카이의 목소리가 흘러나왔다. 아차, 이럼 안 되지. 혼자 미친 듯이 흥분할 때가 아니잖아. 나는 다시 휴대폰을 귓가로 가져왔다.

그래서 그 후에는 약속 장소와 시간을 정하고 그날이 오기만을 기다리게 되었다. 나는 괜히 기합이 빡 들어가서 학교 숙제를 열심히 했다. 종종 1층에서 시작되는 어머니의 히스테리도, 헤드폰으로 음악을 들으면서 어떻게든 무시하고 넘어갔다.

내 인생에 큰 흐름이 찾아왔다. 상태가 좋아지는 느낌이 들었다. 무조건 이 흐름에 올라타야 한다. 나는 정신 차리고 똑바로 살아야 한다. 좀 더 제대로 된 인간이 되어야 한다. 좀 더 빠르게. 좀 더 강하게. 어엿한 남자가 되어야 한다.

등 뒤에서는 나의 수호신 기 마누엘도 액정에 "GO FOR IT!!"이란 글자를 표시해서 나를 응원해주었다.

그리고 콘서트 당일.

마쓰모토를 아직 잘 모른다는 카이를 위해서 일부러 약속 장소는 역 개찰구 앞 스타벅스로 정했다. 콘서트 시작 시간은 네 시 반이지만, 나는 세 시에 이미 스타벅스에서 완벽하게 스탠바이를 하고 있었다.

카운터 앞에 앉아 멍~하니 시계를 보면서, 빨대로 끈질기게 희미한 커피향이 남아 있는 얼음물을 빨아 마시고 있는데 돌연 누군가가 뒤에서 내 어깨를 톡 두드렸다. 돌아봤더니 "마루야마?" 하고 고개를 갸웃거리는 카이(아아 천사님)의 얼굴이 코앞에 있었다. 내 가슴이 또다시 두그————은!! 하고 뛰었다.

"어? 뭐야? 너 왜 이렇게 빨리 왔어?"

"아, 그게. 빨리 오는 게 좋을 것 같아서."

아~ 그래. 미리미리 행동하는 거 좋지. 훌륭해.

"난 스타벅스에 오는 거 처음이거든. 그래서 긴장했어."

그러면서 카이는 아이스라떼로 추정되는 톨 사이즈 플라스틱 컵을 흔들면서 웃더니 내 옆에 앉았다.

"어? 스타벅스 처음이야? 아침마다 이 앞을 지나가잖아?"

"응…… 그런데 왜, 있잖아. 스타벅스의 주문은 마법의 주문처럼 어렵다고. 그렇게 겁주기도 하잖아? 그래서 나도 왠지 모르게 멀리하게 된 거랄까, 여기 올 기회가 없었던 건데."

"그래? 하지만 잘 주문한 거 아냐?"

"응. 직접 해보니까 주문이 되더라."

"기회라고 해봤자 그냥 커피 마시는 거잖아. 목이 마르다, 시간이 좀 남았다, 뭐 그런 거면 충분하지 않아? 카이넌 직접 해보기도 전에 이것저것 열심히 생각하느라 스스로 일을 어렵게 만들어버리는 경향이 있어 보여."

"응, 나도 그렇게 생각해. 난 새로운 것을 시도하기를 싫어하는 걸까?"

뭔가 굉장하네. 카이는 그렇게 말했다. 무슨 뜻인지 이해하지 못한 나는 빨대를 문 채 한쪽 눈썹만 들썩이면서 '뭐가?'란 표정을 지었다.

"마루야마, 너와 같이 있으면 새로운 일을 많이 경험하게 돼."

"국숫집 같은 거?"

"응. 국숫집 같은 거."

아 참, 류키라고 부르랬잖아. 그렇게 호칭을 정정해줬다. 나는 나 자신을 '마루야마'보다는 '류키'라고 인식하고 있으므로, 남한테 마루야마라고 불리면 어쩐지 기분이 이상해졌다. 내 성과 가족에 대한 귀속 의식이 없어서 그런가. 아무튼 콘서트가 시작되려면 아직 멀었는데 어떻게 할까? 하고 말을 꺼냈더니 카이가 "좀 걸을래?"라고 말했다. "네가 약속했잖아. 마쓰모토를 안내해준다고."

그러고 보니 처음 국숫집에서 이야기를 나눴을 때 그런 약속을 했었다. 애초에 나는 그것을 구실 삼아 카이의 LINE 아이디를 알아낸 거였고. 콘서트장인 사운드홀 AC는 기타마쓰모토 근처이므로 마쓰모토 시내와는 좀 거리가 멀었다. 그럼 빙 돌아서 마쓰모토 성까지 갔다 오면 딱 좋지 않을까? 그렇게 얼추 계획을 짜고 우리는 스타벅스를 나왔다. 항상 지나다니는 통학로 중간에서 왼쪽으로 꺾어 파르코 앞으로 갔다.

"여기가 전에 말했던 파르코 앞 공원이야. 나는 심심할 때마다 거의 이 근처에 앉아서 멍 때리고 있어." 그렇게 설명했지만, 사실 파르코 앞은 그럴듯한 구경거리도 없고 카이도 "아, 그렇구나~"라는 미적지근한 반응을 보였으므로 그냥 쭉 걸어서 센사이하시*까지 갔다.

"보통 마쓰모토라고 할 때 금방 떠올리는 이미지가 이 근처의 모습일 거야." 나는 센사이하시의 탁 트인 공간에서 그렇게 설명했는데, 카이의 반응은 여전히 "아, 그렇구나~"였다. 크게 흥미로워하는 것 같지는 않았다. 어, 어쩌지. 마쓰모토에 이거 말고 뭐가 있더라? 야, 마쓰모토. 너 의외로 가진 게 없구나?

"저기 저 커다란 시계가 있는 건물 보이지? 시계추가 천천히 움직이는 거."

"응."

"저건 시계 박물관이야. 그리고 저 시계추는 장식용이 아니야. 진짜로 커다란 괘종시계야. 저 시계추에 맞춰 실제로 움직이고 있어."

"그렇구나……?"

으음. 이것도 아닌가 봐. 그 후 센사이하시 → 요하시라 신사 → 나와테 거리** → 마쓰모토 성 공원 → 마쓰모토 신사 루트로 이동하면서 나는 가끔씩 "저거 봐, 가마자무라이***야" "저 모양은 풍경의 실루엣이야" 하고 해설을 해줬지

---

* 千歲橋. 마쓰모토 시내에 있는 다리
** 마쓰모토의 전통 거리
*** 나와테 거리 입구에 있는 개구리 무사 조형물

만, 카이는 모든 것에 대해 "그렇구나~"라는 식으로 반응했다. 끄~응, 역시 이런 심심한 루트 말고 좀 더 시내의 트렌디한 장소를 보여줬어야 했나?

마쓰모토 신사까지 보고 나서 슬슬 시간도 됐으니 사운드홀 AC로 가볼까? 하고 생각했을 무렵에는 꽤 많이 걸어서 나는 좀 피곤해졌다. 아마 카이는 훨씬 더 지쳤을 테고. 심지어 재미있지도 않았다면 설상가상이잖아. 그렇게 생각한 나는 불안한 마음으로 "괜찮아? 저기, 재미는 있어?" 하고 물어봤다. 그러자 카이는 "응, 괜찮아. 재미있어"라고 별로 재미없는 것처럼 대답했다. 으음……. 뭐, 그래도 말만이라도 본인이 재미있다고 했으니까 그걸로 납득할 수밖에 없지 않나? "이런 식으로 놀아본 적이 없어서. 왠지 신선해." "이런 식으로 노는 게 뭔데?" "어, 글쎄? 뭐랄까. 시내 산책? 견학? 부라타모리*? 같은 느낌인데." "관광이란 거야?" "아, 그래. 맞아. 관광."

카이는 "그렇구나. 이런 게 관광이구나~" 하고 멍하니 중얼거리고 있었다. 굉장히 똑똑한 아이일 텐데도 의외로 맹한 구석도 있네. 나는 약간 친근감을 느꼈다. 그런 이야기를 하다 보니 어느새 콘서트장에 도착해서 나는 좀 안심했다. 일단 콘서트가 시작되면 그다음부터는, 내가 아무리 바보같이 굴어도 피아노잭이 알아서 카이를 즐겁게 해줄 테니까. 일시적인 배턴 터치. 뒷일을 부탁한다.

---

* 일본 연예인 타모리가 전국을 어슬렁어슬렁 돌아다니는 TV 프로그램

프로는 역시 프로구나. 능숙하게 관객들을 즐겁게 해준 다니까. 하룻밤에 1천 엔인 다소 폐쇄적인 클럽(버터 발음)도 나쁘진 않지만, 그래도 역시 진짜 프로가 관객들을 흥분시 키는 기술은 차원이 달랐다. 5천 엔짜리 티켓에는 5천 엔 만큼의 가치가 충분히 있었다. 나도 저절로 기분이 좋아져 서 자연스럽게 손뼉도 치고 소리도 질렀다. 옆을 보니 카 이가 조금 어색한 표정을 지으면서도 웃으며 조심스럽게 손뼉을 치고 있었다. 즐거워 보였다. 음악 자체는 결코 내 취향에 딱 맞는 음악은 아니었지만, 이렇게 와보길 잘했다 는 생각이 들었다.

대체로 늘 그렇지만, 콘서트가 끝난 다음에는 살짝 영혼 을 빼놓고 온 듯한 느낌으로 힘이 쭉 빠져버리니까 역까지 걸어가는 동안에도 나와 카이는 거의 대화를 하지 않았다. 이따금 생각난 것처럼 누가 먼저랄 것도 없이 "아, 좋았다 ~" "좋았지~"라는 말을 중얼거렸다. 그런 식으로 멍하니 어슬렁어슬렁 걷다 보니 금방 마쓰모토 역에 도착해버렸 다. 아, 그래. 오늘도 이제 끝나는 거구나. 내 기분이 조금 울적해졌다.

그래도 멋진 하루였다고 생각한다.

가미코치 선을 이용하는 나와, 오이토 선을 이용하는 카 이는 여기서 서로 다른 열차에 탄다. 헤어질 때 "재미있었 어?" 하고 물어봤더니, 카이는 "재미있었어. 진짜로"라고 대답했다. 그래, 그럼 다행이다. 순수하게 그런 생각을 했다.

"나 혼자였으면 아마 이렇게 즐기지는 못했을 거야. 너와 같이 오길 잘했어." 카이가 그렇게 말했다. 내 기분도 썩 나쁘진 않았다.

"류키, 너는 손뼉을 칠 때에도 박자를 놓치지 않고 바로 손뼉을 치기 시작하잖아. 난 그런 거 혹시 틀리면 어쩌지? 하고 미리 걱정해버리니까. 네가 손뼉 치는 것을 보고, 다른 사람들도 다 같이 손뼉 치는 것을 확인하고, 아 지금이 손뼉 칠 타이밍이구나 하고 확신하지 않으면 나는 그러지 못해. 하지만 또 그건 제대로 즐기는 게 아닌 것 같아서, 한층 더 머릿속이 복잡해져."

"카이, 넌 그런 걸 너무 어렵게 생각하는 거 아냐? 즐기는 데 정답이나 오답은 없어. 그냥 손뼉 치고 싶으면 손뼉 치고, 소리 지르고 싶으면 소리 지르면 돼. 또 반대로 손뼉을 치지 않거나 소리를 지르지 않아도 스스로 즐겁다고 생각하면 그건 그것대로 괜찮지 않아? 어차피 뭔가를 즐기는 방식은 사람마다 다르니까."

"응. 아마도 그렇겠지."

오이토 선 열차의 출발을 알리는 안내 방송이 나왔다. 카이는 "그럼 난 갈게" 하고 열차에 탔다. 마지막으로 "다음에 또 오늘처럼 마쓰모토를 안내해줄래?"라고 물어보기에, 나는 "당연하지. 언제든지 말만 해"라고 대답했다. 문이 닫혔다.

그 후로 나는 종종 카이와 LINE으로 메시지를 주고받는 사이가 되었다. 그리고 가끔 방과 후 마쓰모토 시내를 안내해주기도 했다. 그러나 모범생인 카이는 아르바이트도 하지 않으니까 돈이 넉넉하지도 않았고, 또 내가 한턱낸다고 하면 그것도 싫다고 했으므로 필연적으로 우리의 데이트(이 정도면 데이트라고 해도 되잖아?)는 부라타모리처럼 시내를 산책하는 것이 되었다. 나는 다양한 곳으로 카이를 안내했다.

예를 들어 마쓰모토 시민 예술관의 옥상은 잔디 깔린 정원이고, 적당히 높은 곳이라 바람도 잘 불어서 기분 좋은 장소이지만 의외로 잘 알려지지는 않았는지 언제 가도 사람이 전혀 없었다. 그래서 이곳은 카이가 좋아하는 장소가 되었다. 매화나 벚꽃이 피는 계절에는 마쓰모토 성 공원이나 타가와 강변을 따라 걸었다. 카이는 인스타그램에 올리기 좋아 보이는 트렌디한 카페를 찾아다니는 것을 좋아했다. 그래서 지역 정보지 등으로 그런 카페를 조사해서 일부러 찾아가 커피를 마시는 것이 취미가 되었고, 나도 거기에 동참했다. 여기저기 돌아다녀 본 결과, 최종적으로 카이가 가장 마음에 들어 한 곳은 히토쓰바시 근처에 있는 '마루모'란 복고풍 찻집이었다. 꽤 수수한 취향이구나. 어슬렁어슬렁 돌아다니기도 힘든 추운 겨울날에는 자주 그곳에 갔다.

목적도 없이 그저 어슬렁어슬렁 시내를 돌아다니는 것

도 1년쯤 계속하면 체력이 붙어 완전히 건강해진다. 나는 체력 좋고 건강한 고등학교 2학년생이 되었다.

"마루야마. 너도 이제 슬슬 진로를 생각해봐야지? 안 그러면 위험해." 진로 지도실이라는 이름의 취조실 같은 좁은 방 안에서, 작은 책상을 사이에 두고 맞은편에 앉아 있는 담임이 나한테 그런 말을 했다. 내가 목적도 없이 시내를 돌아다니는 사이에 벌써 고2 후반에 접어들었다. 그다음은 드디어 수험생. 일단 어디론가 달리게 될 텐데, 어디를 향해 달릴지 정해야 한다.

"뭔가 하고 싶은 일이나 좋아하는 것은 없냐?"

"으음, 글쎄요. 굳이 꼽자면 음악은 좋아하는데요."

"그건 취미잖아. 그런 거 말고 앞으로 네가 무슨 직업을 가지고 싶은지, 어떤 것을 공부하고 싶은지, 그런 걸 말해보라고."

"휴. 네, 그렇죠~."

진로, 진로 말이지. 그러고 보니 카이는 진로를 어떻게 정하려나? 나는 생각해봤다. 아무튼 카이는 진짜 말도 안되게 공부를 잘하니까. 아마 도쿄에 있는 어느 대학교에 진학할 것이다. 그래서 나는 "도쿄에 가고 싶긴 한데요"라고 일단 말이나 해봤다.

"도쿄? 도쿄의 학교도 천차만별이야. 뭐, 넌 2학년 되고 나서는 의외로 성적은 나쁘지 않으니까. 사립대학이라면 도쿄 쪽에서도 어딘가 합격할 수 있을지도 모르지. 하지만 적어도 어떤 학과를 원하는지는 정해놔야지, 안 그러면 아무것도 할 수가 없어."

"아~ 사립대학이요~?"

흠, 어떨까? 우리 집이 도쿄의 사립대학에 나를 보내줄 수 있을 정도로 유복한 가정인가? 아마도 가난하지는 않을 테지만. 나는 부모님과 의사소통이 아예 안 되고 있으므로 그쪽 사정은 잘 몰랐다. 애초에 도쿄의 사립대학에 다니려면 돈이 얼마나 드는 걸까? 도쿄의 사립대학이라니, 어떤 게 있는데? 너무 천하태평인가? 나라는 인간은.

"우선 부모님과도 대화를 해봐." 담임이 나한테 그런 말을 했다. 하지만 그렇게 쉽게 말씀하셔도 말이죠. 집에 돌아가면 오늘도 어머니는 밥을 먹는 나를 향해서 끊임없이 아버지 욕을 하고, 내가 2층의 내 방에 틀어박혀 숙제를 하려고 해도 아버지가 귀가하면 당장 날카로운 소리가 튀어나온다. 그러니까 대화할 기회는 없다. 아니, 환경이 없다. 다들 어떻게 부모님과 대화를 하는 걸까? 어머니는 내가 곧 수험생이 된다는 사실을 알고는 있는 걸까? 어머니의 관심은 늘 자기 자신에게 집중되어 있다. 나에 대해서는, 내가 어머니 편을 들어주느냐 마느냐 하는 문제에만 관심이 있다. 그런데 나는 멜론을 던지는 어머니를 더 이상 편들어줄 수 없다. 그리하여 결국 나는 어머니와 대화하지도 못하고 오늘 밤에도 소닉으로 피신한 것이다.

스와가 옳았다. 이제 곧 고3이 되어버리는 것이다. 나도 이제 넋 놓고 놀러 다닐 때가 아니었다. 하지만 이곳은 역시 나름대로 편안한 곳이라서. 나도 홀린 듯이 자꾸만 이곳으로 오게 되는 것이다.

어느새 밤이 깊어졌다. 소닉의 플로어에는 사람이 많아졌다. 주변 사람들은 신이 난 것 같았지만, 나는 갑자기 나의 진로와 인생 문제로 고민하기 시작하는 바람에 오늘 밤에는 제대로 분위기를 즐길 수 없었다. 그래서 기 마누엘과 나란히 벽에 기대어 서서 멍하니 플로어를 바라봤다.

저 앞쪽 한구석에서 기묘하게 움직이는 유사쿠 씨와 한순간 눈이 마주쳤다. 그는 슬금슬금 손을 움직이면서도 주위에 신경 쓰는 것처럼 먼 곳을 둘러보고 있었다. 그때는 단순히 왜 저래? 하고 가볍게 생각했다. 그 후 나는 이제는 슬슬 음악조차 귀에 거슬리기 시작해서 바 쪽으로 이동했는데, 카운터 근처에서 이 클럽에선 거의 본 적 없는 여자애들 세 명이 다소 시끄럽게 떠드는 소리가 들려왔다.

아마도 그 여자애들 3인조 중 한 명이 소매치기를 당했나 보다. 가방 속에 넣어둔 지갑이 사라졌다는 것이다. 이봐, 클럽에 와서 플로어에 지갑을 내팽개치고 다니지 말라고. 자업자득이잖아. 그렇게 생각하면서도, 나는 범인이 누구인지 눈치채고 말았다.

사실 모르는 척하고 넘어가면 될 일이었다. 나는 시치미를 뚝 떼고 콜라라도 마실까 하면서 주머니 속에 동전이 있나 뒤져봤다. 그러나 주머니 속에는 정기권 외에는 320

엔밖에 없었다. 이걸로는 클럽의 비싼 콜라는 사 먹을 수 없다. 어쩌지? 하고 돌아봤더니, 놀랄 만큼 가까운 곳에 나의 수호신 기 마누엘이 서 있었다. 그는 마치 나를 위압하듯이 자기 얼굴의 액정을 내 코앞에 들이밀었다. 액정에는 "DO WHAT YOU THINK IS RIGHT"라는 빨간 글자가 적혀 있었다.

스스로 옳다고 생각하는 행동을 해라.

맞아. 기 마누엘. 나는 정신 차리고 똑바로 살아야 해. 어떻게든 어엿한 남자가 되어야만 해. 다른 누구를 대할 낯이 없어도 그거야 상관없지만, 내가 나 자신을 대할 낯이 없어진다면 그건 진짜로 끝장이다. 나는 내가 스스로 옳다고 생각하는 행동을 해야 한다. 나는 좀 더 제대로 된 인간이 되어야 한다.

나는 동전을 도로 주머니에 집어넣고 플로어로 돌아갔다. 혹시 벌써 어디론가 가지 않았을까? 하고 기대를 좀 했는데, 유사쿠 씨는 느긋하게도 여전히 그룹 멤버들과 함께 구석에 진 치고 있었다. 그래서 나도 물러날 수 없게 되었다.

나는 인파를 헤치고 건들거리면서 유사쿠 씨에게 다가갔다. 내가 그의 정면에 서자, 유사쿠 씨는 웃는 얼굴로 나에게 무슨 말을 했다. 그러나 하필 스피커 앞이라 음악 소리가 시끄러워서 무슨 말인지 전혀 들리지 않았다.

나는 벽을 손으로 짚고 유사쿠 씨의 움직임을 막았다.

그의 귓가에 얼굴을 가까이 대고 나지막하게 말했다.

"좀스러운 짓 하지 마."

그러나 유사쿠 씨는 여전히 웃으면서 "응? 뭐야, 류키. 왜 그래? 무슨 소리야?"라고 말했다. 나는 그걸 무시하고 그저 말없이 유사쿠 씨의 얼굴을 쏘아봤다.

나의 진지함을 느꼈는지 유사쿠 씨도 이제 시치미 떼는 것은 포기했나 본데, 그래도 반쯤은 장난치듯이 "야, 너 뭐야? 설마 동료를 팔아넘기려는 거냐?"라는 소리를 해댔다.

동료? 음~ 그래, 동료일지도 모르겠네. 나는 그렇게 생각했다.

주말 밤에 클럽에 죽치고 있는 인간은 하나같이 글러먹은 놈들이지만, 어차피 다 같이 글러먹은 놈들이니까 서로 이것저것 적당히 눈감아주면서 잘 지내자? 하는 그 미지근한 분위기가 편안하게 느껴져서 나는 이곳을 꽤 마음에 들어 했다. 하지만 아무리 그래도 남의 지갑을 훔치는 짓은 좀 그렇잖아?

나는 유사쿠 씨에게 도움을 받은 적이 있지만, 그것 때문에 내가 생각하는 정의를 내버릴 수는 없었다. 나는 제대로 된 인간이 되어야 하니까. 좀 더 강해져야 한다. 지금보다 더.

유사쿠 씨의 얼굴에서 웃음기가 사라졌다. 그의 손이 움직였다. 쫙 펼친 손. 나를 때리려는 것은 아니고 그냥 내 몸을 밀어내려고 하는 움직임이었다.

그러나 내 손이 마치 파리를 사냥하는 카멜레온의 혀처럼 빠르게 유사쿠 씨의 손목을 움켜쥐었다. 손목을 붙잡힌 유사쿠 씨는 이번에는 팔을 잡아당겨 빼내려고 했지만, 나는 꿈쩍도 하지 않았다. 나는 나 자신이 강철 거인이 된 것을 상상했다. 비실비실하게 생긴 유사쿠 씨가 밀든 당기든 간에, 쓸데없이 잘 자란 내 커다란 몸뚱이는 미동도 하지 않았다.

알았어, 알았다고.

변함없이 주변의 소리가 시끄러워서 잘 들리진 않았지만, 유사쿠 씨가 대충 그런 말을 했다. 내가 손을 놔주자 유사쿠 씨는 파카 안쪽에서 딱 봐도 여자 물건인 지갑을 꺼내서 넘겨줬다. 나는 그것을 받아 플로어를 떠났다. 이제 이 지갑을 아까 그 여자애들한테 돌려주면 그걸로 끝이다. 뭐, 나도 유사쿠 씨를 경찰에 넘길 생각은 없었다. 아마 이 정도가 딱 적당한 결말일 것이다.

내가 플로어와 바를 구분 짓는 두꺼운 문을 열었을 때. 뒤에서 유사쿠 씨가 "도둑이야!"라고 외치는 소리가 들렸다.

나는 화들짝 놀라 뒤를 돌아봤다.

유사쿠 씨를 비롯해서 내가 잘 아는 녀석들 몇 명이 플로어 입구 주변에 모여 있었다. 나는 그 분위기를 보고 '아, 벌써 자기편으로 만들었구나?' 하고 상황을 파악했다.

내가 유사쿠 씨한테서 지갑을 받아 플로어를 나설 때까지 1분도 안 걸렸는데. 거의 대화도 없이 이심전심으로 협동 작전을 펼친 것이다. 와, 역시 동료란 것은 대단하네요.

반대편 바 쪽으로 눈을 돌렸더니, 아까 지갑을 잃어버렸다고 난리 치던 여자애 그룹이 나한테 다가오고 있었다. 나를 손가락으로 가리키면서.

내 손에는 여자 지갑이 들려 있었다.

유사쿠 씨한테서 지갑을 되찾아준 내가 오히려 도둑으로 몰린 것이다. 와, 똑똑하네. 제법이네. 진짜로 도둑이 매를 드네? 썩을 놈 같으니.

그런데 여자애들도 상당히 흥분해서 당장은 말이 통하지 않을 것 같은 분위기였다. 이것도 순식간에 판단을 해야 하는 상황이었다. 그때는 유사쿠 씨가 나를 도와줬지만, 이번에는 유사쿠 씨가 나를 궁지로 몰아넣고 있었다. 빌어먹을 놈. 당신은 진짜로 글러 먹은 인간이지만 그래도 나한테는 분명히 은인이었고, 소닉은 나에게는 둘도 없이 소중한 장소였는데.

그러나 이제는 이별할 시간인 것 같았다. 지금 여기서 나는 이곳과 관련된 모든 것을 버리고 떠나야 한다. 워낙 갑작스러워서 이별을 아쉬워할 여유조차 없었다.

"RUN!"이라는 글자가 기 마누엘의 액정에 표시됐다. 뛰어!

나는 손에 든 지갑을 여자애들 쪽으로 포물선 그리듯이

던지고 즉시 계단을 뛰어 내려갔다. 처음부터 칭찬받고 싶어서 이런 짓을 한 게 아니었다. 돌려줄 것은 돌려줬으니까, 이로써 내 정의는 충분히 관철시켰다. 이제는 누가 뭘 어떻게 생각하든 내 알 바 아니었다. 뒤에서 외침 소리가 들렸지만 신경 쓸 새가 없었다. 나는 길거리로 뛰쳐나갔다. 멈추지 않았다. 달려! 더 빠르게! 더 강하게!! 계속 달려서 골목길을 돌아 후카시 신사 뒤편까지 단번에 가로질러 갔다. 밤이 된 후카시 신사는 어둡고 고요했다. 누가 나를 쫓아오는 기색은 없었다. 이래 봬도 내가 그동안 어슬렁어슬렁 시내를 돌아다니느라 다리가 필요 이상으로 튼튼해졌거든. 올빼미처럼 사는 비실비실한 놈들한테 달리기로 질까 보냐? 흥.

뛰어서 몸이 후끈 달아오른 나는 여유롭게 그런 생각을 했는데, 겨울 밤공기가 열기를 앗아가자 점점 내 머리도 냉정해졌다. 어라? 뭐야, 나 지금 큰일 난 것 같은데?

12월의 마쓰모토는 추웠다. 이미 날짜가 바뀌어서 막차도 당연히 끊겼고, 내 주머니 속에는 정기권과 휴대폰 외에는 320엔밖에 없었다. 첫차 시간까지 몇 시간이나 남았지? 이대로 계속 바깥에 있으면 십중팔구 얼어 죽지 않을까? 기 마누엘은 사이보그니까 괜찮을 테지만, 안타깝게도 내 육체는 살아 있다. 제기랄, 이거 어쩌면 좋지?

진짜로 불안해진 나는 휴대폰을 꺼내 LINE을 켜고 친구 목록을 들여다봤다. 그러나 쓸데없이 숫자만 많은 친구 목록을 맨 아래까지 스크롤 해봐도 이런 때 도움을 청할 만한 상대는 한 명도 없었다. 아아, 정말 동료란 것은 굉장하다니까. 유사쿠 씨와 관련된 사람들은 이미 이 이야기를 들었을지도 모르고, 그쪽에서 뭐라고 떠들어대고 있을지 전혀 예측할 수 없었다. 소문은 끝없이 부풀려지는 법이다. 아예 접근하지 않는 것이 안전한 판단일 것이다. 즉, 전부 다 버려야 한다.

후회하진 않았다. 나는 내가 잘못하지 않았다는 확신을 가지고 있었다. 어차피 처음부터 어디 사는 누구인지도 모르는 글러 먹은 놈들이었다. 그들을 버리게 되었어도, 그것은 나 자신의 정의만큼 소중한 것은 아니었다. 그 정도 가치는 없었다.

제기랄. 애초에 남의 지갑은 왜 훔치는 거야. 너무 추하잖아. 당신이 그런 짓만 안 했으면, 지금도 우리는 글러 먹은 녀석들끼리 사이좋게 적당히 서로 봐주면서 하나로 뭉쳐서 그럭저럭 잘 지낼 수 있었을 텐데.

뭐, 어차피 엎질러진 물은 엎질러진 물이다. 이제 와서 투덜거려봤자 소용없다. 나는 그놈들을 버리고 앞으로 나아갈 것이다. 추진력을 얻으려면 뭔가를 힘차게 뒤로 내던져야 한다. 그것이 이 세상의 섭리다.

원래 나는 정신 차리고 똑바로 살기로 결심했었지만, 그곳이 너무나 편안해서 자꾸 그곳으로 도망치곤 했었다. 하지만 그렇게 도망쳐 들어간 곳에서도 또다시 도망쳐 나오게 되었으니, 이제 슬슬 진지하게 현실을 직시할 때가 온 것이리라. 차라리 이게 좋은 기회라고 생각할 수밖에 없겠다.

나는 LINE 친구 목록에서 유사쿠 씨와 관련된 녀석들을 일일이 전부 차단하면서 계속 그런 생각을 했다. 논리, 논리, 논리 퍼레이드였다.

그러나 아무리 논리를 내세워 나 자신의 정당성을 재확인해봤자 이 슬픈 감정은 어쩔 수가 없었다. 그렇게 글러 먹은 놈들이라도, 글러 먹은 장소라도, 잃어버리면 슬플 수밖에 없었다. 나는 지금 한없이 슬펐다. 그리고 차단해야 할 아이디를 모조리 차단해버렸더니 결국 나한테는 연락할 상대가 카이 하나밖에 남지 않았다. 와, 이제 보니 나 진짜로 멀쩡한 친구가 없었구나.

"나 후카시 신사인데. 망했어."

내가 그렇게 메시지를 보내자, 한밤중임에도 불구하고 순식간에 읽음 표시로 바뀌더니 겨우 몇 초 후 음성통화가 걸려 왔다.

"여보세요? 망했다니, 무슨 소리야?" 카이의 음성이 전화에서 흘러나왔다. 그것만으로도 나는 왠지 모르게 무적이 된 듯한 기분을 느꼈다. 뭐야, 이 정도는 정말로 별것 아니잖아? 하는 생각이 들어서 "아니, 그냥. 사실 큰일은 아닌데" 하고 카이에게 간단히 사정을 설명했다.

"그건 충분히 큰일이잖아? 류키, 너의 인간관계 문제는 그렇다 치더라도. 사람은 추우면 얼어 죽어."

옳으신 말씀이었다. 현재 가장 큰 문제는 춥다는 것이었다. 인간은 추우면 생각도 쓸데없이 부정적으로 또는 예민하게 변해버린다. 내가 아까부터 나답지 않게 비관적인 기분에 젖어 있는 것도 아마 근본적인 원인은 이 추위일 것이다. 기 마누엘은 내가 좌절하거나 주춤거릴 때 아주 살짝 내 등을 밀어주기만 하는 존재이므로(물론 그건 그 자체로 고맙긴 하지만), 좌절의 원인이 '단순히 춥다'는 것처럼 더없이 현실적인 사상일 때에는 전혀 도움이 되지 않았다.

"으음~ 어쩌지?"

"상식적으로 생각한다면, 부모님께 연락해서 데리러 와 달라고 할 수밖에 없지 않아?"

"아, 그런가?" 나는 그렇게 말했다. 부모님이란 존재는 완전히 내 인식의 범위 밖에 있어서, 카이가 말해주기 전까지는 나는 부모님이라는 선택지를 떠올리지도 못했었다.

"그렇구나. 그러고 보니 보통은 먼저 부모님한테 도움을 청하겠지. 아마도."

이렇게 카이한테 구시렁구시렁 푸념을 해봤자 카이를 괴롭히는 짓밖에 안 될 것이다. 이건 한낱 현실도피다. 나는 현실을 직시해야 한다. 엄청나게 마음이 무겁지만, 드디어 나도 다시 어머니와 이야기를 해야 할 시기가 온 것이다.

"그래. 내키진 않지만, 어쩔 수 없지. 집에 연락해볼게."

"응. 힘내. 류키."

단지 부모님한테 전화하는 것뿐인데도 내가 좋아하는 여자애한테 격려까지 받다니. 이거 좀 한심하지 않나? 그래도 그 말을 들으니 나도 힘내야겠다는 생각이 들었다. 기운이 났다. 그런데 전화를 걸려면, 당연히 현재의 이 전화는 일단 끊어야 한다.

"그럼 일단 끊을게."

"응. 알았어. 안녕."

"아, 잠깐만."

나는 갑자기 전화를 끊는 게 아쉬워져서 무의식중에 카이를 붙잡고 말았다.

"응? 왜?"

"저기, 예전에 다시 하겠다고 했던 거. 지금 할게." 나는 그렇게 말했다. 처음에 취소하고, 나중에 다시 제대로 하겠다고 말해놓고서는 지금까지 쭉 미뤄 왔는데, 갑자기 지금 말하고 싶어졌으니까. 아마도 지금 말하는 게 좋을 것이다.

"카이. 난 너를 좋아해."

전화기 너머에서 카이가 웃는 것이 느껴졌다.

"응. 고마워." 카이가 대답했다.

"나 제대로 할게. 반드시 제대로 된 사람이 될 거야. 지켜봐 줘."

"응, 알았어. 류키. 너를 지켜볼게."

"그래, 그럼 안녕."

"응. 안녕."

전화를 끊었다. 끊자마자 다시 마음이 불안해졌다. 좀 전까지 내 가슴속에서 타오르던 감정이 급속히 차게 식어 수그러들었다. 하지만 아무리 그래도 더 이상 꾸물거릴 수는 없었다. 기 마누엘도 "DO IT"이라고 말하고 있었다. 하는 수 없이 나는 집에 전화했다.

전화벨이 다섯 번 울린 뒤. "네, 여보세요. 마루야마입니다." 아버지가 전화를 받았다.

부모님한테 전화한다고 말은 했어도 실은 어머니밖에 상정하지 않았던 나는 여기서 불쑥 등장한 아버지라는 존재 때문에 깜짝 놀랐다. 아버지는 먼 옛날에 멜론이 허공을 날았던 그날 이후로 내 인생에서 퇴장해버렸다. 등장인물 일람에도 아버지 이름은 실려 있지 않았다.

아, 그래. 그러고 보니 우리 집에는 아버지도 살고 있었지.

집에 전화했으니까 아버지가 전화를 받을 가능성도 당연히 있었다.

예상외의 전개에 놀란 내가 입을 다물고 있자, 수화기 너머에서 아버지가 의아한 듯이 "여보세요?"라고 말했다. 아, 안 돼. 이대로 입 다물고 있으면 아버지가 장난 전화인 줄 알고 끊어버릴 거야. 그러면 난 진짜로 망하는 거야.

"어, 아버지. 난데."

"아, 류키. 너였냐. 이 시각에 웬일이야?"

아, 이 사람과 대화하는 거 엄청나게 오랜만이네. 문득 그런 생각이 들었다.

"저기, 어머니는?"

"죽은 듯이 자고 있어. 정말로 죽은 듯이 자고 있어서 진짜로 죽은 거 아닌가 걱정돼서 확인해봤는데, 숨은 쉬고 있으니까 죽지는 않은 것 같아."

"그렇구나."

아, 생각났다. 그리고 보니 우리 아버지는 옛날부터 이런 사람이었다.

"저기, 실은 평소에 늘 아침까지 죽치고 있던 곳에서 도망쳐 나오게 됐거든. 그래서 나 지금 밖에 있는데. 너무 추워. 돈도 없고. 좀 죽을 것 같아."

"도망쳐 나왔다고? 너 무슨 나쁜 짓이라도 했냐?"

"아니. 오히려 나는 옳은 일을 했다고 생각해."

또다시 구구절절 귀찮게 설명을 해야 하나? 나는 긴장했다. 그런데 아버지는 "그래?"라는 말만 하고 더 이상 아무것도 묻지 않았다.

"그럼 데리러 갈 테니까. 그때까지 어떻게든 살아서 버티고 있어봐."

"응. 고마워." 나는 그렇게 말하고 전화를 끊었다.

아버지가 운전하는 오래된 닛산 라신이 나를 태워줬다.

나는 조수석에서 안전벨트를 매면서 "미안. 이런 시간에
오게 해서"라고 말했다. 그러자 아버지는 "어, 그래"라고
짧게 대답했다. 뒷좌석에 앉은 기 마누엘을 돌아봤더니,
그의 얼굴 액정에는 'TALK'란 글자가 표시되어 있었다.
응, 그래. 이것도 모처럼 찾아온 기회이긴 하니까. 이참에
무슨 말을 해두는 편이 낫겠지. 으음. 내가 아버지랑 어떤
식으로 이야기했더라? 내가 그렇게 생각에 잠겨 있는데
아버지가 먼저 "뭐, 네 어머니가 좀 그렇다 보니, 네가 집
에 붙어 있지 않는 것도 이해는 간다만" 하고 이야기를 꺼
냈다.

"그래도 너도 내년에는 수험생이잖아. 이렇게 어슬렁어
슬렁 놀러 다니는 것도 이제는 슬슬 끝내야 하지 않아?"

"맞아. 나도 오늘 그 생각 했어."

"오늘? 시간이 많이 걸렸네. 하지만 아직 심하게 늦은
건 아니니까. 그래."

"아버지." 이왕 이야기를 시작한 김에 나는 오랫동안 신
경 쓰였던 문제를 물어보기로 했다. "왜 아직도 어머니와
같이 사는 거야?"

벌써 몇 년 전부터, 그러니까 내가 철들었을 무렵부터
어머니는 아버지를 증오하고 있었다. 아버지도 어머니한
테 그토록 미움받으면서 기분이 좋지는 않았을 테고. 물론
나는 아직 어린애니까, 가족이 싫어졌어도 당장 집을 나가
는 것은 불가능하지만. 아버지는 그렇지 않을 것이다. 정

말로 싫다면 집을 나가는 것도 가능하고, 이혼도 가능할 것이다. 그런데도 어째서인지 아버지는 지금도 우리 집에 돌아오기는 했다.

"왜냐고? 그야 부부니까 그렇지." 아버지는 당연하다는 듯이 말했다.

"아버지. 어머니를 지금도 좋아해?"

"지금도 좋기도 하고 싫기도 해. 인간의 감정이란 것은 애매해서 그때그때 상황에 따라 갑자기 확 커져서 감당하기 어려워지기도 하고, 또 반대로 감쪽같이 사라져서 대체 어디 갔나 하고 뒤져보면 주머니 속 깊숙한 곳에 꾸깃꾸깃 볼품없는 꼴로 처박혀 있기도 하지. '좋아한다'는 감정도 그렇게 기복이 있는 게 당연한 거야. 그런데 그 기복에 번번이 휩쓸리기만 해서는, 사람과 사람이 만나 둘이서 함께 앞으로 나아가는 것은 불가능해. 결혼한다는 것은, 가족이 된다는 것은, 상대를 쭉 좋아하는 상태를 유지하는 것이 아니야. 상대를 좋아하지 않게 되었어도, 그 순간 좋아하지 않는다고 생각하더라도, 거기서 즉시 포기하지 않고 노력을 해보겠다…… 뭐, 그런 약속이 아닐까?"

"글쎄, 그건 그럴지도 모르지만."

포기하지 않고 노력하면 미래의 어느 시점에서는 어머니가 정상적인 사람이 될 수도 있는 걸까? 내 생각에는 그렇지 않을 것 같은데.

"그야 물론 언제까지나 쭉 그럴 수는 없지만. 하지만 나는 아직 언제까지나 쭉 그랬다고 할 정도로 노력하지도 않았어." 그러니까 좀 더 노력해볼 거야. 아버지는 그렇게 말했다. 웃지도 않았다. 뭐, 결국 그것은 아버지와 어머니 두 사람의 문제다. 틀림없이 내가 참견할 문제는 아닐 것이다. 나는 내 나름대로 나의 장래부터 먼저 생각해봐야 한다.

"아 참, 아버지는 대학교에서 뭘 공부했어?" 나는 한번 물어봤다.

"난 재료공학을 공부했어. 끊임없이 다양한 배합으로 금속을 녹여 섞으면서 샘플을 만들고, 그걸 또 파괴검사 해서 데이터를 모으는 작업을 했어."

"그게 뭐야? 재미있어?"

"재미있었지. 내 인생에서 오로지 금속을 녹이고 섞었다가 파괴하기만 하던 그 2년이 가장 즐거운 시기였어. 가능하다면 앞으로도 평생 금속을 녹이고 섞었다가 파괴하면서 살고 싶을 정도였지만, 그럴 수는 없어서 현재의 회사에 취직했지. 뭐, 막상 회사에 들어가 보니까 그것도 나름대로 재미있어서 질리지 않고 지금까지 일을 계속하고 있지만. 남들은 모를 수 있어도, 사실 뭐든지 끝까지 파고들어 보면 뭔가 재미있는 부분을 찾아낼 수 있다고 생각해."

"흐음~ 그런가?"

"그러니까 너도 아무거나 한번 해봐. 무엇을 하든, 진지하게 파고들어 보면 언젠가는 거기서 재미를 찾아낼 수 있을지도 몰라."

"······나도 일단 좀 더 노력해볼게."

"그래, 그렇게 해."

오랫동안 내 인생에서 로그아웃해서 제대로 대화조차 안 해봤던 아버지. 그러나 이렇게 대화해보니, 좀 특이한 부분은 있어도 의외로 꽤 재미있는 사람인 거 아냐? 그런 생각이 들기 시작했다. 그러니까 틀림없이 어머니도 제대로 마주해보면 조금은 재미있는 부분도 있는 사람일 것이다. 아버지가 아직 완전히 포기하지 못할 정도로는.

나기사*의 교차점을 지나자, 주위가 급격히 칠흑의 시골 풍경으로 변했다. 나는 저 멀리 도시의 불빛을 멍하니 바라보면서 좋아, 한번 해보자 하고 뭔가 결심을 했다. 잘 가라. 마쓰모토의 밤의 불빛이여. 상당히 오랫동안 엉뚱한 길로 빠졌던 것 같지만 나는 지금부터 반드시 만회할 수 있을 것이다.

지금보다 더, 더 빠르게. 더 강하게.

해치워야 할 숙제는 산더미같이 쌓여 있었다.

---

* 마쓰모토 시가지 서쪽 지역의 이름

6호선에
봄은 온다.
그리고 오늘,
너는 사라진다.

4화
봄소식을 듣지 않았다면
알지도 못할 것을

Episode 4

봄소식을 듣지 않았다면 알지도 못했을 텐데
봄소식을 들으니 저절로 마음이 급해져서
아아 이 가슴 속 감정을 어찌하면 좋을까.
요즘 그런 생각이 듭니다.

아아, 위대하도다. 바보 왕국이여.

바보 왕국은 튼튼하고 불멸이다.

자애롭고 너그러운 바보 왕국은 바보가 바보로 사는 것을 허락해준다. 바보에게 바보 왕국은 살기 좋은 곳이라서, 바보는 바보 왕국에서 나가지 않는다. 왕국 밖에도 세상에 있다는 사실을 모르기 때문에 아예 나갈 생각조차 하지 않는다. 어쩌다 나가볼까? 하고 생각하더라도 바보는 바보 왕국에서 나가는 방법을 모른다.

바보는 그 어리석음 때문에 마치 물이 낮은 곳으로 흘러가는 것처럼 매우 자연스럽게 최악의 상황에 이른다. 그리고 자신의 불행을 한탄하는데, 그 모든 것이 자신의 어리석음에서 기인했다는 근본적인 원인을 똑바로 인식하지 않는다.

바보는 존재하지도 않는 환상의 행복을 추구하면서 행동하지만, 결국 바보라서 온갖 선택을 잘못하여 좀 더 최악의 상태로 굴러떨어진다. 바보는 경험을 통해 뭔가를 배우지 않는다. 똑같은 실수를 반복한다. 최악에서 더 심한 최악으로 끊임없이 굴러떨어진다.

바보 왕국은 심연이다. 바닥이 없다.

천하고 빈곤한 바보들은 그 천함과 빈곤함 때문에 아무렇지도 않게 타인의 자애와 동정을 받아먹는다. 바보는 그 탐욕스러움으로 인해 결코 만족할 줄을 모르고, 숙주의 몸을 마구 갉아 먹다가 숙주뿐만 아니라 자기 자신까지 죽이게 되는 기생충처럼 모든 것을 망쳐버리면서 자신과 관련된 모든 사람을 불행하게 만든다. 바보는 감염되는 병이다. 무한히 증식하여 모든 것을 갉아먹는다.

절대로 만만하게 보지 마라. 바보는 바보이기 때문에 강력하고, 바보 왕국은 강대하다.

절대로 체념하지 마라. 바보를 바보 왕국에 붙잡아두는 가장 튼튼한 쇠사슬은 체념이다.

나는 바보 왕국에서 태어나 바보와 가까이 지내면서 바보의 딸로 나고 자랐지만, 그래도 꼭 여기서 탈출해야만 한다. 이대로 바보 왕국의 밑바닥으로 점점 가라앉을 수는 없으니까. 빛이 비치는 곳으로 걸어가야만 하니까. 모든 것을 짓밟고, 내버리고, 망쳐놓더라도 망설임 없이 앞으로 나아가야만 한다.

나는 올바른 길을 걸어야만 한다.

나는 강해져야 한다. 지지 않도록 한없이 강해져야 한다. 강해져야 해.

눈을 뜨자 또다시 티셔츠가 목까지 뒤집혀 올라와 있었고, 마사야의 팔뚝이 내 몸을 끌어안고 있었다.

마사야는 내 귓바퀴 뒤쪽에 코를 박고 숨소리를 내면서 자고 있었다. 늘 그랬기 때문에 새삼스레 놀라진 않았지만, 익숙해지는 것도 좋진 않다고 생각한다.

커튼을 다 쳐놔서 방안은 어두웠다. 손을 뻗어 머리맡에 있는 탁상시계로 시간을 확인해봤더니 새벽 여섯 시였다. 마사야는 어제 이틀째 야근을 했으니까, 좀 전에 귀가해서 내 옆에 기어 들어와 잠들었을 것이다. 오늘은 이대로 일을 안 하고 쉴 것이다.

나는 마사야를 깨우지 않으려고 조심조심 이불 속에서 빠져나왔다. 뒤집혀 올라간 티셔츠를 내렸다. 흐트러진 이불을 잘 펴서 마사야의 어깨에 덮어줬다.

마사야는 눈을 꽉 감고 괴로운 표정으로 잠들어 있었다. 그 고뇌에 가득 찬 표정 때문일까. 아직 30대일 텐데도 이 남자의 얼굴은 상당히 늙어 보였다.

마사야는 우리 어머니의 애인이었던 남자. 지금은 내 남자이고.

나는 마사야와 둘이서 이 오래된 연립주택의 분리형 원룸에서 살고 있었다.

그리고 엄청나게 가난했다.

조용히 문을 열고 침실인 안쪽 방에서 살며시 빠져나왔다. 바로 앞에 있는 3평짜리 부엌의 싱크대에서 수도꼭지를 틀고 컵에 수돗물을 받아 꿀꺽꿀꺽 마셨다. 냉장고 문을 열고 내용물을 한번 확인해봤다. 그것으로 만들 수 있는 음식과, 저녁에 더 사와야 할 재료가 뭔지 생각했다.

2킬로그램 598엔에 구입한 업소용 닭가슴살은 소분해서 냉동해놨다가 매일 조금씩 사용한다.

계란은 하루에 두 개씩. 양배추 한 통은 1/4씩 사용한다. 대용량으로 사면 가격이 싸지니까 매일 똑같은 재료만 사용하게 된다. 닭가슴살, 양배추, 양파, 감자, 계란. 이 재료들을 이용해 날마다 다른 요리를 생산해야 한다.

사치를 부릴 수는 없어도, 적어도 조금이라도 맛있는 음식을 만들고 싶었다. 저 사람이 나를 부양해주고 있으니까. 나도 그 정도 노력은 해야 할 것이다.

이번 주에 볶음밥은 만들었던가? 아냐, 아마도 안 만들었을 거야.

약 5일 전에 만들었던 듯한 기분도 들지만. 5일이면 충분한 간격일 것이다.

해동한 닭가슴살을 잘게 다져서 햄 대신 사용한다. 똑같이 잘게 다진 양파 반 개, 양배추 1/8개를 센 불에 재빨리 볶은 다음에 찬밥과 계란물을 투입한다.

요리하면서 간도 볼 겸 간간이 집어 먹었다. 그렇게 내 아침 식사는 대충 끝내버렸다.

완성된 볶음밥을 작은 도시락통에 담고, 나머지는 점심 때 마사야 먹으라고 그릇에 담아 랩을 씌워놓았다. 쉬는 날 혼자 집에서 굶고 있으면 괴로울 테니까. 그런 생각을 하면서 나도 모르게 마사야의 밥을 더 많이 남기게 되었다.

사용한 식기와 프라이팬을 닦았다. 그리고 부엌 싱크대 앞에 서서 이를 닦았다. 이 집에는 욕실이 없었다.

벽의 기둥에 걸어놓은 교복을 정성껏 솔질하고, 로퍼를 닦아 광을 냈다.

내 교복과 로퍼는 이 분리형 원룸에 존재하는 물건들 중 제일가는 고급품이다. 교복은 정말 비싸다. 조심조심 신중하게 착용해야 한다.

찢어지게 가난한 나 같은 사람도 학교에서 지정한 교복으로 몸을 감싸면 모든 요소가 평균화되어버린다. 낮은 생활 수준을 나타내는 기호는 깨끗이 사라져버린다.

여고생답게 자기 개성을 어필하는 액세서리 같은 추가 요소가 없는 것도, '가난함'이 아니라 '깔끔하고 심플한 취향'이란 식으로 호의적으로 해석되는 모양이다.

교복을 입고 이 집에서 한 발짝만 밖으로 나가면 나는 일반적인 여고생이 된다. 사람들은 타인을 인식할 때 그 사람의 가면을 통해서만 인식할 수 있다. 사람과 사람의 사귐이란 것은 전부 다 가면들끼리 뒤섞여 춤을 추는 가면 무도회다.

현관을 빠져나와 탕탕 시끄러운 소리가 나는 외부 철계단을 밟고 내려갔다.

계단 밑에 있는 내 자전거는 철수세미로 박박 문질러 청소해나서, 원래 완전히 녹슬었던 버려진 자전거였다는 사실이 믿어지지 않을 정도였다.

비가 내려도 바람이 불어도, 심지어 겨울에 눈이 와도 나는 50분 넘게 이 자전거의 페달을 밟았다. 정기권을 살 돈이 없으니까. 한동안 시노노이 선과 나란히 달리게 되는데, 맹렬하게 자전거 페달을 밟는 내 옆에서 열차가 유유히 앞질러 가는 장면을 보는 것은 정말 짜증 나는 일이었다.

40분쯤 페달을 밟으면, 통학로를 가로지르는 스스키 강이 나온다.

이 하천을 일직선으로 건너가면 학교가 코앞에 있다. 그런데 하천을 건너는 다리는 왼쪽 다리도 오른쪽 다리도 공평하게 멀리 있었다. 그래서 학교가 눈에 보이는데도 불구하고 여기서 또 10분 동안 자전거 페달을 밟아야만 했다. 이 와중에 스스키[薄(엷을 박)] 강은 그 이름에 걸맞게 굉장히 수위가 낮은 하천이라서 강폭이 쓸데없이 넓은 데 비해 물은 바닥을 기며 졸졸 흐르고 있으므로, 건너려고 마음만 먹으면 쉽게 건너갈 수 있을 것처럼 보이기도 했다.

하지만 그럴 수도 없었다. 길이 없는 곳에서는 강을 건널 수 없다.

겨우 이 정도 물로 길이 막혀서 멀리멀리 우회해야 하다니. 매일 아침 겪는 일인데도 여전히 꼬박꼬박 매일 아침마다 화가 났다.

모든 사람은 평등하게 자유롭고, 어떤 길이든 선택할 수도 있다고 한다. 그러나 그것은 단순히 길을 선택하는 것이다. 오른쪽 다리로 건널지, 왼쪽 다리로 지나갈지. 나는 그것을 선택할 수 있다. 둘 다 엇비슷하고 다른 선택지는 없다. 우리에게 주어진 자유는 결국 그런 것에 불과하다. 이렇게 얕고 하찮은 하천이 마치 나의 자유를 방해하는 장애물의 상징인 것처럼 느껴져서 기분이 우울해졌다. 아아, 정말 지긋지긋해.

나는 꽤 일찍 등교한다. 교실에도 거의 1등으로 도착한다.

2등은 정해져 있다. 고즈. 나는 미소를 얼굴에 장착하고 "카이야, 안녕~!!" 하고 인사한다. 고즈도 미소 지으며 "안녕? 세리카" 하고 인사한다. 아무리 시간이 지나도 조심스러움을 잃지 않는 부드러운 미소. 나는 그 미소가 마음에 들었다.

내가 "어휴~ 진짜. 수학 숙제하느라 죽는 줄 알았어~. 막판에는 그냥 내 마음대로 타협해버렸다니까. 카이야, 넌 다 했어?"라고 물어봤더니 고즈는 "응, 일단 하긴 했어"라고 애매하게 대답했다. 그러나 나는 알고 있었다. 고즈가 '일단 하긴 했다' 수준이 아니라 그야말로 완벽하게 숙제를 해왔다는 것을.

우리가 다니는 사사고는 성적이 좋고, 학생들을 엄하게 가르치기로 소문난 입시 명문고였다. 학교 측은 학생들에게 무지막지하게 많은 숙제를 내줬다. 교사들은 가차 없이 숙제를 마구 내는데 자기들끼리 수평적인 의사소통은 전혀 안 하기 때문에, 그중 누구도 학생이 부여받은 숙제의 총량을 파악하지 못하고 있었다. 그래서 늘 현실적으로는 달성 불가능할 정도로 한계를 초월한 숙제가 주어진다. 그걸 완벽하게 해내려고 했다가는 숙제가 자꾸 밀리기만 할 것이다.

사사고에서 이 숙제란 것은, 실제로 달성하라기보다는 일단 노력해보라는 의미에서 일부러 높이 설정된 목표다. 그걸 전부 스스로 해내야 하는 것은 아니다. 오히려 요령껏 잘 대처해서 친구들과 적당히 협력하여 어떻게든 구색은 갖추는 방법을 배우기 위해서 그런 숙제가 존재한다고 해도 될 정도다. 그렇게라도 하지 않으면 노는 시간은 물론이고 동아리 활동을 할 시간조차 확보할 수 없으니까.

그런 표면적인 구색을 맞추는 능력도 실제 사회생활에서는 중요한 능력일 것이다. 어쩌면 자기 자신의 학력보다도 훨씬 더 도움이 되는 기술일지도 모른다.

그런데 고즈는 요령 없는 성격이었다. 언제나 기막힐 정도로 잔뜩 나오는 숙제를 기막힐 정도로 성실하게 완벽히 해내고 있었다. 압도적인 작업 시간을 투자해서 과제를 하나하나 해치우는 학력 불도저 같은 아이였다. 물론 그만큼 성적도 좋아져서 언제나 우리 학년 1등을 차지하고 있었다.

고즈는 나의 가장 친한 친구. 예쁘고 성격도 좋고, 무척 편리한 사람이다.

고즈는 머리가 좋으니까 그만큼 눈치도 빠르다. 그래서 아무리 친한 척을 해도, 내가 은근슬쩍 그어놓은 일선은 절대로 넘어오지 않는다. 그 점이 나를 제대로 존중해주는 것 같아서 매우 마음에 들었다.

억지로 밀고 들어오는 사람은 위험하다. 인간 그 자체가 위험하므로, 일선을 넘어 나에게 다가오려고 하는 인간은 모두 다 위험 분자다. 그것이 악의에 찬 행동이든, 아니면 선의에 의한 개입이든 상관없다. 그냥 모든 사람을 멀리하는 것이 안전하다.

그러나 노골적으로 사람을 멀리하는 것도 위험하다. 사람을 멀리하는 그 행동 자체가 오히려 악의를 가진 인간의 공격을 유발하거나, 선의를 가진 인간의 참견을 부르기도 한다. 고립된 인간을 그냥 내버려 두지 못하는 '그릇된 선의를 가진 바보'도 존재하는 것이다. 그런 귀찮은 사람의 개입을 막기 위해서라도 친구는 필요했다.

내가 평온한 학교생활을 하기 위해서는, 적당한 거리감을 유지하면서 함부로 이쪽으로 밀고 들어오지 않는 친구가 필요했다. 그리고 고즈는 그런 나에게 딱 안성맞춤인 사람이었다.

요컨대 기본적으로 사람 대하는 데 익숙하지 않은 조심스러운 성격이고, 적극성이 부족해서 좀처럼 학교에 적응하지 못하고, 좀 고립되기 쉬운 편이고, 결단력이 없고, 스스로 무슨 행동을 하지도 않고, 그저 불안한 듯한 표정을 지은 채 가만히 누군가가 다가와 주기를 기다리기만 하는 성실해 보이는 여자애였다는 거다.

고등학교에 입학한 직후에 나는 재빨리 교실을 쓱 둘러보고 금방 고즈를 발견했다. 저 애와 친해져야지 하고 생각했다.

그것은 무척 쉬운 일일 거라고 예측이 가능했다.

즉시 나는 물 흐르는 듯한 동작으로 고즈의 맞은편 자리에 가서 앉았다.

"여기 앉아도 돼?" 하고 내가 물어보자, 고즈는 내 예상대로 눈에 띄게 진심으로 안도한 듯한 표정으로 "응, 물론이지"라고 대답하면서 나를 받아들여 줬다.

그다음부터 학교에 있는 동안에는 나는 항상 고즈와 한 세트로 행동하게 되었다.

나와 고즈는 굉장히 친한 사이처럼 보일 것이다. 아마 다른 애들은 고즈가 아직도 내 휴대폰 번호조차 모른다는 사실도 눈치채지 못했을 것이다.

가끔 어쩌다 한 번씩 고즈가 살짝 선을 넘어 조금만 더 나에게 가까이 다가오려고 할 때도 있었다. 정황상 자연스럽게, 또 때로는 아주 부자연스럽게, 은근슬쩍 내 휴대폰 번호를 알아내려고 시도하는 경우도 있었다. 그러나 내가 가볍게 흘려 넘기면 고즈도 그 이상은 결코 집요하게 파고

들지 않았다.

거기서 포기할 정도로 의지가 약한 고즈. 그 점이 나에게는 매우 도움이 되었다.

찢어지게 가난한 나는 애초에 휴대폰을 가지고 있지 않으니까. 존재하지도 않는 번호를 가르쳐줄 수는 없었고, 나는 그 사실 자체를 남에게 들키고 싶지 않았다.

누가 휴대폰 번호를 물어보는 것이 싫었다. 휴대폰을 가지고 있는 게 당연하다고 전제하면서, 안 가지고 있을 가능성을 전혀 고려하지 않는 그 자연스러운 오만함이 불쾌했다.

뭐, 그래도 내가 휴대폰이 없을 정도로 가난할 것이라고는 상대가 상상조차 못 한다는 것은, 그만큼 나의 의태가 성공적이라는 뜻이니까. 틀림없이 기뻐할 만한 일일 것이다.

고등학교 교복은 모든 학생을 고르게 평균화하여 평범하게 만들어준다.

아무도 내가 놀랄 만큼 가난하게 산다는 사실은 눈치채지 못했고, 삶에 지쳐서 겉늙어버린 서른 넘은 아저씨의 품에 안겨 눈을 뜬다는 사실도 몰랐다.

내가 왜 이렇게 골치 아픈 상황에 처하게 되었는지를 자세히 설명하려면 꽤 기나긴 이야기를 해야 한다. 그것은 바보 왕국과 관련된 일대 서사시였다.

우선 우리 어머니에 관해 설명할 필요가 있고, 어머니를 완벽하게 설명하려면 또 어머니의 모친에 관해서도 이야기해야 할 것이다. 여기서 그 모든 것을 이야기하기는 불가능하다.

그래서 간결하게 설명한다면? 딱 한마디면 된다.

어머니가 바보였기 때문이다.

어머니는 얼굴이 예쁜 여자였다.

그리고 그 외의 여러 방면에서 치명적으로 문제가 있는 바보였다.

내가 아직 어린아이였던 시절. 어머니는 이따금 집에 와서 과자를 주는 예쁜 언니였다. 나는 내 어머니를 그런 식으로 인식했었다. 나는 예쁘고 다정한 과자 주는 언니를 좋아했다. 순진하게도 어머니한테(사실 그 사람은 외할머니였지만) "그 과자 언니는 다음에 또 언제 와?"라고 물어보기도 했었다. 아마 그 시절에 나는 내 인생에서 가장 정상적인 환경에 속해 있었을 것이다. 유복했던 기억은 없지만 적어도 찢어지게 가난하지는 않았다.

과자 언니. 즉, 나의 진짜 어머니는 고등학생 시절에 나를 낳았다. 17년 전, 나는 어머니의 집 화장실에서 태어나 변기 속에 뚝 떨어졌다.

날 때부터 얼굴이 예뻤던 어머니는 고교생 시절에 얼굴만 잘생긴 연상의 남자와 연애하다가 육체관계를 맺었다. 바보니까 피임은 하지 않았다. 그리하여 어머니는 멋지게 임신했고, 생리가 멈췄지만, 바보이기 때문에 자기가 임신했을 가능성을 쭉 외면하고 지냈다.

어머니는 임신이 어떤 의미를 지니는지, 그걸 방치하면 어떤 결과가 나오는지는 전혀 고려하지도 않고 그저 평소와 같은 생활을 유지하면서 계속 고등학교에 다녔다.

어머니는 바보라서 임신했다는 사실을 아무에게도 고백하지 않았고, 낙태도 생각하지 않았다. 이런 사실을 남한테 들키면 혼날 거야. 혼나기 싫어. 그런 단순한 생각으로 임신했다는 사실을 숨겼다. 심지어 자기 자신에 대해서도 쭉 숨겼다.

어머니는 자신이 임신을 했는지 안 했는지 끝까지 확인하지 않았다. 계속 숨기면 혹시 언젠가는 어떻게든 되지 않을까? 하고 생각했던 걸지도 모른다. 단순히 몸이 안 좋은 걸지도 몰라. 착각일지도 몰라. 어느 날 갑자기 모든 게 괜찮아질지도 몰라.

그런 식으로 어머니의 임신은 아무에게도 들키지 않았고. 어느 날 화장실에서 어머니 몸속에 있던 내가 튀어나왔다.

바보 같은 어머니는 자기 몸에서 튀어나온 나를 일단 변기에 넣고 흘려보내려고 했다.

그러나 아무리 물을 내려도 변기 속 나는 흘러가주지 않았다.

그렇게 어머니가 화장실에서 혼자 악전고투하고 있는

데, 드디어 외할머니가 그걸 발견했다. 나와 어머니는 각
각 구급차에 실려 다른 병원으로 옮겨졌다.

임신 35주 만에 이루어진 조산이었다. 그러나 현대 의료
기술은 멋지게 나를 살려냈다. 결코 멈추지 않는 인류의
과학의 진보에 감사해야 할 것이다.

어찌어찌 살아남은 나는 어머니가 아닌 외할머니에게
맡겨지게 되었다. 어머니는 고등학교를 중퇴하고 집을 나
가, 과자 주는 예쁜 언니가 되었다.

그때는 초등학교에도 안 다녔으니까 아마 나는 네다섯
살쯤 되었을 것이다. 과자 주는 예쁜 언니가 어느 날 갑자
기 내 어머니가 되었다.

"세리카, 넌 언니와 같이 살고 싶니?" 과자 언니가 나에
게 물어봤다. 나는 다정하고 예쁜 과자 언니를 좋아했으므
로 순순히 "응" 하고 대답했다. 그리하여 나는 어머니의 딸
이 됐다.

어째서 어머니가 변기 속에다 낳아서 버리려고 했던 나
를 데려가기로 마음먹었냐 하면, 아마도 자기한테서 멀어
져가는 남자를 붙잡는 수단으로 나를 활용할 수 있을지도
모른다고 생각했기 때문일 것이다.

어머니에게 나란 존재는 사랑하는 대상이 아니라, 자기
가 누군가에게 사랑받기 위해 필요한 도구였다.

변변한 직업도 없이 대충 살던 어머니의 남자친구(즉, 나

의 친아버지)에 대해서 어머니는 '딸을 데려오고 싶으니까 당신이 나와 결혼해서 취직도 하고 진짜 가족이 되어줬으면 좋겠다'는 식으로 압박을 가한 것 같았다.

그리고 무슨 심리 작용이 있었는지는 몰라도, 얼굴만 잘생긴 어머니의 남자친구는 그 제안을 받아들여 혼인신고를 하고 나를 자식으로 인지했다. 어쩌면 아버지도 어머니도 이때는 정말로 정상적인 가족이 될 수 있다고 생각했을지도 모른다. 바보는 낙관적이니까.

내가 이사 간 곳은 오래된 연립주택의 분리형 원룸이었다. 아버지도 같이 셋이서 살기로 한 것 같은데, 아버지가 우리와 같이 생활했던 기억은 없다.

어머니는 나를 데려오긴 했지만 아이 키우는 방법은 전혀 몰랐다. 나는 철저히 방치 당했다. 어머니가 된 다정하고 예쁜 과자 언니는 변함없이 그저 다정하고 예쁜 과자 언니일 뿐, 내 어머니가 되지는 못했다.

아버지는 어머니보다 나이가 많은 갈색 머리 미남이었다. 그는 얼굴이 잘생겼다는 것 말고는 아무런 장점도 없는 바보였다.

돈도 잘 벌지 못하면서도 쓸데없이 멋있는 납작한 스포츠카를 타고 다녔다. 아버지가 집에 오면 그 차의 배기음 때문에 금방 알 수 있었다.

아버지는 집에서 우리와 함께 식사를 하기도 했지만, 대체로 마지막에는 어머니와 말다툼하다가 집을 나가버렸다. 그러니까 나는 내가 아버지와 같이 산다고는 생각하지 않았다. 아주 가끔은 밤이 되어도 아버지가 있어서 집에서 잠을 자기도 했지만, 그런 경우에는 나는 '아, 오늘은 이 사람이 우리 집에서 자고 가는구나'라고 인식했었다.

시간이 흐르자 어느새 아버지는 집에 오지 않게 되었다. 어머니는 밤에 어딘가로 일하러 가는 것 같았다. 아버지가 집에 안 오는 대신, 이제는 얼굴이 별로 잘생기지도 않은 남자들 몇 명이 교대로 집에 찾아오게 되었다.

그들은 대개 나를 금방 마음에 들어 했다. 나는 매우 얌전하고 얼굴이 아주 예쁘게 생긴 사랑스러운 아이였다.

그 무렵에 나는 "예쁘네"가 인사말인 줄 알았다. 처음 만나는 낯선 어른들이 십중팔구 나를 보자마자 하는 말이 "예쁘네"였기 때문이다. 나는 "예쁘네"란 말을 들으면 "예쁘네"라고 대답했다. 아무도 내 착각을 바로잡아주지 않았다. 아마 어머니는 내가 "예쁘다"란 말을 잘못 배웠다는 사실조차 눈치채지 못했을 것이다.

어느 날 어떤 남자가 나에게 "몇 살이야?" 하고 물어봤다. 나는 "몇 살이야?"가 무슨 뜻인지 몰라 고개만 갸웃거렸다. 그 옆에서 어머니가 손가락을 구부리더니 "여섯 살인가?"라고 대답했다.

"여섯 살? 그럼 세리카는 초1이구나."

"초1이 뭐야?"

"초등학교. 다니고 있지?"

다니지 않았다.

나는 "몰라"라고 대답하고 고개를 좌우로 흔들었다. 그 남자는 '말도 안 돼'라는 표정으로 허둥지둥 어머니에게 확인하듯이 물어봤다. 어머니는 태평하게 "아~ 맞다. 그러고 보니 그런 편지가 왔던 것 같네"라고 대답했다.

어머니도 물론 진짜로 초등학교의 존재를 모르지는 않았을 것이다. 다만 어머니는 그때그때의 '귀찮다'는 사소한 감정이 다른 무엇보다도 우선시되는 사람이었다.

지금 당장 귀찮다고 방치해두면 나중에 훨씬 더 귀찮은 일이 생긴다는 사실을 몰랐다. 아니, 어쩌면 알아도 그걸 제대로 직시하지 못한 것일지도 모른다. 계속 외면하면 언젠가는 모든 일이 저절로 해결되지 않을까? 하고 막연하게 생각하는 것이다.

바보는 실패를 통해 뭔가 배우지 않는다. 아무리 시간이 지나도 성장하지 않는다.

이때는 그 남자가 상당히 집요하게 이야기해준 덕분에 나는 간신히 몇 달 늦게나마 초등학교에 입학할 수 있었다. 안 그랬으면 어머니는 그 후로도 쭉 나를 방치했을 것이다. 진짜 마지막의 마지막에 외부에서 치명적인 파탄이 찾아오기 전까지는 스스로 뭔가를 하지 않는다. 어머니는 그런 사람이었다.

초등학교에 들어가 글을 배우고 책을 읽을 수 있게 되자 나는 교과서에 푹 빠졌다.

정확히 말하자면 교과서가 아니라 '책을 읽는다'는 행위 자체에 푹 빠진 것인데, 우리 오래된 연립주택에는 책이라고는 단 한 권도 없어서 수도세나 가스비 청구서 외에는 글자가 적힌 종이가 거의 하나도 존재하지 않았기 때문에 필연적으로 나는 우리 집의 유일한 서적인 교과서를 엄청나게 열심히 읽게 되었다.

나는 교과서를 받았을 때 비로소 책이라는 개념을 알았다.

어머니가 일하러 나가서 나 혼자 있는 밤에는, 살풍경한 연립주택의 어느 한 방에서 묵묵히 교과서를 읽으며 시간을 보냈다. 교과서만이 나에게는 유일한 오락이었다.

입학은 반년 늦게 했지만 그 후 거의 모든 시간을 교과서를 읽는 데 투자한 나의 성적은 당연히 좋았고, 그런 경향은 지금까지도 유지되고 있었다.

물론 지금은 미친 듯이 교과서를 탐독하지는 않지만, 교과서를 읽으면서 시간을 보내는 습관이 몸에 배었으므로 공부가 싫지는 않았다.

집에 찾아오는 남자들은 전부 다 어머니의 애인이거나 애인 후보였다.

처음에는 어머니보다 연상인 남자가 많았는데 몇 년 지나자 어머니의 애인은 어머니와 비슷한 나이가 되었고, 내가 초등학교를 졸업할 무렵에는 연하의 남자를 데려오게 되었다. 끊임없이 교체되는 남자들의 나이는 늘 대체로 비슷비슷했고 우리 어머니만 점점 나이를 먹었다는 뜻이다.

그 남자들 중 몇 명은 한동안 우리 집에서 생활하기도 했지만, 언젠가는 집을 나가 자취를 감춰버렸다. 집에 드나드는 남자가 바뀔 때마다 나와 어머니의 생활수준은 위아래로 극단적으로 널을 뛰었다. 식단이 스테이크가 되기도 하고 간장계란밥이 되기도 하고, 때로는 먹을 것이 아예 없기도 했다.

그즈음에는 나도 당연히 현실을 이해했다. "아하, 우리 생활수준은 어머니가 데려오는 남자들의 능력에 의존하는 거구나" 하고.

나로선 어머니가 가능한 한 괜찮은 남자를 붙잡아 오기를 바랄 수밖에 없었는데, 어머니의 남자 수준은 새롭게 바뀔 때마다 다소 변동은 있어도 평균적으로는 꾸준히 하향 곡선을 그리고 있었다. 맨 처음에는 어머니나 나한테 순간적인 사치를 제공해주는 남자도 있었지만, 금세 어머니의 푼돈조차 빼앗아가는 남자가 많아졌다.

마사야는 어머니의 마지막 애인이었다.

아마 어머니는 지금도 어딘가에서 또 다른 애인과 살고 있을 테지만, 내가 파악하고 있는 애인은 마사야가 마지막이었다는 뜻이다.

아니, 애인이라기보다는 어머니한테 빈대 붙은 남자였

을 것이다.

마사야는 얼굴이 잘생긴 남자였다. 특별히 뭘 하지도 않고 집에서 빈둥거리기만 했다.

그가 있어서 도움 되는 거라곤 하나도 없었지만, 그가 있어도 그다지 폐가 되진 않았다.

이 시기의 어머니의 남자들 가운데 나나 어머니에게 폭력을 휘두르는 남자도 적잖이 있었으므로, 그중에서는 마사야는 상대적으로 폐를 덜 끼치는 편이었다. 그래서 나는 마사야가 한동안 여기 머물면 좋겠다고 생각했다. 분명히 마이너스이긴 하지만 극단적인 마이너스는 아니니까, 그나마 현상유지가 나을 테지. 그런 소극적인 바람이었다.

어머니의 남자들은 모두 다 언젠가는 집을 떠나 사라져버렸는데, 마사야는 집을 떠나지 않았다. 그 대신 어머니가 소멸했다. 5년 전에.

아무런 예고도 없이 흔적조차 남기지 않고. 어느 날 갑자기 어머니는 감쪽같이 자취를 감춰버렸다.

남겨진 마사야는 여전히 그 집에서 지금도 나와 단둘이 살고 있다.

수업이 시작되기 전에 나는 일단 교실을 나와 교무실에 들러서 담임과 이야기를 했다. 담임은 "그래? 아쉽구나"라고만 말했다. 그렇게 이야기는 금방 끝나버렸다. 뭔가 좀 더 있을 거라고 예상했던 나는 왠지 김빠지는 느낌이 들었지만, 물론 일이 복잡하게 꼬이는 것보다는 훨씬 나았다.

교무실을 나와서 교실로 돌아가려고 했다. 그런데 기세 좋게 달려온 마루야마 류키와 딱 마주쳤다. 마루야마는 급브레이크를 걸고 "어, 세리카네?" 하고 말을 걸었다. 나도 손바닥을 쫙 펴서 얼굴 옆에 붙이고 "류키, 안녕~♪" 하고 기운차게 인사했다.

"너 헤어스타일이 깔끔해졌다?"

"응? 어, 응. 이제는 진짜 코앞까지 닥쳐왔구나 싶어서."

마루야마는 최근에 길었던 머리카락을 짧게 자르고 색깔도 새까맣게 바꿨다. 그러니까 어느 정도 성실한 고교생처럼 보이기도 했다.

고3이니까. 이제 코앞까지 닥쳐온 것은 사실이었다.

무언가가 우리 모두를 어디론가 몰아가고 있었다.

내가 보기에는 모두들 당황한 것처럼 보였다. 지금까지처럼 살면 안 되고 뭔가를 시작해야만 하는데, 막상 뭔가를 시작해야지 하고 생각해도 뭘 시작하면 좋을지 모르겠는 것이다. 그저 지금 뭔가를 시작하지 않으면 너무 늦을 거라는 초조함만 있을 뿐. 아무도 정답은 모른다.

마루야마처럼 경박하게 놀다가 갑자기 심기일전해서 성실하게 노력하기 시작하는 사람도 있고, 성실해 보이던 학생이 덜컥 사랑에 빠지기도 한다. 오랫동안 사귀어온 커플이 돌연 헤어지는 장면도 봤고, 인간관계가 학력이나 장래성을 기준으로 재편성되는 느낌도 들었다. 전부 다 궁지에 몰린 쥐가 지푸라기라도 잡아보거나, 물에 빠진 사람이 고양이를 무는 것처럼 보였다. 즉, 올바른 선택이라고 여겨지진 않았다. 우리는 다들 혼란에 빠져 있었다.

"아 참, 세리카. 멜론 먹었어?" 마루야마가 질문했다.

"아, 응. 먹었지~. 진~짜 맛있었어~. 정말 달더라. 고마워~."

내가 뺨에 손을 대면서 그렇게 대답하자, 마루야마는 "그렇지? 맞아, 맞아" 하고 만족스럽게 몇 번이나 고개를 끄덕거렸다.

이유는 몰라도 얼마 전에 마루야마가 불쑥 동그란 멜론 하나를 통째로 나한테 선물했다. 학교에서 뜬금없이 크고 둥그런 멜론을 받은 내가 얼마나 당혹했을지는 짐작이 갈 것이다.

"세리카, 너한테는 도움을 받았으니까." 본인은 그렇게 말했다. 뭐, 어찌 보면 도움을 줬다고 말하지 못할 것도 없었다. 그런데 거기서 멜론이 왜 튀어나오는지 알 수가 없었다. 고즈에게 물어봤더니 "그건 아마 류키한테는 최상급에 해당하는 감사 표현일 거야"라는 대답이 나왔다.

"멜론을 선물 받았을 때 기뻐하지 않는 사람은 없다. 류키는 그렇게 생각하는 거야. 류키에게 멜론이란 것은 일종의 행복의 상징이자 무적의 존재인 것 같아."

무슨 말인지 잘 모르겠다.

"그러고 보니 드디어 정식으로? 카이와 사귀게 됐나 봐?

물론 내가 옆에서 부추기기는 했지만, 그래도 진짜로 난공불락의 고즈 성을 함락시킬 줄은 몰랐어~. 너 제법이다?" 그러면서 내가 마루야마의 등을 두드리자, 마루야마는 "어, 그래" 하고 퉁명스럽게 대답했다.

"역시 넌 카이 때문에 마음을 고쳐먹은 거야~?"

"뭐, 그렇지. 카이는 굉장히 올바른 사람이잖아. 그러니까 그 옆에 서려면 나도 웬만큼 올바른 사람이 되어야 하지 않겠어? 그게 또 전부는 아니지만. 뭐 이것저것 있는 거지."

"흐음~ 그래, 그게 언제까지 지속될지 지켜볼게~" 그렇게 천연덕스러운 말투 속에 약간의 독설을 섞어 말해봤지만, 마루야마는 "응. 지켜봐 줘"라고만 말했다. 어째 태연한 반응이었다. 어쩐지 나는 그 반응에 약간 화가 났다. 은근히 심술이 발동했다. 그래서 반 발짝 더 독설의 영역에 발을 들여놨다.

"아하하, 류키. 넌 참 순수하게 카이의 완전성이랄까, 순수성 같은 것을 신봉하는 경향이 있더라? 카이도 신이나 천사가 아닌 평범한 여자아이잖아. 그러니까 단순히 올바르기만 한 것이 아니라 좀 올바르지 않은 요소도 이것저것 가지고 있거든? 너무 큰 환상을 가지다보면 언젠가는 인식 오류가 발생할 거라고 생각하는데~."

"와하하. 세리카, 너는 그렇게 '난 한 발짝 떨어진 곳에서 부감하듯이 지켜보고 있어요~'라는 표정을 짓고 있지만, 실은 세상 물정 모르는 구석이 있더라?"

그러더니 마루야마가 웃었다. 뭐? 무슨 소리야?

"세리카. 뭘 그렇게 잘난 척~ 하면서 이제 와서 당연한 이야기를 하는 거야? 그 정도는 누군가를 좋아해 본 적이 있는 사람이라면 누구나 다 아는 거잖아. 한없이 절대적으로 선량한 사람 따위는 없고, 100퍼센트 내 취향에 맞는 상대는 이 세상 전체를 뒤져봐도 한 명도 없을 거야. 좋아하는 사람에 대해서도 부분적으로 좋아하는 점과 싫어하는 점이 둘 다 있는 게 보통이고, 애초에 좋아한다는 감정 자체가 날마다 자꾸 바뀌잖아? 하지만 그런 일시적인 자신의 감정에 휘둘리지 않고 나는 이 사람을 계속 좋아하고 싶다, 가능한 한 이 사람을 좋아해보자, 그렇게 결심하는 것이 '누군가를 좋아한다'는 거잖아. 감정의 문제가 아니라 의지의 문제인 거지. 나는 카이를 단순히 좋아하는 것이 아니라, 계속 좋아해 나가기로 결심했어."

사실 내가 이런 생각을 하게 된 것은 세리카, 네 덕분이니까. 너한테는 감사하고 있어. 너도 그렇게 철벽만 치지 말고 슬슬 사람을 좀 믿어봐. 마루야마는 나에게 그런 말을 했다. 뭐야, 내가 왜 너 같은 녀석한테 아침부터 설교를 당해야 해?

"무슨 소리야? 세리카는 철벽 친 적 없거든? 항상 솔직하고 명랑한 아이라고 소문이 나 있다고 생각하는데."

"그러니까 그게 철벽이잖아? 모든 사람과 사이좋게 지

낸다는 것은 모든 사람을 평등하게 멀리한다는 뜻이니까. 뭐, 그래도 상관은 없지만. 혹시 도움이 필요하거든 언제든지 도와 달라고 해. 나도 네가 마음에 들고, 카이도 틀림없이 그럴 테니까. 모두가 너를 도와주고 싶어 해. 그런 사람한테 너를 도와줄 기회를 줘."

"아, 네네~ 고마워요. 그럼 류키, 너도 힘내~."

"응. 좋든 싫든 이제는 고3이니까. 힘내자."

그 말을 끝으로 마루야마는 계단을 뛰어 올라갔다. 아마도 큰 결심을 한 직후라서 아직 흥분이 가시지 않았나 보다. 일종의 전투적인 조증 상태랄까.

바보가 바보 탈출을 하려고 분발하여 큰 결심을 하는 것은 드문 일도 아니다.

그런 것은 대개 오래가지 않는다. 90퍼센트 이상은 그날 하루만 기운차게 입으로만 떠들고 끝나버린다. 운 좋게 행동으로 이어진다 해도, 그중 50퍼센트는 3일도 버티지 못한다. 또 가까스로 3일을 넘겨봤자 그 노력이 결실을 맺지 못하면 의욕이 점점 사라지고 서서히 변모하게 된다. 최종적으로는 모든 것이 도로 아미타불이 된다는 것만은 불변의 진리다. 바보 왕국의 성벽은 높기만 하다.

마루야마가 준 멜론은 정말 맛있었지만, '선물 받았을 때 기뻐하지 않는 사람은 없다'라는 마루야마의 생각은 다소 타인에 대한 상상력이 결여된 것처럼 여겨졌다. 물론 나도 기뻐하지 않은 것은 아니지만. 조금 복잡한 심경이었다.

어렸을 때에는 나도 멜론을 먹어본 적이 있었다.

얼굴이 잘생긴 첫 번째 남자가 집을 나간 이후로 한동안 어머니는 비교적 돈 많은 남자를 선호하여 집으로 데려오곤 했다.

어머니를 찾아오는 유복한 남자들이 들고 오는 선물. 그 순위표에서 과일은 2위 정도였다. 복숭아나 머스캣이나 멜론이나 망고처럼 평범한 가정에서는 쉽게 먹어볼 수 없는 좀 특이한, 또는 비싼 과일이 많았던 것 같다.

나는 마루야마한테서 받은 멜론을 먹으면서, 내 입안에서 퍼져 나가는 그 향기롭고 맛있는 달콤한 과즙 때문에 그런 오래된 기억을 떠올렸다.

그 시절에는 아직 내 삶도 비교적 괜찮았던 것 같다. 어머니가 있었고, 어머니의 애인이 있었고, 어머니의 애인은 유복해서 비싼 과일을 선물로 들고 집에 찾아왔다. 그것은 결코 정상적인 생활은 아니었을 테지만 적어도 아직 어머니는 내 곁에 있었고, 그런 어머니라도 일단 같이 있으면서 적당히 기분 좋게 지낼 수 있었다.

그 후로 오랜 시간이 흘렀다. 내 인생은 순조롭게 내리막길로 꾸준히 굴러떨어졌다. 어머니도 사라졌고, 진짜 멜론도 벌써 몇 년이나 먹어보지 못했다. 어둑어둑한 연립주택의 한 방에서 그곳에 어울리지 않는 고급 멜론을 먹으면서, 나는 어째서인지 눈물을 뚝뚝 흘리고 있었다.

아마도 분해서 울었을 것이다.

어느 날 돌연 어머니가 사라져버렸고, 나와 같이 우리 집에 남겨진 마사야는 어째서인지 그 후 심기일전하여 성실하게 일하기로 결심한 듯했다.

어머니가 있었을 적에 마사야는 어떤 일도 오래 하지 못하고 자꾸만 직장을 옮겨 다니면서 반쯤은 어머니의 수입에 의존해 생활하고 있었다. 한 달 정도는 규칙적인 생활을 하나 싶다가도 그다음 한 달 동안은 아무것도 안 하고 집에서 빈둥거리기만 했다. 그래도 가끔은 일하러 나갔다는 점에서는 내 친아버지보다 다소 나았던 걸지도 모르지만.

집에서 빈둥거릴 때의 마사야는 심심해서 자주 나와 놀아줬으므로, 나는 일을 잘 안 하는 마사야를 그다지 싫어하진 않았다. 그 당시 내가 가장 열중했던 놀이는 실뜨기였다. 그래서 마사야한테 같이 하자고 했더니, 그는 처음에는 마지못해서 하다가 중간부터는 상당히 진지하게 실뜨기에 임했다.

애들 장난이라고 무시하지 마라. 둘이서 하는 실뜨기는 손기술도 좋아야 할 뿐만 아니라 머리도 써야 하는 고도의 게임이다. 날틀→젓가락→바둑판→소눈깔→절굿공이→베틀. 그렇게 차례로 변해가는 패턴이 예쁘기도 해서 혼자만의 실뜨기와는 또 다른 즐거움이 있었다. 게다가 서로 협동하는 것도 중요했다. 실을 잡고 있는 사람도, 실을 잡으려는 사람의 움직임에 맞춰 힘을 잘 **빼면서** 실을 놔줘야만 한다.

"어? 이거 어디지?"

"거기. 응, 거기 바깥쪽이랑 그 밑에 있는 실도 가져다 걸치고, 안에서 밖으로 **빼면** 돼."

"오, 됐다. 멋진데?"

무슨 실을 잡으라고 지시하고 싶어도, 마사야가 실을 잡을 때에는 내 양손은 움직이지 못하는 상태이므로 전부 다 말로 전달해야 한다. 단순히 실을 어떻게 잡느냐 하는 것뿐만 아니라, 어떤 식으로 지시를 내리면 정확히 그 뜻이 상대에게 전달될지 생각해보기 위해서도 머리를 써야 한다.

"굉장해. 세리카, 너 머리 좋구나." 마사야는 내 머리를 쓰다듬어줬다.

"에이, 이건 그냥 장난이잖아"라고 하면서도 사실 나는 은근히 자랑스러움을 느꼈다. 머리 좋다는 말을 듣고 불쾌해할 사람은 없을 것이다.

"이런 것을 잘하는 걸 보면, 넌 열심히 공부하면 훨씬 더 머리가 좋아질 거야. 공부 많이 해라. 머리가 좋으면 도움이 많이 될 테니까."

"응, 알았어."

"세리카. 공부하는 거 좋아해?"

"응. 좋아해."

"그래? 잘됐네. 공부는 하는 편이 좋아. 사실 나도 너희 어머니도 제대로 공부를 하지 않아서 이렇게 되기도 했고."

마사야는 어머니와 심하게 말다툼하거나 폭력을 휘두르지도 않았고, 이상야릇하게 내 몸을 만지작거리지도 않았다. 집에서 빈둥거리기만 하는 그 느긋한 분위기는 때로는 우아하게 느껴질 정도였다. 돈도 없고 일도 안 하는 남자가 그렇게 우아하고 느긋하게 살면 안 되는 거였을 테지만.

그러던 마사야가 어째서인지 어머니가 가출한 이후로 한 직장에서 꾸준히 일하게 되었다. 물론 마사야는 그동안 어머니의 수입에 의존해 생활하고 있었으니까, 그 어머니가 사라진 이상 본인도 체념하고 스스로 일할 수밖에 없었을 것이다.

그런데 왜 마사야는 그대로 이 집에 머물러 있는 걸까. 이유를 알 수 없었다.

단순히 갈 데가 없어서 그런 걸지도 모른다. 스스로 새로운 집을 빌릴 만한 돈도 없는 걸지도 모른다. 하지만 어쩌면 어머니에게 버림받아 그 누구에게도 보호받지 못하고 낡은 집에 홀로 남겨져 버린 나를 위해서 그가 일부러 남아준 걸지도 모른다. 그런 가능성도 없진 않을지도 모른다.

그런데 어머니의 애인이었던 마사야와 나는, 어머니가 사라진 후에는 더 이상 아무 관계도 없는 남남이 되었다. 마사야는 굳이 나를 돌봐줄 의무가 없었다.

마사야는 "어린애는 그런 문제에 신경 쓸 필요 없어"라고만 말했다. 어린애라서 이유가 뭔지 듣지도 못하는 걸까. 빨리 어른이 되고 싶었다.

마사야는 24시간 쉬지 않고 돌아가는 공장에서 하루 열두 시간씩 교대근무를 하는 공장노동자로 일했다. 이틀은 낮에 근무하고, 이틀은 밤에 근무하고, 이틀은 쉬었다. 계속 그것을 되풀이했다. 그렇게 열심히 일하는데도 마사야의 월급은 그다지 많지 않았고 나는 기막힐 정도로 가난했다.

불규칙한 교대근무를 계속하다 보니 마사야는 정신적으로 힘들어졌는지 잠을 자지 못하게 되어서 수면제를 먹고 억지로 잠들게 되었다. 자명종 알람 소리를 듣고 벌떡 일어나면 카페인 알약과 에너지 음료를 꿀꺽 먹고 일하러 나갔다. 그렇게 1년쯤 지나자 마사야는 눈에 띄게 피폐해졌다. 비교적 잘생겼던 그 얼굴은 부석부석 부었고, 피부는 탄력을 잃어 중력에 못 이기고 축 늘어지게 되었다. 마사야는 급격히 늙어버렸다.

사람이 눈앞에서 소모되어 추하게 쇠약해진 모습을 보면 저절로 연민을 느끼게 된다. 더구나 나는 마사야가 돌봐주는 덕분에 생활하고 있었다. 나 때문에 마사야가 망가져가는 걸까? 하고 생각하니 죄책감도 들었다. 나는 최소한 마사야가 배가 고프진 않도록, 적은 생활비를 쪼개고 또 쪼개서 하루하루 식사를 마련했다. 배고픈데 먹을 것이 없는 상태는 정말로 비참하고 괴롭다는 사실을 알고 있으니까. 적어도 그런 일만은 없게 해주고 싶었다.

슬슬 내성이 생기는 바람에 수면제를 먹어도 푹 잠들지 못하게 되었을 때, 그런 마사야를 불쌍히 여긴 내가 충동적으로 그를 끌어안고 머리를 쓰다듬으며 재워준 적이 있었다. 착하지, 아이 착하다. 속으로 그렇게 노래를 부르면서 마사야의 머리를 일정한 속도로 계속 쓰다듬어줬다. 마치 동화에 나오는 다정한 어머니가 자식에게 그러듯이. 그러자 마사야는 물속에 푹 가라앉는 것처럼 놀랍도록 쉽게 조용히 잠들어버렸다.

마사야가 잠 못 이루는 것을 옆에서 지켜보는 것은 나에게도 괴로운 일이었다. 그래서 나는 깊이 생각하지 않고, 그저 순수하게 이로써 마사야가 푹 잠들기를 바라면서 자주 마사야를 안아줬다.

그러던 어느 날. 무심하게 마사야의 머리를 쓰다듬던 나는 마치 하늘의 계시 같은 깨달음을 얻었다.

아, 그렇구나. 요컨대 어머니의 애인이었던 이 남자가 이제는 내 남자가 된 거구나.

어머니는 얼굴이 예쁜 여자였다.

그리고 그 외의 모든 방면에서 치명적으로 문제가 있는 바보였다.

바보 같은 어머니는 당연하게도 생활력이 좋지 않았고, 처음에는 언제나 누군가 가까이 있는 남자를 잡아다가 그 남자에게 기생하면서 그럭저럭 살아가고 있었다. 그리고 나도 어머니가 그랬듯이 가까운 남자에게 기생하여 살아가고 있는 것이다. 그 어머니에 그 딸이다.

한탄스럽게도(아아, 참으로 한탄스럽게도) 그 무렵에 중학생이 된 나는 적어도 외모만 본다면 더 이상 어린애가 아니었다. 나는 젊은 시절의 어머니, 즉 과자 언니였던 시절의 어머니와 닮은 모습으로 성장해버렸다. 나를 임신했던 때의 어머니.

어쩌면 처음에는 마사야도 순수한 선의로 나를 지켜줬을지도 모른다. 외톨이가 되어버린 나를 불쌍히 여겨서 단순히 도와주려고 했던 걸지도 모른다. 하지만 그런 숭고한 이념도 시간이 지날수록 점점 변질되어 간다.

마사야가 이제는 나를 한 명의 여자로 인식하게 되었다는 사실을 눈치채지 못할 정도로 나는 둔감하진 않았다. 그러나 누가 그것을 비난할 수 있겠는가.

야근하고 돌아온 마사야는 이미 잠들어버린 나의 이불 속에 제멋대로 기어 들어와 내 몸을 죽부인처럼 끌어안고 잔다. 내가 아침에 일어나보면 마사야에게 안겨 있었다. 맨 처음에는 나도 몹시 놀랐지만 이제는 완전히 익숙해져 버렸다. 익숙해져도 괜찮은 일은 아니라고 생각한다. 아마도 인간은 다른 인간에게 동정심이나 죄책감으로 안겨서는 안 될 것이다.

요새 마사야는 잠을 잘 자는 듯했다. 적어도 그것은 잘된 일이지 않을까.

어린애가 평생 어린애로 있을 수는 없다. 소녀의 육체는 언젠가는 여자로서 성숙해지게 된다. 본인이 원하든 말든 상관없이.

남자의 성욕은 참 골치 아픈 거구나 하고 생각했다. 성욕 때문에 분별을 잃고, 아직 나이 어린 소녀조차도 성적 대상으로 간주하는 것이다.

아마도 '남자는 성욕을 가지고 있어서 여자의 육체를 성적 대상으로 본다'는 나의 이런 자각이, 실제 체험이자 실감나는 감각으로서 몸에 배어버린 이런 자의식이 점점 더 나를 성적인 야한 존재로 만들어갔을 것이다.

중학교 시절에 남자애들이 나를 두고 "남자 경험이 있는 것 같다"라고 쑥덕쑥덕 몰래 평가했다는 것은 나도 알고 있었다. 그것도 완전히 틀린 평가는 아닐 것이다. 실제로 나는 피로에 찌든 30대 남자에게 날마다 안긴 채 잠을 자고 있었으니까.

그런 내 생활의 잠재력이 나도 모르는 사이에 내 몸에서 어떤 화학물질 같은 것을 발산시키고, 그것이 남자애들한테도 전달된 모양이다. 미네무라 세리카는 야한 여중생이다~라는 식으로.

그리고 봄바람만 살랑살랑 불어도 사랑에 빠지는, 사랑과 성욕의 구별조차 아직 애매모호한, 호기심과 규범의식이 복잡한 모자이크처럼 얽혀 있는 10대 남녀. 그들의 그룹 속에 그런 '야한 여중생'이 섞여 있으면 자연스럽게 갖가지 혼란이 발생하고 만다.

사례를 하나 소개하겠다.

중학교 동급생 중에 미야시타란 남자가 있었다. 비교적 얼굴이 잘생긴 남자애. 얼굴이 괜찮으니까 여자들한테 상당히 인기가 있었다.

어느 날 그 미야시타가 나를 불렀다. 나는 고백을 받겠구나~ 하고 생각하면서도 지정된 장소인 체육관 뒤로 향했다. 거기서 미야시타가 꺼낸 말은 어떤 의미에서는 고백이긴 했지만, 내 예상을 훨씬 뛰어넘는 내용이라 나는 깜짝 놀랐다.

"실은 카타가와한테 고백을 받았어. 나도 그 애와 사귀고 싶어. 그런데 나는 세리카, 너한테도 관심 있거든. 하지만 내가 카타가와와 사귀기 시작하면 너하고는 바람피우게 되는 거잖아? 그런 짓은 하면 안 되니까. 내가 카타가와와 사귀기 전에 지금 한번 같이 자자."

미야시타가 말한 내용은 대충 그런 것이었다. 미야시타 본인은 그런 내용을 아주 성실한 말투로 일일이 정중하게 설명해줬다. 그 덕분에 나는 오해하지 않고 미야시타의 의도를 정확히 이해했다. 이해는 했는데 심각한 혼란에 빠져

버렸다.

그것은 나에게는 몹시 경악스럽고 엄청나게 무례한 제안이었다. 그러나 미야시타의 표정과 태도와 말투를 보고 추측하건대, 미야시타 본인은 전혀 장난칠 마음도 없고 오히려 자기 나름대로 최선을 다해 성실하게 고민해본 끝에 그런 결론을 내린 듯했다.

아마도 그의 머릿속에서 성립된 논리는 다음과 같았을 것이다.

첫째. 남녀 교제는 성실하게 이루어져야 한다. 사귀기 시작한 다음부터는 바람피우면 안 된다. 절대로 하면 안 되는 짓이다.

둘째. 같이 잔다는 것은 중대한 일이니까, 카타가와하고는 성실하게 차근차근 관계를 발전시키다가 나중에 적당한 때에 같이 자야 한다.

셋째. 그런데 미네무라 세리카는 이미 남자 경험이 있는 것처럼 보이니까, 성실하게 사귀어야 할 대상이 아니다. 그냥 가볍게 한번 같이 자도 된다.

그러니까 먼저 미네무라 세리카와 장난삼아 같이 잔 다음에 카타가와와 성실하게 사귀기 시작해서 적당한 때에 카타가와와도 같이 자면, 그것은 바람피우는 게 아니니까 문제도 없고 자신의 성적 호기심도 만족시킬 수 있을 것이다. QED.

미야시타는 자기 성욕을 주체하지 못하는 원숭이처럼 멍청한 전형적인 남자 중학생이었는데, 본인은 자신을 성실한 남자라고 생각하고 싶었던 모양이다. 그래서 그런 식으로 기상천외한 논리 곡예를 펼치면서 자신의 정당성을 스스로 믿었고, 그렇게 믿어버렸기 때문에 그 이야기를 당사자인 나에게 정정당당하게 해버린 것이다. 아마 미야시타는 나에게 엄청나게 무례한 말을 하고 있다는 사실조차 자각하지 못했을 것이다.

미네무라 세리카는 다른 동급생 여자애들과는 달리 남자 경험이 있어 보이니까, 미네무라 세리카를 그런 식으로 취급하는 것은 당연한 일이지 전혀 무례한 짓이 아닌 것이다. 그들의 마음속에서는. 야한 여중생은 이유도 없이 남자한테 무시당한다.

미야시타의 그런 이야기를 듣고 내가 느낀 것은(물론 그 자리에서 즉시 거절했지만), 분노나 노여움보다는 오히려 '인간은 참 대단하구나!!'라는 신선한 놀라움이었다. 모든 인간은 저마다 개별적인 사고방식을 가지고 있고 그것은 무한한 확장성을 지니고 있으므로, 내 머리로는 도저히 도출할 수 없는 결론에도 도달할 수 있는 것이다. 심지어 그 사람 나름대로는 논리적인 연역 과정을 통해서.

같은 시대에 비슷한 사회에서 태어나 자라온 동급생들 끼리인데도, 인간의 사고가 이렇게까지 크게 차이가 나다니. 그것이 나에게는 신선하게 느껴졌다.

나는 인간에게 흥미를 느꼈다.

그전까지는 굳이 따지자면 동급생들과는 거의 접촉하지 않고 혼자 조용히 살고 있었는데, 미야시타 사건을 계기로 나는 스스로 적극적으로 남에게 간섭하면서 그 반응을 살펴보고 또 접근 방식을 바꿔가면서 대조실험을 거듭하게 되었다.

그것은 호기심과 지적 탐구심을 만족시키기 위한 실험이기도 했지만, 더 나아가 나라는 인간이 이 사회에서 살아가기 위한 최적의 방법을 찾아내려는 작업이기도 했다. 본의 아니게도 얼굴이 예쁘고 분위기가 야한 여자로 성장해버린 내가 앞으로 갈등 없이 쾌적하게 살아가기 위해서는 특별한 튜닝이 필요했던 것이다. 수많은 시행착오와 적잖은 실패를 통해 내가 얻은 결론은 다음과 같았다.

첫째. 야한 여자가 얌전하게 조용히 있으면 그 효과가 배가되는 모양이다. 가능한 한 밝고 활기차게, 성가실 정도로 시끄럽게 구는 편이 좋다.

둘째. 착한 우등생 계열의 여자애와 붙어 다니면 그 효과를 줄이는 것도 가능하고, 필요할 때에는 그 여자애의 옹호를 받을 수도 있다.

셋째. 일반적으로는 성적이 우수한 남자애가 그나마 덜 무례한 반응을 보이고 위험성도 낮다. 성적 좋은 우등생들과 친하게 지내려면 나 자신도 좋은 성적을 유지하는 것이 바람직하다.

나는 자택에서 자전거로 통학할 수 있는 범위 내에서 가장 평균 성적이 좋은 사사고에 원서를 넣어 무난하게 합격했다. 그리하여 '성적이 좋은' '고즈 카이의 단짝인' '시끄럽고 스스럼없고 기운 넘치는 행복한 여자애'인 미네무라 세리카가 완성됐다.

현재까지는 운용이 잘되고 있는 듯했다. 고등학교에서는 아무도 나한테 무례한 성적 제안을 하지도 않았고, 쓸데없이 인간성을 폄하 당해서 속상해할 일도 없었다.

내 인생은 이제 회복되기 시작했다. 나는 앞으로도 이런 스타일을 유지하면서 어떻게든 바보 왕국을 탈출해 정상적인 인간이 되어야만 한다. 보통 인간이. 예를 들면 가끔은 멜론을 먹을 기회도 있는, 평균적으로 행복한 인간이.

인간에게 관심이 있는 나는 인간을 관찰하는 것을 좋아했다. 특히 마음에 드는 관찰 대상은 고즈였다. 고즈는 보는 내가 오히려 부끄러워질 정도로 솔직하고 귀엽고 재미있는 반응을 보여주는 사람이었다.

처음 만난 지 얼마 안 되었을 때 나는 눈치챘다. 고즈가 축구부의 스와와 무슨 관계가 있다는 사실을.

스와는 좀 아니꼬운 구석은 있어도 기본적으로는 침착

하고 온화한 성격이고, 외모도 비교적 상쾌하고 깔끔한 축구부의 기대주였다. 여자애들 사이에서 종종 화제가 되는 다소 눈에 띄는 남자애였다.

스와와 고즈는 같은 중학교 출신이었다. 초기에는 복도에서 마주칠 때 서로 말을 걸었는데, 어느새 대화도 거의 안 하게 되었다. 그것 자체는 별로 특별할 것은 없었다. 같은 중학교 출신인 사람들이 고등학교에서 각자 다른 친구를 사귀면서 자연스럽게 사이가 멀어지는 것은 드문 일도 아니니까. 그러나 가만히 보니 이것은 그리 단순한 일이 아니었다.

스와와 고즈의 시선이 말없이 야릇하게 얽힌다. 스와가 고즈를 쳐다보고, 그 시선을 눈치챈 고즈가 스와를 돌아본다. 그러면 이번에는 스와가 슬며시 시선을 피한다. 그야말로 뭔가 답답한 엇갈림이라고 해야 하나.

그런 때 고즈는 옆에서 보는 내 얼굴이 붉어질 정도로 엄청나게 사랑스런 여자의 표정을 짓고 있었다. 그건 아마 서글픔과 그리움 같은 감정의 발로였을지도 모른다. 누군가를 사랑스럽게 여기고 있는데도 서로의 마음이 엇갈리는 바람에 슬퍼지다니. 그런 순결한 감정은 내 마음속에는 없었기 때문에 무척 흥미로웠다.

여기서 내가 슬쩍 끼어들면 어떻게 될까?

어쩌면 고즈도 마음이 급해져서 스와와의 관계를 어떻게든 해보려고 노력할지도 모른다. 아니, 그런 식으로 내가 순수하게 고즈에 대한 선의 때문에 그런 짓을 했다고 주장해버린다면, 그것도 지독한 자기 합리화 및 정당화가 아닐까.

나로선 무슨 일이 일어난다면, 그 일이 무엇이든 상관없었다.

고즈에게 결과적으로 좋은 일이 일어난다면 물론 기쁠 테지만, 실제로는 그렇지 않더라도 무슨 일이 일어나기만 한다면 뒷일은 어찌 되든 괜찮았던 것이다.

사소한 장난기. 또는 느긋하고 태평하고 평화롭게 사랑 때문에 고민하고 있는 고즈에 대한 나의 질투 섞인 심술 때문이었을까.

나는 고즈와 단둘이 있을 때 시험 삼아 "세리카 말인데. 스와를 좋아하는 걸지도 몰라~"라고 말해봤다. 너무 심각하진 않으면서도 또 너무 가볍지도 않은 절묘한 중량감을 의식적으로 표현하면서.

고즈가 정말 심하게 당황해서 나는 웃음을 참느라 죽을 뻔했다. 남이 누군가를 '좋아한다'는 감정을 이론으로 논파해보려고 하다니. 어휴, 진짜 귀여운 녀석이라니까.

그리고 그 결과. 스와와 고즈는 헤어져 버린 모양이다.

두 사람 사이에 무슨 일이 있었는지, 아니면 없었는지. 그런 자세한 사정은 내 시점에서는 관측할 방법이 없었지만, 그 후 스와에 대한 고즈의 태도가 상당히 담백하게 변하고 말았다. 마치 감정 자체가 깨끗이 사라진 것처럼. 그래서 역설적으로 '아, 역시 고즈는 스와와 사귀고 있었던 거구나'란 사실을 나도 눈치챌 수 있었다.

그 결과에 대해 나는 충분히 납득하고 만족했다. 하지만 단순히 내가 납득하고 만족하기 위해서 고즈가 스와와 헤어져 버린 것이라면, 그건 또 왠지 미안하구나 하는 생각도 들었다. 그래서 이번에는 마루야마와 고즈를 엮어주기로 했다. 누가 뭐래도 실연의 아픔은 새로운 사랑으로만 치유할 수 있는 거니까.

조금만 신경 써서 살펴보면 쉽게 알 수 있었다. 틀림없이 마루야마는 이미 고즈에게 반했다. 복도에서 마주치기만 해도 타오를 듯이 뜨거운 시선으로 고즈를 쳐다보고, 스쳐 지나갈 때 몇 마디 말만 나눠도 멀어져가는 그의 발걸음이 통통 튀듯이 가벼워지기 때문이다. 와, 너무 알기 쉬워. 내가 다 민망해, 민망하다고. 마루야마라는 인물 자체도 고즈만큼이나 솔직하고 재미있었다. 외모는 거칠고 딱딱해 보이지만 어찌 보면 귀엽기도 했다.

나는 마루야마를 부추겨서 고즈에게 데이트 신청을 하게 만들고, 또 한편으로는 고즈에게 "류키는 겉으로는 좀 무서워 보이는 이미지지만 직접 대화해보면 의외로 솔직하고 괜찮은 점도 있는 것 같아"라는 식으로 은근슬쩍 좋은 인상을 심어줬다.

자, 여기서 문제.

이런 사소한 타인의 개입으로 누군가가 다른 누군가를

좋아하게 될까요?

[정답] 됩니다.

인간은 참으로 복잡하고도 매우 단순하다.

마루야마는 일견 무서워 보이는 이미지가 아니라 실제로 무서운 인간이랄까…… 자기 자신을 잘 제어하지 못하는 타입이라서, 카테고리를 따진다면 우리 어머니가 후기에 자주 데려왔던 폭력적인 남자에 가까운 편이지만. 내가 "의외로 괜찮은 점도 있는 것 같아"라고 말하자 고즈는 순순히 마루야마의 '의외로 괜찮은 점'을 스스로 찾기 시작했다. 그리고 스스로 능동적으로 찾아봐도 '의외로 괜찮은 점'이 하나도 없는 인간은 이 세상에 거의 없다. 사람들은 다들 의외로 괜찮은 점을 가지고 있다. 그리고 하나같이 최악이다.

얼마 후 이 사사고의 자랑거리인 슈퍼 우등생 고즈가, 사사고의 치부인 마루야마와 사귀는 게 아닐까? 하는 소문이 돌기 시작했다. 학교 전체가 술렁이는 것 같아서 꽤 재미있었다. 뭐, 저건 누가 어떻게 봐도 안 어울리는 커플이었다.

고즈 말로는 가끔 둘이서 놀러 다니기는 하지만 아직 사귀는 사이는 아니라고 했다. 하지만 이 시점에서 '아직'이라고 말하고 있으니까. 둘이 사귀는 것도 시간문제구나 하고 생각하면서 나는 그 연애를 지켜봤다.

고즈와 마루야마는 특히나 알기 쉬운 편이지만, 그러지 않아도 인간의 행동 유형은 정말로 한정되어 있어서 '어떻게 그런 논리가 전개될 수 있지?!' 하고 경악할 정도로 희한하게 이상한 인간은 거의 없다. 이상함이란 것도 쭉 보다 보면 대개 몇 가지 유형으로 정확히 분류된다. 인간은 '이렇게 하면 저렇게 반응한다'라는 패턴이 여러 개 설정되어 있는 다소 복잡한 기계에 불과하다. 일상회화는 대체로 미리 정해진 형식적 문장이다. 남녀 관계는 너무나 단순해서, 요컨대 가장 긴 시간을 같이 보낸 상대에 대해 정(情)이란 것이 자동적으로 생겨나 버리는 것이다.

물론 나 자신도 예외는 아니었다.

여기서 문제가 되는 것이 하나 있었다. 실은 나도 마사야에 대해 정을 느끼게 되었다는 것이다. 정이 붙을 정도로 오랜 시간 동안 나는 마사야와 함께 지냈다.

객관적으로 볼 때 마사야는 이미 중년이라고 할 만한 나이었다. 나이는 나보다 약 두 배나 많은데, 그 나이에 걸맞은 적당한 수입도 없었다. 언제나 피로에 찌들어 있었고 몸도 마음도 순조롭게 조금씩 망가지고 있었다. 멀지 않은 장래에 파멸이 약속되어 있는 존재. 딱 잘라 말하자면, 장래성이라곤 하나도 없는 남자였다.

게다가 마사야는 틀림없이 나를 성적 대상으로 보고 있

을 것이다.

물론 내가 마사야의 그런 감정에 응할 수는 없었다. 그것은 아무리 생각해봐도 파멸로 가는 길이었다. 바보 왕국의 한층 더 깊은 나락으로 굴러떨어지는 바보 같은 선택이다.

사람은 환경의 노예다. 누군가와 오랫동안 같이 있으면 자신의 감정과는 상관없이 자동적으로 정이 생겨나 버린다. 하지만 그런 일시적인 감정에 휩쓸려 행동하는 것은 바보나 하는 짓이다. 인간은 의지력으로 환경을 극복할 수도 있을 것이다. 나는 어머니와는 다르다. 나는 나의 강한 의지력으로 반드시 바보 왕국에서 탈출할 것이다.

현재까지는 나는 아직 마사야에게 의존하는 것 말고는 살아갈 방법이 없었다. 그러나 고등학교만 졸업하면 나도 어른이 된다. 나는 나 혼자 살아갈 방법을 찾아내서, 신속히 마사야를 버리고 바보 왕국 밖으로 뛰쳐나가야 한다.

절대로 뒤돌아보면 안 된다. 정에 얽매이면 안 된다. 모든 것을 객관적으로 보고 이성적으로 생각해서 적확한 판단을 내려야 한다.

나는 올바른 길을 걸어가야 한다.

점심시간. 이번에도 늘 그렇듯이 고즈와 마주 보고 도시락을 먹었다.

내 도시락통은 매우 작아서 고즈가 "너무 적지 않아? 그거만 먹어도 배 안 고파?" 하고 놀랄 정도였다. 나는 "응~ 세리카는 위가 작은 편이거든. 너무 많이는 못 먹어~"라고 대답했지만, 실은 배가 고팠다. 도시락통이 작은 것은 단순히 식비를 절약하기 위한 수단이었다.

그래서 나는 도시락을 다 먹은 직후에는 항상 '아, 배고프다……'라고 생각한다. 그러나 어린 시절부터 배고픔에는 익숙해졌으니까. 아, 배고프다……라고 생각은 해도, 그걸 참는 것은 힘들지 않았다. 배고픈 것은 나에게는 평범한 일상에 불과했다.

오히려 진짜로 공복일 때보다도 뭔가를 먹은 직후에 '아, 배고프다……'란 생각이 거센 파도가 되어 밀려오므로, 나는 식사 후 한동안은 창밖을 멍하니 바라보면서 이 배고픔이라는 사태가 내 몸에 스며들어 익숙해질 때까지 가만히 기다린다.

이처럼 내 의식의 공백기와도 같은, 하루 중 가장 방어력이 약해지는 순간에 고즈가 정확히 질문을 던졌다. "아 참, 세리카. 넌 어느 대학으로 갈지 정했어?" 그래서 나는 무심코 반사적으로 "응? 아니, 난 아마 취직할걸?" 하고 솔직하게 대답하고 말았다. 일인칭도 잘못 썼다.

대답하고 나서야 '아차, 이건 적당히 얼버무리면 좋았을 텐데'라고 생각하면서 고즈를 돌아봤더니, 고즈는 온 얼굴로 '뭐?!'란 표정을 지으면서 "뭐?!"라고 말했다. 아니, 그렇게 "뭐?!"라고 말씀하셔서도 저도 당황스러운데요.

음. 기습공격을 당하긴 했지만 이미 뱉어버린 말을 주워 담을 수는 없었다. 그래서 평소처럼 가볍게 대충 흘려 넘기려고 "어? 그러고 보니 세리카가 말 안 했나? 세리카는 대학교에는 안 갑니다~!"라고 최대한 상큼 발랄함~☆을 뿜어내면서, 자! 이제 이 이야기는 그만하자!! 하고 거부하는 의사를 내비쳤다. 내가 무언의 거부 의사를 표시하면, 언제나 눈치 빠른 고즈는 더 이상 깊이 파고들지 않으니까.

보통은 그럴 텐데. 오늘은 예외적으로 어째서인지 고즈가 "뭐? 아니, 저기, 세리카. 네 성적으로 대학교에 안 가면 아깝지 않아?" 하고 끈질기게 말을 이었다. 그것이 좀 예상외라서 마치 배신당한 듯한 기분이 들었다. 나는 약간 기분이 나빠졌다.

"으음~ 글쎄, 실은 성적이 문제가 아니잖아? 대학교란 것은 성적이 좋다고 대충 가는 곳이 아니라, 공부하고 싶은 것이 있는 사람이 적극적으로 배우러 가는 곳이지 않아? 세리카는 더 이상 뭔가 배우고 싶진 않으니까. 됐어, 됐어~."

적당히 적당한 곳에 취직해서 한동안 성실하게 근무하다가 거기서 좋은 남자를 찾아 결혼하고, 그다음에는 전업주부로서 남편의 수입에 의존해 빈둥빈둥 무사태평하게 사는 것이 세리카가 꿈꾸는 가장 이상적인 인생이거든~. 나는 그렇게 가벼운 태도를 유지하면서도, 짜증난 기색은 일부러 숨기려고 하지 않았다. 고즈는 남한테 미움받는 것을 극도로 싫어하니까, 상대가 조금이라도 불쾌해하면 자기가 하고 싶은 말조차 하지 못하게 된다.

보통은 그럴 텐데. 오늘따라 고즈는 신기하게도 물러서지를 않았다. "정말? 진지하게 잘 생각해본 거야?"라고 물어봤다. 우와~ 뭐야, 귀찮게 구네. 나는 '내가 정해놓은 선을 결코 침범하지 않는 얌전함'이라는 고즈의 일면을 무척 마음에 들어 했는데, 이건 진짜 심각한 배신이잖아. 계약 위반이야. 도대체 무슨 일이야?

"물론 세리카, 네가 진심으로 그렇게 생각해서 제대로 결정한 거라면 그래도 상관없긴 한데. 거짓말이지?"

"거짓말이라니, 뭐가? 응? 나 정말로 대입 시험은 안 본다니까? 벌써 담임한테도 그렇게 말했고 이야기도 다 끝났거든? 대학교에 안 가는 게 그렇게 이상해? 설마 카이, 너 고졸은 인간도 아니라서 정상적인 삶을 살 수 없다고 생각하는 거야?"

나도 고즈의 말에 대꾸하다가 무슨 스위치라도 켜졌는지 나답지 않게 장황한 말을 늘어놓기 시작했다. 스스로 뱉은 말에 스스로 알아서 흥분하기 시작했다.

"저기, 그거 알아? 여자의 4년제 대학 진학률은 항상 50 퍼센트 이하야. 여자애 둘 중 한 명은 대학에 안 가는 것이 보통이라고. 여기 두 명의 여자애가 있고. 카이는 대학에 가고, 세리카는 안 가. 이상한 점이라곤 전혀 없잖아?"

내가 그렇게 말하면서 책상에 팔꿈치를 대고 몸을 앞으로 쑥 내밀자, 고즈는 팔꿈치를 직각으로 구부리면서 두 팔을 위로 들어 올렸다. 아마 '항복'한다는 뜻일 테지만, 그래도 나한테서 눈을 떼지는 않았고 여전히 물러설 기미가 보이지 않았다. 그 포즈를 유지하며 말을 이었다.

"일본 전체의 통계를 보면 그럴지도 모르지만, 이 학교만 보면 달라. 여기서는 취업자는 1년에 한 명 있을까 말까 하단 말이야."

"그래도 한 명은 있잖아? 내년에는 세리카가 그 한 명이 되는 거지. 그냥 그런 거야. 해마다 한 학년에 한 명쯤은 있는 별종. 뭐, 알다시피 세리카는 처음부터 좀 특이한 별종이었잖아. 안 그래?"

교실에 있는 사람들의 시선이 조금씩 우리에게 모이기 시작했다. 같은 반 친구들이 이야기를 멈추고 나와 고즈를 주목하고 있다는 것은 나도 고즈도 눈치채긴 했다. 그럼에도 불구하고 우리는 한번 시작해버린 이야기를 끝내지 못했다.

"저기, 그런데 나는 그쪽 이야기를 하는 게 아니야."

"그쪽이 뭔데? 어느 쪽? 방금 그 이야기에 그쪽인지 저쪽인지 뭔지가 있었어?"

"어~ 그게…… 세리카, 네가 대학에 가지 않겠다고 한다면, 아마 정말로 대학에 가지 않을 거라고 생각은 하는데."

"그래, 아까부터 쭉 그렇게 이야기했잖아."

"그런데 더 이상 배우고 싶은 게 없다는 말. 그건 거짓말이지 않아?"

"그건……!"

뭐라고 대꾸하려고 했는데.

나는 거기서 말문이 막혀버렸다. 더 이상 아무 말도 할 수 없었다.

"세리카. 넌 배우는 거 좋아하잖아. 지금도 대입 시험을 위해 공부하는 게 아니라면, 그건 네가 모르는 것을 알고 싶고, 또 이해하지 못하는 것을 이해하게 되는 게 좋아서 공부한다는 뜻이잖아. 만약에……."

고즈는 여전히 무슨 말을 하고 있었다. 내 얼굴을 뚫어져라 응시하면서. 눈을 피하지 않았다. 자신이 옳은 말을 한다고 확신하는, 자신의 올바름을 전혀 의심하지 않는 정의의 눈동자. 너는 잘못됐고 내가 옳아. 그러니까 내가 너의 잘못을 바르게 고쳐줄게. 도와줄게. 구해줄게. 올바른 길로 인도해줄게. 그런 성인(聖人)의 눈빛이었다. 나는 고즈가 가끔씩 보여주는 그런 눈빛이.

진짜 딱 질색이었다!!

지독한 오만함!! 뻔뻔하고 불손한 태도!! 거만하고 자아도취에 빠진 무신경함!!

"집에 갈래."

간신히 그 말만 남기고. 나는 책상 위에 있는 도시락통을 난폭하게 정리해서 콱!! 하고 내 가방 속에 쑤셔 넣었다. 망설임 없이 신속하게 교실을 떠났다. 마치 패배자처럼. "세리카!!" 하고 고즈가 내 이름을 부르는 소리가 뒤에서 들려왔지만, 나는 뒤를 돌아보지 않았다. 멈춰 서지 않았다. 돌아볼 수도 없었고 멈출 수도 없었다.

아무에게도 들키고 싶지 않아서 고개를 푹 숙인 채 재빨리 현관으로 향했다.

스스로도 이유가 뭔지는 모르겠지만. 아마도 이제 곧 나는 울음을 터뜨릴 것이다.

로퍼를 신고 자전거 주차장으로 갔다. 거기서 자전거를 끌어내면서 나는 "젠장! 제기랄!!" 하고 누구에게 하는 것인지도 모를 욕설을 뱉었다. 객관적으로 볼 때 상당히 위험한 인물이었다. 실은 냉정한 나의 자아도 아직 남아 있어서, 우와~ 얘 뭐야? 맛이 갔잖아? 하고 생각하기도 했지만, 그 냉정한 나에게는 내 몸을 통제할 권한이 없었다. 억지로 자전거를 끌어내는 바람에 와장창!! 하고 좌우로 균등하게 'THE 자전거 도미노 현상'이 발생하고 있는데도 나의 냉정한 자아는 '와~ 막 나가네?'라고 생각하면서 그저 지켜볼 수밖에 없었다.

페달에 발을 걸치고 힘껏 밟았다. 자전거를 몰면서 나는 "빌어먹을!! 사람 무시하냐?!" 하고 욕을 했다. 혼란에 빠졌다. 스스로 그렇게 말은 하면서도, 대체 누가 무엇을 어떻게 무시하고 자신이 무엇에 대해 화가 났는지 알 수 없었다. 선 채로 전력으로 페달을 밟아 세 번 만에 최고 속도에 도달했다. 그 순간 나는 울었다. 눈에서 눈물이 넘쳐흘렀다.

아, 그렇구나. 나는 화난 것이 아니라, 아니, 화났을지도 모르지만, 하지만 그 이상으로. 그래, 그랬구나.

나는 지금 너무 억울해서 이러는 것이었다.

그제야 스스로 그걸 깨달았다.

자신이 얼마나 복 받은 사람인지 알지도 못하고, 자신이 생각하는 '평범함'이란 것이 다른 누군가에게는 '특별함'이란 것은 상상해본 적도 없을 테고, 그냥 평범한 가정에서 평범한 어머니 아버지와 함께 살면서 당연하다는 듯이 고등학교에 보내지고, 대학교 학비도 당연히 부모님이 대주시고, 좋은 일이 생기면 멜론 하나를 통째로 준비해서 축하하는——그런 특별함을 날 때부터 지금까지 당연하다는 듯이 향유해왔으면서, **한술 더 떠** 태연한 얼굴로 "넌 왜 그래?" 하고 물어보는 것이다. 그것이 얼마나 남에게 큰 상처를 주는지 알지도 못하면서.

그런 선량하고 바르고 평범한 사람이 나를 몹시 짜증나게 만들었다.

돌연 맥락도 없이 치솟은 이 울화인지 뭔지 하는 감정을 어디에다 풀면 좋을까. 평소에 좀처럼 화를 내지 않는 나로선 화 푸는 방법을 알 수가 없었다. 다만 이 감정을 자전거 페달에다 쏟아내는 것은, 근처의 다른 사람에게 쏟아내는 것보다는 그나마 건전할 것 같다는 생각이 들었다. 오케이, 알았어. 이 감정은 페달에다 쏟아내자. 바닥날 때까지. 나는 그렇게 결심하고 계속해서 페달을 밟았다. 교문을 나와 스스키 강에 부딪쳤다. 길은 좌우로 갈라져 있었다. 나는 어디로 꺾어 들어갈지 선택할 수 있었다. 그런 자유는 있었다. 그 정도 자유밖에 없었다. 오른쪽으로 꺾든지 왼쪽으로 꺾든지 간에 결국 도착지는 똑같다.

왼쪽으로 꺾어서 강변을 따라 동쪽으로 나아갔다. 다리가 나오자 오른쪽으로 꺾어 강을 건넜다. 최고 속도를 유지하면서 확!! 꺾었더니 자전거가 미친 듯이 한쪽으로 기울어졌다. 우와! 자전거란 것은 엄청나게 기울어져도 또다시 엄청나게 도로 올라오는구나?! 기묘한 발견이었다. 그 덕분에 마음이 조금 가벼워졌다. 아하하, 온 힘을 다해 자전거 페달을 밟는 것도 의외로 재미있네?

그런 식으로 스스키 강 건너편 기슭에서 강변을 따라 또다시 서쪽으로 돌아왔을 무렵에는 내 기분도 한결 나아졌다. 방금 전까지 나를 지배했던 불같이 뜨거운 격정도 많이 식어서 이제는 여열이 좀 남아 있을 뿐이었다. 나를 앞질러 와서 기다리고 있는 고즈의 모습을 발견했을 때에는, 이미 내 마음도 차분히 가라앉아 있었다.

나는 브레이크를 걸어 고즈의 앞에서 멈췄다. 그리고 자전거에서 내렸다.

"뭐야? 뭐 하는 건데? 바보같이."

고즈는 전력 질주로 뛰어온 것 같았다. 허리를 구부리고 어깨를 들썩이면서 숨을 거칠게 쉬고 있었다. 그런데 아무리 전력 질주를 해봤자, 걸어 다니는 고즈가 자전거로 전력 질주 한 나를 앞질러 와서 기다리는 것은 상식적으로 불가능한 일이었다.

　뭐, 사실 그 수수께끼의 답은 간단했다. 셜록 홈스가 아니어도 척 보면 알 수 있었다. 고즈의 발밑은 흠뻑 젖어 있었고, 그 물이 고즈의 이동 경로를 아스팔트 위에 정확히 남겨놓았으므로. 저 하천 부지에서 둑으로 똑바로 올라와서 가드레일을 뛰어넘어 도로로 나온 것이리라. 스스키 강을, 매일 아침 내 앞길을 가로막았던 저 얄미운 스스키 강을 오른쪽으로 돌거나 왼쪽으로 꺾지도 않고 똑바로 넘어온 것이다.

　"이야기를!! 해야 할 것 같아서!!" 호흡을 가다듬은 고즈가 허리를 쭉 펴더니 깜짝 놀랄 만큼 큰 소리로 말했다.

　"바보 아냐……?" 그렇게 말한 나의 목소리는 작고도 약했다. 고즈는 이상한 데서 과감하고 용감한 데 비해 나는 가장 중요한 순간에 기세가 꺾이는 편이었다. 상대의 기세에 밀려 질 것 같았다.

　"스스키 강을 건넌 거야? 왜? 아, 물론 스스키 강이 얕긴 하지만. 건너려고 하면 건널 수 있을지도 모르지만~. 그래도 상식적으로 다 큰 고교생이 그런 짓을 해? 너무 바보 같잖아. 봐, 로퍼도 흠뻑 젖었네~. 가죽이 다 망가질

걸? 그거 알아? 로퍼는 무지무지 비싸다? 망가졌으니까 새로 사면 되지~ 하고 편하게 생각할 수 있는 물건이 아니야. 그러니까 좀 더 소중히 다뤄야지, 응?"

내가 눈동자를 이리저리 굴리면서 주절주절 그런 말을 늘어놓고 있는데, 고즈가 내 양어깨를 덥석 붙잡았다. 눈이 마주쳤다. 강제로 마주치고 말았다.

"왜냐하면. 세리카, 네가 괴로워 보였으니까. 이유는 몰라도, 나도 그 정도는 알아. 항상 옆에서 너를 지켜보고 있었으니까. 난 너한테 괴로운 일이 있으면 그게 뭔지 알고 싶어. 내가 해줄 수 있는 일이 있으면 해주고 싶어. 설령 아무것도 못 해주더라도, 그래도 그 괴로움을 나누고 싶어. 왜냐하면……."

그만해. 그렇게 힘차고 망설임 없는 눈동자로 나를 보지 마. 그만하라고.

나는 그 눈을 보면 짜증이 나니까.

"왜냐하면. 우리는 친구잖아?"

뭐라고? 뭐야, 고즈. 이렇게 열정적인 타입이었어? 눈에 보이진 않지만 내가 은근슬쩍 그어놓은 거절의 선을 절대로 넘어오지 않는 아이였을 텐데. 그런 얌전한 점이 내 마음에 들었는데. 선이 아니라 아예 강을 넘어온 거야?

오른쪽도 왼쪽도 아닌 길을 스스로 선택하다니.

고즈, 대체 무엇이 너한테 그런 짓까지 하게 만든 거야? 그 열의는 뭐야? 어디서 나오는 거야? 아아, 진짜 바보 같

아. 바보. 바보. 전부 다 바보야.

누가 바보냐고? 내가 제일 심각한 바보야.

무엇이 고즈한테 그런 짓까지 하게 만들었냐고? 조금만 생각해보면 알 수 있잖아.

그건 나였다.

내가 고즈한테 그런 짓까지 해버리게 만든 것이다.

이 사람은 진짜 진심으로 순수하게 나를 생각해주고 있었다. 나는 고즈를 관찰하고 있었을 텐데, 고즈를 자세히 보고 냉정하게 분석하고 있었을 텐데, 어째서 나에 대한 이렇게나 올곧은 고즈의 호의를 지금 이 순간까지도 눈치 채지 못했던 걸까.

아무런 대가도 바라지 않고 누군가를 진심으로 생각해 줄 수 있다니. 이 얼마나 독선적이고 오만하고 짜증나는 짓인지……!! 그런 것은 단순히 자기가 복 받은 처지이기 때문에, 스스로 여유가 있기 때문에 가능한 일이잖아. 누군가가 남을 구하려고 하다니, 너무나 건방진 짓이잖아?

하지만. 더는 안 돼. 그런 논리를 펼쳐봤자 더 이상은 못 버티겠다.

나는 고즈에게 내 이야기를 털어놓고 싶어졌으니까.

나는 나에게 내밀어진 손을 더 이상 거절할 수 없었다.

나도, 고즈의 친구가 되고 싶었다.

"알았어……." 나는 마치 항복 권고에 응하는 것처럼 묘한 태도로 대답했다.

"그래. 이야기를 하자."

"저기, 카이야. 네가 뒤에 타는 것은 뭐 어쩔 수 없으니까 그럭저럭 이해한다고 쳐도. 대체 왜 옆으로 앉아? 왜 여자애처럼 조신하게 앉는 거야?!"

"응? 그야 뭐, 여자애니까?"

"저기요~ 도대체 세리카가 뭐~가 아쉬워서 자전거 짐받이에다 조신하게 앉은 여자애를 태우고 커플 청춘 이벤트를 연출해야 하는 건데? 그것도 카이, 너하고?"

"아하하. 뭐 어때, 좋잖아? 고교생이니까. 청춘 이벤트도 좋지."

"그게 아니라~……. 어휴~ 아냐, 됐어. 네네~ 그럼 출발합니다~!!"

나는 처음부터 고즈를 떨어뜨릴 생각으로 온 힘을 다해 선 채로 페달을 밟았다. "악! 어어? 꺄악!!" 하고 고즈가 필사적으로 균형을 잡는 것이 느껴졌다.

자전거 짐받이에 타는 사람은 보통은 운전자의 몸을 붙잡고 버티는데, 지금 나는 서서 페달을 밟고 있으므로 전체적으로 자전거 앞쪽으로 나와 있었다. 그만큼 뒷사람과는 멀어졌으니까 뒤에서 나를 붙잡기는 어려울 것이다. 똑바로 앞을 보고 앉았으면 또 몰라도 옆으로 앉았으니 더더욱 힘들 테지. 어디 맛 좀 봐.

"응~? 그런데 우리 어디로 가? 괜찮은 데 있어?"

"이, 있어. 천천히 이야기 나누기 좋은 곳."

그러면서 고즈가 안내해준 곳은 마쓰모토 시민 예술관 옥상이었다. 건물 위인데도 마치 잔디가 깔린 공원 같았다. 바람도 잘 불고 사람도 없어서 상당히 기분 좋은 장소였다.

"오~ 좋은데? 마쓰모토에도 이런 곳이 있었구나."

"응. 나도 류키가 가르쳐줘서 알게 된 거야."

"아, 그래~? 흐~응, 그렇구나."

"어? 뭐야. 혹시 질투해?"

"아니, 아까부터 세리카가 너하고 그런 정석적인 청춘 이벤트를 진행해야 할 이유가 도대체 뭔데?"

질투가 뭐냐. 질투가. 우리가 사귀는 사이도 아니고.

고즈는 로퍼도 양말도 벗어서 난간에 널어 말리기 시작했다. 잔디밭 위에 맨발로 다리를 쭉 펴고 앉았다. 날씨가 좋으니까 한동안 여기서 빈둥거리고 있으면 양말도 로퍼도 잘하면 마를지도 모른다. 나는 등을 난간에 대고 기대어 섰다.

"나 수업 빼먹는 거는 난생처음이야." 고즈가 하늘을 우러러보면서 말했다.

"뭐, 그건 세리카도 이번이 처음이야."

"있잖아~ 만화나 소설 속 고교생들은 밥 먹듯이 쉽게 학교 수업을 빼먹잖아? 그런다고 누구한테 혼나는 것 같지도 않고. 그런데 현실에서는 그런 건 불가능하지 않아~?"

"으음…… 글쎄? 진짜로 불가능한 건 아닐 테지만, 그러면 뭔가가 무너져서 두 번 다시 원상태로 돌아가지 않을 것 같아서 무서워. 정해진 궤도에서 이탈하고 싶지 않아."

"맞아~. 사소한 일로도 금방 어딘가로 뚝 떨어져 버릴 것 같잖아. 선생님들도 그런 식으로 겁을 주고, 조금도 방심할 수 없는 느낌이지. 아, 싫다~."

수업을 빼먹는 것도, 스스키 강을 건너는 것도 실제로 해보면 불가능한 것은 아니다. 총을 든 경비병이 감시하고 있다가 그런 사람을 발견하자마자 냅다 쏴버리는 것도 아니니까. 스스로 하려고 마음만 먹는다면 불가능한 일은 그리 많지 않을 것이다.

우리를 제한하는 쇠사슬은 물리적인 것이 아니다. 우리의 사고가 제약을 받고 있는 것이다. 뭐든지 자기가 그걸 하려고 생각하지 않는 한, 절대로 해낼 수 없다.

"우리는 참 어른스러워~. 아주 성실해." 고즈가 자조적으로 중얼거렸다.

"응, 성실하지." 나도 대꾸했다.

"왠지 굉장해. 지금 이러고 있는 동안에도 학교에서는 오후 수업이 한창 진행되고 있는 거잖아? 거기에 내가 없다니. 정말 신기해."

"뭐, 가끔은 이러는 것도 괜찮을지도 몰라. 사치스럽게 시간을 보내는 거지."

그렇게 아무 말이나 해봤다. 나중에 엄청나게 혼날 테지만.

자, 이야기를 하자고 하긴 했는데. 우선 무엇부터 이야기하면 좋을까. 대학교에 안 가는 이유를 설명하려고 해도, 내가 왜 갑자기 화를 냈는지 설명하려고 해도, 일단 뭔가를 설명하려면 지금까지 철저히 숨겨왔던 나의 이 기묘한 현재 상황을 설명해야 할 것이다. 그러면 우선 우리 어머니에 관한 이야기부터 해야 하고. 또 마사야에 관해서도 말해야 한다. 이야기가 꽤 길어질 것이다.

"나 실은 무지무지 가난해." 거기서부터 이야기를 시작했다.

"5년 전에 어머니가 증발해버렸어. 그래서 같이 살고 있던 어머니의 한량 같은 애인만 우리 집에 남게 되었어. 지금도 그 사람은 우리 집에서 같이 살고 있는데, 원래 어머니한테 빌붙어 살았으니까 일도 거의 안 했거든. 지금은 일단, 아니, 꽤 열심히 일하고 있지만. 그 덕분에 나도 어떻게든 생활하고 있는 거고."

아마도 상정했던 것보다 훨씬 더 심각한 이야기가 시작돼서 당황했을 테지만, 그래도 고즈는 조용히 내 이야기를 들어줬다.

"그 사람은 애쓰고 있어. 하지만 배운 것이 없는 사람이고 지금은 공장에서 일하고 있거든. 아무리 열심히 일해도 월급이 너무 짜서~. 정말 찢어지게 가난해. 그러니까 대학 진학은 꿈도 꿔본 적이 없어. 그냥 불가능한 거거든. 그래서 네가 갑자기 대학교는 어디 가고 싶으냐고 물어보니까…… 너무 당연하게 진학을 전제로 이야기하니까, 그게 내 신경을 건드렸던 것 같아."

"그랬구나……. 미안해."

"아니야. 내가 그런 사실을 필사적으로 숨기고 겉치레만 하면서 속이고 있었잖아. 내가 너무 잘 숨겨서 네가 눈치채지 못했던 건데, 그것 때문에 화를 내다니. 적반하장도 유분수지. 그건 네가 모르는 게 당연한 거였어."

이렇게 고즈에게 이야기를 하면서 나는 비로소 내가 무엇에 대해 화가 났는지 어렴풋이나마 파악하게 되었다. 그 계기는 고즈의 질문이었을지도 모르지만, 사실 나는 고즈에게 화를 낸 것이 아니라 무작정 화를 내고 있었다. 그것도 오래전부터 쭉 화를 내고 있었다.

이를테면 이 불평등하고 부조리한 세상 같은 것에 대해서.

"돈도 없고, 교복 말고는 멀쩡한 옷도 없으니까 쉬는 날 친구와 놀러 다닐 수도 없었어. 하지만 그런 사정을 들키기도 싫어서 최대한 어물쩍 넘어가려고 했어. 카이, 넌 그런 부분에서 집요하게 파고들지 않는 성격이니까. 대하기 편했어. 휴대폰 번호도 끈질기게 물어보지 않았잖아. 난 휴대폰이 없거든."

"뭐? 그랬구나. 아무리 기다려도 안 가르쳐줘서 나 실은 좌절했었는데."

"휴대폰 없어. 없는 것을 가르쳐줄 수는 없잖아."

"어? 잠깐만, 그럼 그 가방 옆 주머니에 불룩하게 들어 있는 건 뭐야?" 하고 고즈가 내 가방에서 툭 튀어나와 있는 털방울 휴대폰 스트랩을 가리켰다. 고즈가 나에게 준 선물. 고즈의 휴대폰에 달려 있는 스트랩과 한 세트였다.

"아, 이거?" 나는 그 스트랩을 잡아당겼다. 거기 붙어 있는 작고 납작한 물체가 책가방 옆 주머니에서 스르륵 빠져나왔다.

"이건 널빤지야."

"널빤지."

널빤지 한쪽 모서리에 구멍을 뚫고 휴대폰 스트랩을 끼워서 책가방 옆 주머니에 넣어둔 것이다. 언뜻 보면 진짜로 휴대폰이 들어 있는 것처럼 보일 것이다.

"왜 하필 널빤지야?"

"응? 그야 뭐, 달리 달아놓을 데가 없으니까."

고즈의 책가방 옆 주머니에서 휴대폰 스트랩만 튀어나와 있는 모습이 어쩐지 귀여워 보였으니까. 나도 흉내 내보고 싶었다. 뭐 어때, 그래도 되잖아?

"사실 휴대폰뿐만 아니라 난 정말로 아무것도 가진 게 없어. 가난하니까. 필기구도 샤프와 지우개밖에 없어. 카이, 넌 굉장히 다양한 종류의 컬러 형광펜을 용도별로 나눠 쓰는 타입이잖아? 그래서 부러웠어."

"우와. 난 그것도 네가 쓸데없는 물건은 안 가지고 다니는 합리적인 타입이라서 그런 줄 알았는데. 와, 굉장해. 용

케 그렇게 잘 숨겼네? 실은 지금 이렇게 이야기를 듣고 있어도 믿어지지 않아. 세리카, 너한테서는 가난한 느낌이 전혀 안 나."

"응, 제법이지?"

"진짜 내숭왕이네. 새침데기 고양이야, 뭐야?"

카이가 그렇게 말했다. 우리는 얼굴을 마주 보고 킥킥 웃었다. 나는 왠지 모르게 이걸 들키면 모든 것이 끝나버릴 거라고 생각했었는데. 그래서 지금까지 필사적으로 연기를 하면서 내 비밀을 꼭꼭 숨겼는데. 막상 다 털어놨어도 카이는 변하지 않고 여전히 카이였다.

아아, 이야기하기를 잘했어. 그런 생각이 좀 들었다. 나는 그렇게 생각하고 있었다.

결국 구속되어 있었던 것은 우리의 사고였다. 불가능해, 안 돼 하고 생각해버렸던 자기 자신의 선입관이 문제였다. 실제로 해보면 이렇게나 쉬운 일인데. 우리는 다리가 없는 강을 똑바로 건너가는 것도 일단 해보면 얼마든지 해낼 수 있는 것이다.

"으음~ 그런데 세리카, 네 성적이면 아마 장학금이나 뭐 그런 제도도 충분히 이용할 수 있지 않을까? 그리고 신대*는 너희 집에서도 다닐 수 있잖아? 어떻게든 돈을 마련할 수는 없을까?"

"글쎄. 그것도 생각은 좀 해봤는데. 그래도 역시 그 집은

---

* 신슈 대학. 마쓰모토 시에 있는 지방 명문대학교

나와야 한다고 생각해서."

　이대로 그 집에서 계속 생활하면, 마사야와 계속 같이 살면 언젠가 반드시 치명적인 실수를 저지를 것이다. 그것만은 무슨 일이 있어도 피해야 한다. 바보 왕국의 어두운 심연 속으로 굴러떨어질 수는 없으니까. 준비가 완료되면 나는 한눈팔지 말고 즉시 모든 것을 버리고 도망쳐야만 한다. 바보 왕국의 성벽 바깥으로.

　"좋은 사람이라고 생각해. 자기 몸과 마음을 다 갈아가면서 열심히 일해서 나를 부양해주고 있는걸. 하지만 같이 있으면 안 돼. 뭔가가 안 되는 거야. 뭔가 나빠. 뭐가 나쁜 걸까? 시대인지 나라인지, 아니면 운인지. 나쁜 사람은 아니고, 악의도 없지만. 그래도 그는 틀림없이 나를 망가뜨릴 거야. 그래서 나쁜 존재인 거야."

　나는 어머니처럼 되면 안 되니까. 바보가 아니니까.

　"신대에는 아마 기숙사가 있을 거야. 기숙사비도 꽤 저렴하니까 집 문제는 어떻게든 해결될 거야. 사실 신대뿐만이 아니라 어떤 대학에든 대부분 무슨 제도가 있을 거야. 처음부터 무조건 안 될 거라고 단정 짓지 말고 잘 조사해보는 게 좋지 않을까. 우선 네가 정말로 대학에 진학하고 싶지 않은지, 가능하다면 진학하고 싶은지. 그것부터 생각해봐야 해."

　"진학……."

　해보고 싶긴 했다. 난 아직도 배우고 싶은 것이 많다는 느낌이 들었다.

집에 돌아왔더니, 안쪽 방에서 마사야가 벽에 붙여서 개켜둔 이불에 기대어 영혼 없는 얼굴로 멍하니 TV를 보고 있었다. 쉬는 날 마사야는 대개 이런 식으로 별다른 일을 하지도 않고 집에서 멍하니 시간을 보냈다. 창가의 커튼은 활짝 걷혀 있었다. 서쪽으로 난 창문을 통해 오후의 햇살이 깊숙이 방 안에 파고들고 있었다. 불 꺼진 어두운 방 안에서 눈부신 역광을 받고 있는 공허한 표정의 마사야. 그 모습은 어쩐지 성자를 연상시켰다.

"나 왔어." 나는 로퍼를 벗으면서 조용히 말을 걸었다. 마사야는 "일찍 왔네?" 하고 대답했다. 시선은 여전히 TV 쪽에 고정한 채. 나는 가방을 현관 앞에 놔두고 마사야를 향해 똑바로 걸어갔다. 좀 떨어진 곳에서 무릎을 꿇고 정좌했다.

"코다이라 씨." 내가 정말 오랜만에 그의 성을 부르자, 마사야도 다소 뭔가를 느꼈는지 이쪽을 돌아보면서 "왜? 왜 갑자기 격식을 차려?" 하고 고개를 갸우뚱했다.

"할 말이 있어."

"그래?"

내가 말을 꺼내자, 마사야는 근처에 있던 리모컨으로 TV를 껐다. 그리고 이불에 기댔던 상반신을 떼더니 등을 구부리면서 양반다리를 했다.

"뭔데?"

"난 이 집을 나갈 거야."

나는 집으로 돌아오는 길에 자전거 페달을 밟으면서 내내 머릿속에서 되풀이했던 대사를 제일 먼저 말했다. 망설이지 않도록. 곧장 말을 꺼냈다.

"그렇구나. 언제?"

마사야는 놀라지 않았다. 빠르게 대답했다. 그래서 내가 오히려 좀 놀랐다.

"나 대입 시험을 볼 거야. 그래서 대학교에 갈 거야. 어디에 응시해서 어디서 살지는 지금부터 생각해봐야 하지만, 아무튼 이 집에서는 나갈 거야."

"그래. 나가라, 나가."

마사야는 단 한 순간도 주저하지 않고 그렇게 말했다. 손을 펴고 손가락을 아래로 내려서 휙휙 흔들었다. 훠이, 훠이! 하고 쫓아내는 동작이었다.

그런 마사야의 태도에 나는 몹시 슬퍼졌다.

내가 왜 슬퍼하는지 스스로도 알 수 없었다.

"나는 성적이 좋으니까. 아마 학비 문제는 장학금이나 수업료 면제 같은 걸로 어떻게든 될 거야. 기숙사에 들어가면 생활비 문제도 그럭저럭 해결될 테고. 돈이 부족하면 아르바이트를 할 거야. 마사야…… 코다이라 씨, 당신에게는 폐 끼치지 않을 테니까……."

"아~ 돈. 그래, 돈 말이지?"

내가 뭔가에 대해 계속해서 해명하자, 그런 것은 전혀 신경 쓰지 않는다는 듯이 마사야가 쓱 일어나더니 고양이처럼 가볍게 부엌으로 걸어갔다. 그 모습이 문에 가려져 보이지 않게 되었다. 나는 마사야의 그 매끄러운 움직임을 눈으로 좇았다. 마사야는 행색은 초라한데도 가끔 이렇게 우아하게 움직이곤 했다.

부엌에서 부스럭부스럭 뭔가를 하던 마사야는 금방 방으로 돌아왔다. "자, 받아" 하고 내 옆을 지나쳐 가면서 내 무릎 위에 뭔가를 툭 던졌다. 그리고 아까 그 자리에 다시 앉았다. 이불에 등을 대고 TV 전원을 켰다. 이야기는 다 끝났다는 것처럼.

마사야가 나에게 던져준 것은 내 명의의 예금통장이었다. 나는 이런 거 만든 적 없는데. 상당히 오래되어 보이는 통장이었다. 지난 5년 사이에 만들어지진 않은 것 같다. 그 전에 어머니가 만든 걸까.

"이게 뭐야……?"

"보면 알잖아. 세리카, 네 돈이야. 그걸로 충분할지는 모르겠는데, 그래도 없는 것보다는 낫겠지. 부족한 돈은 스스로 아르바이트를 하든가 해서 열심히 마련해봐."

통장을 펼쳐보니 최종 금액은 100만 엔 이상이었다. 거금이었다. 적어도 우리들처럼 무지무지 가난하게 살고 있는 사람한테는.

"어? 저기, 그런데, 이게 무슨 돈이야?"

내가 그렇게 물어봐도 마사야는 TV만 보면서 아무 말도 하지 않았다. 그러나 나도 지지 않고 꿇어앉은 채 마사야만 뚫어져라 쳐다보고 있었다. 그러자 마사야가 이윽고 체념했는지 고개를 설레설레 흔들더니, 귀찮다는 듯이 조그만 목소리로 설명하기 시작했다.

　"네 어머니가 사라졌을 때에는 나도 난감했어. 돈도 직업도 없는데 어린애 하나만 덜렁 남았으니까. 일단 누구든 찾아가서 어떻게든 해 달라고 해야겠다 싶어서, 네 아버지를 찾아내서 직접 담판을 지으러 갔어. 사실 나가노의 밤거리는 좁은 세계라서 의외로 쉽게 찾을 수 있었어. 세리카는 네 딸이니까 네가 데려가라. 그렇게 말했었어."

　"뭐?"

　마사야가 그랬다는 사실을 난 지금 처음 알았다. 그런 적극적인 행동과는 거리가 먼 남자다. 만사 귀찮아하면서 빈둥거리기만 하는 남자다. 나는 마사야를 그런 식으로 생각했었다.

　"그랬더니 그놈이 그랬어. 너한테 줄게~라고. 그 표정이 진짜 별로였어. 진짜 별로인 남자였어. 그래서 내가 머리끝까지 화가 났거든. 너 같은 놈이 있으니까 내가~ 하고, 뭐 그런 이상한 기분이 들더라. 실은 아무 상관이 없는데도 나의 불행도, 내 인생이 잘 풀리지 않는 것도 전부 그놈 탓인 것 같더라고. 난 너 같은 놈한테는 절대로 지지 않아! 하고 생각했어. 그래서 결심했지. 그럼 이 아이는 내가 맡을게. 내가 맡아서, 너 같은 놈보다 훨씬 더 바르게 잘 키울 거야! 하고."

마사야가 거기서 한번 말을 끊었다. 다시 TV를 쳐다봤다.

"사실 잘 키우겠다고 말해봤자, 뭘 어떻게 하는 게 잘 키우는 건지는 몰랐지만. 아무튼 세리카는 공부를 좋아한다고 했잖아. 그러니까 일단 세리카가 공부하고 싶어 하는 것을 공부할 수 있게 해주면 되겠지? 하고 생각했어."

오래된 통장은 단순히 오래됐을 뿐이지 5년 전까지는 거의 한 푼도 안 들어와 있었다. 그러나 5년 전부터는 매달 조금씩 돈이 입금됐다. 마사야가 저금을 해준 걸까.

"상식적으로 생각을 해봐. 나도 공장노동자긴 해도 이렇게 죽어라 일하고 있잖아? 진짜로 찢어지게 가난하진 않다고. 돈을 모았던 거야. 세리카, 네가 대학에 가고 싶다고 하면 보내주려고. 음, 하지만 열심히 머리를 굴려서 생활비를 절약해준 사람은 너였으니까. 그런 의미에서 이건 처음부터 네 돈이었던 거야. 그러니 가져가. 그 돈 가지고 나가."

마사야는 또다시 그런 식으로 나를 매몰차게 쫓아내는 것처럼 말했다.

"나는 네 아버지가 되고 싶었어. 정식으로 아버지가 되고 싶었지. 하지만 안 돼. 넌 점점 예쁜 여자가 되어가고 있는걸. 역시 부모자식도 아닌 사람들끼리 이대로 같이 살면 안 되는 거야. 틀림없이 언젠가는 큰일이 날 거야. 그러니까 그 전에 네가 떠나도록 해. 지금이라면 아직 아슬아슬하게 늦긴 않았을 거야. 그렇지? 미련 없이 헤어져서, 그다음부터는 서로 모르는 척하고 살면 되잖아. 내가 본격적으로 망가져 버리기 전에 네가 대학에 들어가 집을 떠나 준다면, 내 역할은 이제 끝나는 거야. 100점 만점까지는 아니어도 합격점 정도는 받을 수 있지 않을까."

"정말…… 고마워요……."

나는 더 이상 참지 못하고 고개를 푹 숙였다. 무릎 꿇고 앉아서 통장을 꼭 끌어안은 채. 내 이마가 얄팍해진 다다미 바닥에 닿았다. 나도 모르게 큰절을 하게 되었는데, 나는 그 상태로 좀처럼 고개를 들지 못했다.

"공부 많이 하고 훌륭한 사람이 되어야 해. 세리카. 네가 훌륭한 어른이 되어준다면, 나도 좀 고집을 부린 보람이 있을 거야."

아, 난 정말로 이 사람을 여기 두고 떠나는구나. 나는 그렇게 생각했다. 시작한 이야기가 깔끔하게 끝났다. 아무런 저항도 없이, 나는 이 집을 떠나게 되어버렸다. 그 방아쇠를 당긴 사람은 나였다. 그런데도 나는 너무나 슬펐다. 슬퍼서 울었다.

나는 남의 마음을 잘 눈치채지 못한다. 그래서 누군가가 선의를 가지고 내민 손도 나는 스스로 거절해버린다. 그뿐만 아니라 나 자신의 감정을 눈치채는 것도 정말로 잘 못한다. 그래서 스스로 버려놓고선 방금 내가 버린 것이 무엇이었는지 비로소 깨닫고, 그것이 소중한 것이었음을 뒤늦게 알고서 슬퍼하는 것이다.

오랫동안 같이 있으면 자동적으로 정이 생긴다느니, 눈앞에서 점점 쇠약해져 가는 모습을 보면 동정심을 느낄 수밖에 없다느니, 얹혀사는 것에 대한 죄책감을 느낀다느니. 그런 식으로 나는 나 자신에게 이런저런 이유를 제시하여 적당히 얼버무리면서 스스로 나 자신까지 속였고, 그렇게 눈치채지 못하는 척하다가 정말로 잊어버렸지만.

사실 아주 오래전부터 나는 이렇게나 마사야를 좋아했는데.

연민도 동정도 죄책감도 아니라 내가 마사야를 순수하게 좋아했을 뿐인데. 음식을 만들고 그를 재워준 것도 단지 그가 좋아서 그렇게 해주고 싶었던 것인데.

이것은 틀림없이 나의 첫사랑이었을 텐데.

좋아한다는 사실조차 눈치채지 못한 채 버리려고 하다니. 그런데 또 눈치채봤자 그것은 버릴 수밖에 없는 것이어서. 의지력으로 감정을 버려야만 했을 것이다.

나는 마사야를 여기 두고 떠날 것이다. 버리고 갈 것이다. 이대로 여기서 둘이 함께 망가져 갈 수는 없으니까. 바보 왕국 속으로 가라앉아버릴 수는 없으니까.

이 감정은 입 밖에 내면 안 된다. 아무에게도 들키지 않은 채 버리고, 묻고, 완전히 없애버려야 한다.

지금이라면 아직은 괜찮으니까. 마사야를 '순수한 선의로 나를 길러준 선량한 어른'으로 대할 수 있으니까. 그리고 나도 아직은 아슬아슬하게 마사야의 딸로 지낼 수 있으니까. 나는 쭉 마사야의 딸로서 살 것이다. 내가 마사야의 의지를 짓밟을 수는 없으니까.

"배고프다." 마사야가 그렇게 말했다. 그러나 나는 여전히 다다미 위에 웅크린 채 꼼짝도 하지 못했다. 조금이라도 움직였다간 어딘가에서 주르르 흘러나올 것만 같아서. 뭔가 다 지나갈 때까지 기다릴 수밖에 없었다. 뚝뚝 떨어지는 눈물이 다다미 위에 어두운 얼룩을 만들어냈다.

해가 저문다.

점점 어두워지는 방 안에서 오로지 TV만이 메마른 소리를 내고 있었다.

에필로그

봄, 꽃뿐이라
Epilogue

2017/3/30 2즈 카이

아침 공기에 조금 촉촉한 기운이 섞이기 시작해서 아아, 겨울이 끝났구나 하는 생각이 들었지만, 툇마루의 알루미늄 새시를 살며시 열고 밖으로 나오면 피부를 찌르는 공기는 변함없이 차갑고 딱딱했다. 어쩌면 아직은 눈이 내릴지도 모른다.

겨우내 비현실적일 정도로 선명하게 하늘을 옆으로 쫙 갈라놓았던 산의 능선이 점점 부드럽게 흐려지면서 애매모호하게 변했다. 익숙한 이 광경도 오늘부터 한동안은 못본다고 생각하니 어쩐지 특별하게 느껴졌다.

오늘 나는 18년 동안 살아온 아즈미노 마을을 떠나 상경한다.

합격 발표가 나고, 정말 길고도 괴로웠던 수험 공부에서도 드디어 해방됐다. 그때부터 지금까지 한없이 편안하고 즐거운 나날을 보내다가 정신 차려 보니 어느새 오늘 이날이 왔다.

앞으로 몇 시간 후에는 나는 이 집을 떠난다. 그 사실을 알고는 있었지만 어쩐지 남의 일처럼 느끼고 있었다. 아직도 실감이 나지 않았다. 그것이 벌써 코앞까지 닥쳐왔는데도, 혼자 도쿄에 살면서 대학교에 다닌다는 것이 구체적으로 어떤 일인지. 나로선 그 생활을 도저히 상상할 수 없었다.

가볍게 제자리걸음을 하면서 양손을 모아 입에 대고 따뜻해지라고 호호 불고 있는데, 등 뒤에서 섀시가 드르륵 열리는 소리가 나더니 어머니도 정원으로 나오셨다.

"잘 잤니? 카이. 거기서 뭐 해?" 그렇게 묻는 어머니에게 나는 "산을 보고 있었어"라고 대답했다.

"그랬구나. 저 조넨 씨*도 이제 한동안은 못 보겠네." 그러더니 어머니는 산을 향해 서서 가만히 두 손을 모았다. 나도 어머니처럼 산을 향해 손을 모아 합장했다. 누구에게 무슨 소원을 비는 것인지는 몰라도, 산에는 뭔가가 존재한다. 이 동네에서는 그랬다. 그 뭔가는 인간보다는 위대하지만 신보다는 좀 더 친근감 있는 존재였다.

"자, 아침밥 먹으러 갈까?" 하고 어머니는 집 안으로 돌아갔다. 나는 그 뒷모습을 향해 "저기, 잠깐 산책 좀 하고 올게"라고 말했다. 크록스 샌들을 신은 채 걸어 나갔다.

농업용수 옆길을 지나 북쪽으로 걸어갔다. 중학교 시절의 통학로. 오리 두 마리가 차가워 보이는 물의 표면에 떠 있었다. 열심히 발을 움직이고 있지만, 물의 흐름 때문에 좌표만 보면 똑같은 위치에 머물러 있었다. 오리의 표정은 늘 진지하다. 아마 본인(본조?)은 진지하게 노력하고 있는 걸 테지만, 이렇게 옆에서 보기에는 그 모습이 우습고도

* 조넨다케. 나가노 현 조넨 산맥의 주봉

귀여웠다.

우리의 고교생활도 이런 식이었을지도 모른다. 당사자는 필사적으로 흐름에 저항하여 발버둥 치면서 계속 달려왔다고 생각하지만, 좌표만 보면 내내 한곳에 머물러 있었던 걸지도 모른다. 옆에서 보기에는 그게 틀림없이 우스꽝스럽고도 사랑스럽지 않았을까.

이 추운 날 반팔 티셔츠와 반바지를 입고 달리기하는 남자가 내 옆을 스쳐 지나갔다. 건강을 위한 조깅이라기엔 속도가 너무 빨랐다. 저렇게 빨리 뛰면 오히려 건강에 안 좋지 않나? 스쳐 지나가고 나서 어라? 하고 뒤를 돌아봤다.

그 남자도 멈춰 서서 이쪽을 보고 있었다.

아. 스와였다. 눈도 코도 입도 얼굴선도 따로따로 보면 내가 잘 알고 있는, 알고 있었던 스와 그 자체였는데, 어째서인지 전체적인 인상이 완전히 달라져서 방금 스쳐 지나갈 때에는 순간적으로 스와란 것을 알아보지 못했다. 어깨가 넓어졌다. 키도 좀 더 커졌을지도 모른다.

"안녕? 고즈." 스와가 방긋 웃었다. 묘하게 애교 있는 그 미소만은 중학교 시절과 똑같았다. 스와가 중학생 때처럼 나를 보고 해맑게 웃어줘서 나는 무척 그리운 기분을 느꼈다.

"안녕? 스와." 나도 그렇게 인사하고 천천히 스와에게 다가갔다.

"못 알아볼 뻔했어. 너 많이 듬직해졌다?"

"그런가? 고즈, 넌 거의 안 변했네. 그런데 살이 좀 빠진 것 같아."

"수험 때문에 힘들었거든. 그래서 살이 빠졌나? 그래도 합격이 결정돼서 해방된 다음부터는 신나게 살이 찌기 시작했으니까 금방 원상 복구될지도 몰라."

그렇게 별것 아닌 평범한 잡담을 나눴는데, 자연스럽게 이런 일이 가능하다는 것이 기뻤다. 이래저래 시간이 많이 걸려버린 듯한 느낌이 들었지만. 뭐랄까, 이제는 그냥 평범했다. 평범하게 스와와 대화할 수 있었다. 그래서 기뻐야 할 텐데. 조금, 아주 조금 내 가슴에서 따끔하고 달콤한 아픔이 느껴지기도 했다.

시간의 흐름은 모든 것을 집어삼킨다. 좋은 것도, 나쁜 것도.

"도쿄대에 합격했다면서? 예전부터 굉장한 녀석이라고 생각하긴 했는데. 역시 고즈 넌 굉장해."

"스와, 너야말로 그…… 뭐였지? 어, 벨마크*가 아니라……"

내가 어떻게든 기억해내려고 머리를 쥐어짜고 있는데 스와는 "넌 여전히 축구에는 전혀 관심이 없구나?"라고 말했다. 하지만 웃고 있었다. 기막혀하는 걸지도 모른다.

---

* 일본의 벨마크 운동. 학생들이 상품의 벨마크 쿠폰을 모아 학교에 제출함으로써 학교 시설도 좀 더 좋아지고 기부도 하게 되는 시스템

스와는 벨마크? 비슷한 이름의 축구팀*과 계약해서 올봄부터 프로 축구 선수가 된다. 10대 중에서는 상당히 훌륭한 선수라서 다음 일본 대표 후보로도 거론될 정도라고 한다.

"신기하다. 겨우 몇 년 전에 내가 너한테 공부를 가르쳐 줬다는 게 믿어지지 않아."

"그러게. 고등학교 3년은 진짜 순식간에 지나가서 바로 얼마 전 일처럼 느껴지기도 하는데, 사실 이제는 잘 기억도 나지 않아. 이러다 또 순식간에 죽지 않을까?"

거기서 대화가 끊어지고 묘한 침묵이 흘렀다. 나는 이유 없이 산 쪽으로 시선을 돌렸다. 360도 어디를 봐도 산만 보였다.

"스와. 열심히 잘해봐."

"응. 축구에는 전혀 관심도 없는 너조차도 좋든 싫든 알게 될 정도로 나의 이름을 온 세상에 떨칠 거야. 그러니까, 어, 너도 어디선가 지켜봐 줘."

"응. 알았어. 응원할게."

"고즈, 너도 열심히 잘해봐. 나 간다. 잘 가."

"응. 잘 가."

그러더니 스와는 또다시 휭! 하고 엄청난 속도로 뛰어가 버렸다. 그 커다란 뒷모습은 뛰고 있어도 좌우로는 거의 흔들리지 않았다. 묵직하고 안정적이었다.

---

* 쇼난 벨마레

"안녕." 그렇게 중얼거린 나의 한마디는 누구의 귀에도 닿지 않고 차디찬 공기 속으로 녹아들어 사라져갔다.

안녕. 스와.

뜻밖에도 나의 이사 준비는 세리카가 도와줬다. 열차를 갈아타고 호타카까지 와준 세리카를 마중하러 역으로 갔더니, 세리카는 "우와~!! 진짜 아무것도 없네?! 완벽한 THE 시골 같아!!" 하고 이상하게 흥분한 것 같았다.

"오이토 선은 처음 타봤는데, 창밖의 풍경이 점점 애리조나처럼 변하더라? 정말로 이런 곳에 사람이 사는 거야? 하고 엄청나게 불안해졌어. 어휴~ 마쓰모토에서 살짝 벗어났을 뿐인데, 이런 동네가 요즘 시대에도 남아 있을 줄이야~!"

참으로 실례되는 말이었다. 나도 슬슬 화가 났다. 세리카의 엉덩이를 찰싹! 때렸다.

"악!! 아파!! 카이야, 뭐 하는 짓이야?! 어? 너무해. 폭력은 안 돼요!! 아~ 정말 별로다. 폭력적이야. 옛날의 카이는 이런 짓을 하는 아이가 아니었는데."

그런 식으로 행동 양식 자체는 변함없이 세리카다웠지만, 처음 본 사복 차림의 세리카는 뭔가 달라 보였다. 스키니진과 검은색 무지 파커를 입은 단순한 옷차림. 그 단순함과 지나치게 예쁜 얼굴이 완벽하게 잘 어울려서 마치 성인 여성처럼 보였다.

세리카는 진짜로 여고생을 졸업해버린 것이다.

고등학교 졸업식은 3월 초였다. 국립대학 합격 발표보다 졸업식이 더 빠르기 때문에, 나를 비롯한 많은 사람들은 졸업식 시점에서도 아직 진로가 결정되지 않은 상태였다. 그래서 중학교 졸업식 때와는 분위기가 좀 달랐다. 즉, 감동적인 대단원의 느낌이 아니라 뭔가 예민한 분위기였던 것이다.

졸업을 했다기보다는 단순히 때가 됐으니 나가라! 하고 내쳐진 듯한 느낌이 들었다. 아직도 나는 내가 이미 고등학교를 졸업했다는 것조차 제대로 실감하지 못하고 있었다.

"세리카. 너 좀 멋있다." 내가 그렇게 말하자, 세리카는 청바지의 허벅지 부분을 손가락으로 슬쩍 꼬집어 당기면서 "이거 얼마인 것 같아?" 하고 즐겁게 웃으며 물어봤다.

"어~? 글쎄, 2000엔?"

"땡~! 정답은 798엔입니다~!"

"와, 싸다."

"그렇지? 세리카가 쇼핑을 참 잘하지? 아무리 그래도 대학교에 교복을 입고 다닐 수는 없으니까. 어떻게든 주어진 예산에 맞춰 무난한 아이템을 구비해야 할 텐데~ 하고 고민했는데, 옷도 신발도 내 생각보다 훨씬 싸더라고. 이거 봐, 이 신발도 산큐마트*에서 샀어."

---

* 390엔 잡화점

집으로 가는 도중에 역 앞 거리에서 보이는 호타카 신사의 거대한 기둥 문에 세리카가 큰 관심을 보였다. 그래서 잠깐 들르기로 했다.

"그러고 보니 난 신사를 참배한 적이 없어. 첫 참배야. 인생의 첫 참배."

"원래 신사 참배를 안 해?"

"응. 바보 왕국에는 그런 기특한 문화는 존재하지 않거든."

이왕 왔으니까 참배하고 가기로 했다. 그런데 둘 다 이미 대학에는 합격해서 특별히 빌 만한 소원도 없었다. 무슨 소원을 빌 거야? 하고 물어봤더니, 세리카는 "굳이 말하자면 '전액 장학금을 받을 수 있게 해주세요'겠지?"라고 대답했다.

"그거 아직 안 정해졌어?"

"신청은 했지만, 결과는 입학한 다음에나 통지가 오나봐. 그래도 성적은 아마 문제없을 테고, 그쪽에서 가정환경과 수입 문제도 고려해주는 것 같으니까. 아마 괜찮지 않을까? 하고 생각하긴 해."

세리카는 신대 경법학부(經法學部)에 합격해서 올봄부터 신대 기숙사에 들어가기로 했다. 도쿄로 떠나는 나하고는 이제 멀리 떨어져 살게 되었는데, 세리카의 태도는 영 담백해 보였다. 이별을 아쉬워하는 말조차 하지 않았다. 뭐, 세리카는 원래 그런 타입일 테지. 그렇게 생각하긴 하지만 그래도 왠지 슬펐다.

왜 경법학부를 선택했냐고 물어봤더니 세리카는 "인간이 흥미로워서"라고 대답했다.

"이 인간이란 것은 개인이 아니라 추상적인 인간의 시스템 전반이라고나 할까. 그러니까 심리학은 아니고. 굳이 따지자면 경제학 모델 같은 사고방식이야."

"아, 그런 계열?"

"그리고 취업률과, 나 자신의 성적과, 학비 및 지원 제도 같은 요소들을 다 고려하면 그게 제일 괜찮을 것 같아서. 신대 경법학부는 취업률도 좋거든."

의외로 착실하게 자신이 하고 싶은 일과, 그 후 어떻게 살아가느냐 하는 다양한 요소들까지도 잘 생각하고 있구나. 나는 감탄하고 말았다.

나도 "왜 농학부를 선택했어?"라고 누가 물어본다면 이유를 댈 수는 있었다. 하지만 벌써부터 대학 졸업 이후의 전망이 어떠냐고 물어본다면, 그건 전혀 상상도 못 할 것이다.

실은 당장 다음 달부터 시작될 대학생활조차도 상상을 못 하고 있으니까.

류키는 AO 입시*를 통해 일찌감치 도호쿠 대학 공학과 입학이 결정됐다. 류키도 봄부터는 센다이에서 혼자 자취

---

* 대학 측이 원하는 '학생상'을 기준으로 성적 외에도 다방면으로 수험생을 평가해서 합격을 결정하는 입시제도

하게 된다. 도쿄에 사는 나하고는 멀리 떨어지게 되는 것이다.

나는 그 사실을 일부러 생각하지 않으려고 했다.

생각해봤자 나만 슬퍼질 뿐이니까.

이제는 거의 등교도 하지 않게 된 크리스마스 직전. 류키가 "만나서 하고 싶은 이야기가 있어"라고 했기 때문에 나는 오랜만에 마쓰모토로 갔다.

전화기 너머의 류키의 분위기는 상당히 심각한 것 같았고, 수험 공부에 지쳐 살짝 노이로제에 걸려 있었던 나는 그 시점에서 이미 "아~ 이거, 분명히 헤어지자고 하려는 거다~" 하고 굳게 믿어버렸으므로 열차 안에서 몹시 우울해했다. 그 무렵에 나는 언제나 묘하게 예민하고 신경질적인 상태였다. 그래서 무조건적으로 다정한 류키에게 어리광을 부리면서 이유도 없이 화풀이를 하기도 했다. 그야 뭐, 수험이 힘든 건 사실이지만, 당연히 류키도 나와 같은 수험생이었으니까 서로 의지하고 위로해주면 좋았을 텐데. 일방적으로 내 감정을 그쪽에다 푸는 것은 최악의 행위였다. 아, 그래~ 그렇지~ 이런 짓만 했으니 보통은 헤어지고 싶어지는 게 당연하잖아~ 하고 나는 이제 와서 나 자신의 행동을 반성했다. 열차 안에서 몇 번이나 그냥 이대로 집에 갈까? 하는 생각을 떠올리곤 했지만, 그래도 역시 헤어지든지 말든지 간에 더 이상 애매하고 어중간한 상태가 되고 싶진 않아서 용기를 내어 그를 만나러 갔다.

그래서 "실은⋯⋯" 하고 당장이라도 울 것 같은 비장한 얼굴로 류키가 입을 열더니 "AO 입시로 도호쿠 대학에 합격했어"라고 말했을 때에는, 나는 순간적으로 뭘 어떻게 반응하면 좋을지 알 수가 없었다.

왜냐하면. 틀림없이 뭔가 안 좋은 이야기일 거라고 생각했으니까.

보통은 그렇게 생각하지 않아? 그런 심각한 태도로 "하고 싶은 이야기가 있어"라고 하면.

3초 후.

"추⋯⋯ 축하해~~~~~~~!!" 하고 나는 울면서 대답했다.

류키가 대학에 합격해서 기쁜 마음과, 헤어지자는 이야기가 아니어서 다행이라는 안도감이 한꺼번에 쾅! 하고 폭발한 것이다. 그래서 몹시 흥분한 나는 "어, 뭐야? 해냈네?! 굉장해!! 합격이라고?! 국공립이잖아!! 와, 해냈다~ 굉장해~!! 축하해~~!!"라고 신나게 떠들면서도 어째서인지 그와 동시에 눈물도 펑펑 쏟아내고 말았다.

짝짝짝 박수 치는 나에게 류키는 무슨 말을 하려고 했지만, 곧 그 말을 삼켜버린 것처럼 웃으면서 그저 "응, 고마워"라는 말만 했다.

"뭐야~⋯⋯ 그럼 류키, 넌 벌써 수험 전쟁을 끝낸 거야? 좋겠다~ 부러워." 나는 진심으로 그렇게 말했다. 그때 나는 아직 사립대학 입시도 끝내지 못한 상태였으므로.

"카이, 너의 수험이 끝날 때까지는 한동안 별로 놀지도 못할 것 같네." 그날 이야기는 그런 식으로 끝나버렸다.

그런데 내가 지망하는 대학은 대부분 도쿄에 집중되어 있어서 아직 입시 결과가 어찌 될지는 몰라도 아마 류키와는 멀리 떨어지게 될 가능성이 높았다. 나는 집으로 가는 열차 안에서 그 사실을 뒤늦게 깨달았다.

아, 그래서 류키가 맨 처음에 그렇게 심각한 표정을 짓고 있었던 거구나.

결국 본론은 헤어지자는 이야기였던 것이다.

그런데 내가 "잘됐다~!" 하고 신나게 떠들어대는 바람에 더 이상 진지하게 이야기할 만한 분위기가 아니게 되었다. 게다가 나는 아직 수험이 끝나지도 않았으므로 나의 상상력으로는 대학 입시에 성공하느냐 마느냐 하는 것밖에는 생각할 수 없었다. 그 이후의 예정은 그야말로 딴 나라 이야기 같았다. 그런 미래를 생각하는 것은 아예 불가능했다.

"뭐야, 그럼 카이 너도 도호쿠 대학에 지원하면 되잖아? 너라면 틀림없이 합격할걸?" 세리카가 그런 말을 했다. 세리카의 그 말을 듣기 전까지는 스스로 그런 생각을 전혀 안 해봤다는 사실을 깨닫고, 나는 또다시 충격을 받았다.

나는 도쿄의 대학교에 가겠다는 의욕이 넘치고 있었다. 그런 자신의 목표를 포기하면서까지 류키와 같이 있기 위해서 도호쿠 대학에 지원할 생각은 하지 않았다. 그런 아이디어를 떠올리지도 못했다.

어쩌면 류키에 대한 내 감정은 겨우 그 정도일지도 모른다는 생각이 들었다. 그런 거겠지 하고 냉정하게 생각하는 나의 자아도 분명히 존재했다.

왜냐하면 나는 류키를 좋아하지만, 그런 일시적인 감정 때문에 앞으로의 내 인생까지 크게 좌우하게 될 결단을 바꾼다는 것은 결코 쉬운 일이 아닌걸.

그건 어쩔 수 없는 거잖아.

우리는 각자 나아갈 노선을 선택해서 거기 올라타는 데 성공했으므로 이제 봄이 되면 헤어질 것이다. 그것은 슬픈 일일지도 모르지만, 또 한편으로는 새 출발이기도 하니까 멋지고 기쁜 일이다. 그러니까 웃는 얼굴로 앞을 똑바로 보고 기꺼이 보내주는 것이 올바른 태도가 아닐까.

그 후에도 '봄 이후에는 어떻게 할까' 하고 류키와 이야기해볼 기회는 없었다. 아니, 실은 류키와 이야기할 기회 자체가 거의 없었다. 그저 아침에 일어나거나 밤에 잠자기 전에 안녕? 하고 서로 메신저 이모티콘만 교환하면서 하루하루를 보냈다.

우리의 이별에 관한 이야기는 수험이 끝난 지금도 여전히 봄의 저편으로 미뤄져 있었다.

기막힐 정도로 야무진 세리카 덕분에 나는 순식간에 이

삿짐을 다 쌀 수 있었다. 심지어 세리카가 지치지도 않고 "정신 차려! 아름다운 사람은 떠난 자리도 아름답다고 하 잖아!!"라면서 희한한 의욕을 불태우는 바람에 우리는 뜬 금없이 내 방 대청소까지 하게 되었다.

내가 도쿄로 가져가지 않는 옷을 전부 정리해서 의류 수 납함에 집어넣고 있는데 옆에서 "와, 좋은 거 찾았다!"란 소리가 났다. 그쪽을 돌아보니 세리카가 나의 중학교 졸업 앨범을 펼쳐놓고 있었다.

"앗, 보지 마~"라고 하면서도 나도 세리카 옆에서 졸업 앨범을 들여다봤다.

"아, 스와다. 오~ 어린애 같은데? 고1 때 이랬던가~?"

"응. 중학교 때에는 스와는 통통하고 귀여웠어."

"와, 카이도 찾았다~! 아~ 귀여워. 순박한 시골 소녀 그 자체잖아? 하하, 맞아. 그리고 보니 고1 입학식 직후에는 이런 느낌이었지~."

"어, 뭐야~ 진짜야? 봄방학 때 멋진 고교생으로 변신하 려고 열심히 준비했었는데."

"으음~ 글쎄. 헤어스타일은 확실히 이 사진보다는 좀 더 트렌디했지만, 그것을 전혀 자기 것으로 소화하지 못했 다고나 할까. 본질은 여전히 순박한 시골 소녀 같았어."

"헉, 진짜?" 객관적으로 보면 내가 그런 이미지였구나. 우와, 부끄럽다.

중학교 졸업 앨범 속의 나는 도대체 뭐가 그렇게 불안했는지 눈빛도 불안정하고 신경질적인 느낌이 들었다. 그러고 보니 난 이랬을지도 몰라. 마치 남을 대하듯이 스스로도 그렇게 생각했다. 이 시절에 비하면 나도 많이 어른이 된 것 같았다. 한마디로 신경이 굵어졌다고 말해도 될지도 모르고. 어쩌면 어른이 된다는 것은, 단순히 신경이 점점 굵어져서 둔감해진다는 것일지도 모른다.

문득 시선이 느껴져서 옆으로 고개를 돌렸더니 세리카가 묘하게 따뜻한 표정으로 내 얼굴을 가만히 쳐다보고 있었다. 뭐야? 이번에는 또 뭘 꾸미고 있는 거야? 하고 나는 은근히 경계했다.

"카이. 너 아름다워졌구나." 세리카가 말했다. 아름답게 웃으면서.

"무슨 소리야~" 하고 나도 웃었다. 아름다운 웃음이면 좋겠다고 생각하면서.

"도쿄에 가면 너는 한층 더 아름다워질 거야. 틀림없이."

"그런가……? 그러면 좋겠는데. 으음, 정말 그럴까?"

그것조차도 나로선 잘 알 수가 없었다. 앞으로 며칠 후에는 모든 것이 변해버린다. 우리가 필사적으로 겪어온 고등학교 3년이 전부 끝나서 과거가 되어버린다. 나는 그것이 몹시 불안했다. 앞으로 펼쳐질 시간을, 봄 이후의 나 자신의 밝은 미래를 상상할 수가 없었다.

"있잖아. 얼마 전에 꿈을 꿨어." 세리카가 말했다.

"아직 고등학교 1학년이었고. 방과 후 교실에는 사람이

거의 없어서 나와 카이가 단둘이 남아 있었어. 여름이 끝날 무렵이었나? 열린 창문으로 불어 들어오는 바람이 기분 좋게 느껴졌어. 어중간하게 쳐진 커튼이 펄럭이면서 저녁 햇살이 깜빡깜빡 빛나고 있었어. 카이는 세계사 내용을 정리해서 바인더 노트에 적는 중이었고. 그 고개 숙인 얼굴의 명암 대비라든가, 수많은 컬러 펜을 계속해서 바꿔 드는 손가락이라든가. 그런 사소한 요소들까지 매우 선명하게 보였어. 사실 그 당시에는 아무 생각도 없었고 특별히 인상적인 장면도 아니었는데. 평범한 일상의 한 장면에 불과했었는데. 꿈속에서 보니까 그런 자잘한 요소들이 정말로 아름답고 반짝반짝 빛나 보이더라."

그러고 보니 그런 장면도 있었을지도 모른다. 설명을 들어도 나는 선명하게 떠올리진 못했지만. 이미 그런 온갖 것들은 완전히 '과거'라는 폴더 안에 들어가서, 직접 건드리지 못하는 곳에 소중히 보관되어 있었다.

"그 당시에는 나도 너도 서로 굉장히 서먹서먹했었어. 서로에게 전혀 마음을 열지 못했는데도 표면적으로는 친구인 척했었지. 마치 '주변 사람들이 우리를 친구라고 인식해준다면 그것이 바로 친구의 요건이다'라고 생각하는 것처럼. 그런데 참 신기해. 친구인 척하다 보면 정말로 친구가 되기도 하는구나."

"우리는 친구가 되는 데 시간이 너무 오래 걸렸어." 내가 그렇게 말하자, 세리카가 "맞아"라고 대꾸하면서 어깨를 으쓱했다.

"아마도 또 몇 년 후에는 불현듯 오늘 이 일이 꿈속에 나올지도 모르지~라는 생각이 들어. 지금은 아직 전혀 인상적이지 않지만, 틀림없이 그때는 모든 것이 아름답게 반짝반짝 빛나 보일 거야."

그럴까. 그것은 좋은 일일까. 나한테는 그것이 조금 슬픈 일처럼 여겨지기도 했다. 시간은 흘러가버리고 모든 것은 추억으로 변한다.

"카이야. 너도 꿈을 꿔봐."

"응?"

"지금 이 분위기. 도쿄로 가기 직전의 네 방에서. 짐도 다 쌌고, 다소 살풍경해진 풍경 속에서 방바닥에다 중학교 졸업 앨범을 펼쳐놓고 나와 대화하는 거야. 내 머리카락을 묶은 머리끈이라든가, 복사뼈까지 올라오는 양말의 무늬라든가, 조그만 밥상 위에 올려놓은 내열유리로 된 머그잔이라든가. 몇 년 후에 그런 자잘한 것들까지 선명하게 꿈속에 나와서 그리워하게 되는 거야. 알았지?"

그래서 카이, 네가 조금이라도 마음이 따뜻해진다면. 그렇다면 우리의 고교 시절도 틀림없이 뭔가 의미가 있었던 게 될 테니까.

"으응~? 뭐야, 그게? 잘 모르겠어."

"흠~? 아, 그래~. 모르는구나~."

과거를 아름다운 추억으로서 살며시 상자 속에 집어넣

어버리는 것이 어른이 된다는 걸까. 그런 이야기일까.

역시 나한테는 그것이 슬픈 것처럼 여겨졌다.

"합격했어~~~~~~~~~~!!!!"

합격 발표일. 팩스 통신문을 받자마자 나는 류키에게 전화를 걸어 보고했다. 류키도 "뭐? 진짜?! 도쿄대에도?! 진짜 굉장하다!! 카이야, 너 너무너무 굉장해!! 승률 100퍼센트잖아!!" 하고 함께 기뻐해 줬다. 그때는 그저 순수하게 기뻤었다.

"이제 겨우 놀 수 있겠다!" 류키는 신나는 목소리로 말했다. 나도 "응, 오늘 당장 만나서 놀자!!" 하고 대답했다. 언제 어디서 만날지 정하려고 했더니, 류키가 "아, 아냐. 내가 데리러 갈 테니까 그냥 집에 있어"라고 했다. 데리러 온다고? 무슨 소리지? 하고 의아하게 여기면서도 일단 시키는 대로 집에서 기다리고 있었다. 얼마 후 달캉달캉 하면서 아담한 경자동차를 탄 류키가 등장했다.

"일찌감치 대학교도 정해졌으니까. 심심해서 운전면허 학원에 다녔어. 자, 어서 타."

"뭐? 타라고? 여기에?"

"어? 안 탈 거야? 이거 봐, 의자는 있잖아."

류키의 경자동차는 기막히게 발랄한 노란색이었다. 류키와는 전혀 어울리지도 않았거니와, 그 커다란 몸이 핸들과 의자 등받이와 천장 사이에 꾸깃꾸깃 들어가 있는 모습이 무척 갑갑해 보였다. 천장에 머리가 닿기 일보 직전이었다. 나는 무심코 쓴웃음을 지었다.

"이게 깜짝 놀랄 만큼 쌌거든."

"응. 깜짝 놀랄 만큼 싸 보이긴 해."

"와하하! 에이, 그래도 타이어는 네 개 다 제대로 붙어 있고, 앞으로도 굴러가고 옆으로도 돌아가고 멈추기도 잘해."

류키가 사이드브레이크를 내리고 기어를 바꿨다. 덜컥덜컥 노란색 경자동차가 움직이기 시작했다. 류키의 운전 실력은 아직 미숙했지만 생각보다는 훨씬 더 신중하고 세심해서, 처음에는 가슴이 좀 두근두근했던(안 좋은 의미) 나도 곧 적응하여 즐기게 되었다.

"와. 그래, 우리가 벌써 열여덟 살이구나. 자동차 운전면허도 딸 수 있는 거였어."

내가 감동한 것처럼 중얼거리자, 류키는 "맞아. 이제는 진짜로 가겠다고 마음만 먹으면, 거의 제약 없이 어디든지 갈 수 있는 거야. 굉장하지?"라고 말하면서 웃었다.

샐러드 가도*에서 꺾어서 서쪽으로 향했다. 겨우내 제설되어 갓길에 쌓여 있던 눈 더미도 깨끗이 녹아 사라져버렸다. 헐벗은 논밭 곳곳에서는 두렁을 태우는 연기가 뭉게뭉게 피어나고 있었다.

"굉장하다. 정말로 아무것도 없네. 가도 가도 논밭밖에

---

* 마쓰모토 지역 서부에 있는 관광도로

안 나와."

"그러게. 뭐, 아무튼. 어디로 갈까?"

"돈도 별로 없는데."

"평소에도 그렇잖아? 목적도 없이 어슬렁어슬렁 돌아다니는 게 우리의 특기지."

오랜만에 만난 류키는 마치 어제 만난 것처럼 편하고 친근했다. 크게 안심이 되었다. 나는 아무런 고민 없이 순수하게 즐겁다고 생각했다.

류키가 운전하는 아담한 노란색 탈탈이 경자동차는 자유롭게 우리를 다양한 곳으로 데려다주었다. 우리는 무로야마의 아그리파크*에서 아즈미노 평야 전체를 내려다보기도 했고, 팔면대왕(八面大王)의 족욕탕에 발을 담근 채 편의점에서 사 온 아이스크림을 먹기도 했다.

"이러는 거, 좋다. 아즈미노도 의외로 재미있는 곳이네."

"여기 말고도 또 이것저것 많이 있어. 대왕 와사비 농장도 있고, 알프스 공원도 있고."

"그렇구나. 도쿄로 떠나기 전에 다 돌아보기는 어렵겠네."

아즈미노에는 아무것도 없다고 생각했었다. 나는 아무것도 없는 이 동네가 왠지 모르게 싫어서, 특별한 뭔가를 원하면서 막연하게 도시를 동경했었다. 고등학교 때 마쓰모토 시로 나가게 되었지만, 마쓰모토에도 내가 원하던 그

---

* 구릉지에 조성된 공원

뭔가는 없었던 것 같다. 아니, 틀림없이 이곳을 아무것도 없는 동네로 만들어버린 것은 나 자신의 인식일 것이다.

뭔가 없을까? 뭐 재미있는 게 없을까? 그렇게 어미 새가 먹이를 가져다주기를 기다리기만 하는 아기 새처럼 입만 벌리고 뭔가를 기다려봤자, 사실 그런 것은 어디에도 없는 것이다. 아마 도쿄에 가 봐도 나는 또다시 뭔가 없을까? 하고 그저 기다리기만 하는 시시한 생활을 하게 될 것이다. 그런 느낌이 들었다.

내가 그렇게 우물쭈물하는 사이에 류키는 넉살 좋게도 센다이라는 도시를 마음껏 즐기고 다닐 테지. 특이한 노란색 경자동차를 타고.

나는 류키의 그런 넉살 좋은 성격을 정말로.

좋아해서.

좀 더 같이 있고 싶었다. 내가 미처 눈치채지 못하고 흘려보냈던 뭔가를 좀 더 나에게 보여주기를 바랐다. 이렇게 즐거운 일이 있어~ 하고 나에게 가르쳐주기를 바랐다.

그러나 이제 와서 그런 생각을 해봤자 소용없다. 이미 너무 늦었다. 내가 도쿄로 떠나는 날은 벌써 코앞까지 다가와 있었다.

아침 식사를 마치고 출발했다. 아버지가 출근길에 자동차로 나를 호타카 역까지 태워다주기로 했다.

어머니가 나를 배웅하러 나왔지만 시간적 여유가 별로

없어서 허둥거리다 보니 헤어짐이 별로 감동적이진 않았다. "조심해서 잘 가"라고 말하는 어머니는 그다지 슬퍼 보이지도 않았고 기뻐 보이지도 않았다. 더없이 평범해서 평소와 똑같았다.

역 앞에 도착해 차에서 내릴 때에도 별것 없었다. 혼잡한 아침 시간대에 교차로에서 오래 꾸물거릴 수도 없어서 "뭐 잊어버린 건 없어?" "응, 없어" "그래? 그럼 잘 가. 건강하게 잘 지내라"라는 식으로 헤어졌다. 아버지의 자동차는 눈 깜짝할 사이에 사라져버렸다.

도대체 뭘까? 딸이 집을 떠난다는 것은 의외로 이런 건가?

고등학교에 다닐 때 날마다 이용했던 열차를 타고 마쓰모토 역으로 갔다. 학교는 봄방학 기간일 테지만 사사고 교복을 입은 아이들도 몇 명 눈에 띄었다. 바로 얼마 전까지만 해도 나도 같은 교복을 입고 같은 열차에 탔었는데. 현역 사사고 학생들은 이미 다른 세계에 사는 아이들 같았다. 멀고도 그리운 느낌이 들었다.

나카가야 역 플랫폼의 벚꽃은 아직 단단해 보이는 꽃봉오리만 매달고 있었다. 꽃이 피려면 시간이 좀 더 걸릴 듯했다. 나는 3년 동안 매일같이 이 열차를 탔으면서도 제대로 볼 생각조차 하지 않았던 차창 밖의 풍경을 이제 와서 눈동자 속에 새겨 넣으려고 했다. 마치 시험 직전에 허둥지둥 교과서를 펼치는 학생처럼.

마쓰모토 역에 도착해 6번 플랫폼에 내렸다. 류키 군이 먼저 와서 벤치에서 기다리고 있었다.

"안녕? 춥네." 류키가 재킷 주머니에 손을 집어넣은 채 말했다.

"봄은 이름뿐이라. 그렇지?" 하고 내가 대꾸했다.

"이른 뿌니라?"

"응? 아. 맞다. 너희 동네에서는 '조춘가'가 별로 유명한 노래가 아닐 수도 있겠구나. 봄이라는 것도 이름만 그렇고 아직은 날씨가 춥다는 뜻이야. 아즈미노 지방의 노래."

"아~ 그래? 그래서 '이른 뿌니라'가 뭔데?"

오늘이 마지막인데도 류키도 나도 평소와 완전히 똑같았다. 전혀 중요하지 않은 잡담만 나눴다. 피할 수 없는 이별의 기운이 공기처럼 주위에 꽉 차 있는데도, 나는 이 순간에 이르러서도 여전히 그것을 외면하고 있었다.

"신주쿠로 가는 특급 아즈사 열차지?"

"응. 그런데 아즈사 2호는 아니야. 슈퍼 아즈사 6호야."

일단 계단을 올라가 3번 플랫폼으로 넘어갔다.

열차가 도착할 때까지는 아직 시간이 있었다. 우리는 벤치에 나란히 앉았다.

열차를 기다리는 동안에 나는 문득 생각했다. 지금 류키가 손을 잡아주면 좋겠다고.

그러나 3월의 마쓰모토는 여전히 추웠다. 바람이 쌩쌩 부는 플랫폼에서 나와 류키는 둘 다 주머니 속에 양손을 집어넣은 채 몸을 움츠리고 있었다.

나는 류키에게 "손을 잡고 싶다"는 말조차 하지 못했다.

그러면 마치 이별을 아쉬워하는 것 같으니까.

그래. 안다. 이별을 아쉬워하는 것 같다느니 뭐니 할 상
황이 아니라, 정말로 오늘 이로써 우리가 이별하게 된다는
사실은 나도 알고 있었다. 그것을 알면서도 도저히 직시할
수 없었다. 그저 시간이, 상황이 모든 것을 휩쓸어 가버리
기를 기다리면서 그 흐름에 몸을 맡기려 하고 있었다.

나는 이번에도 스스로 결단을 내리지 못하고 있었다.

똑같았다. 스와에게 다가가지도 못하고, 정식으로 헤어
지자는 말을 꺼내지도 못한 채 그저 애매하게 상황에 휩쓸
려버렸던 그때 이후로 나는 한 발짝도 앞으로 나아가지 못
했다.

열차가 도착한다는 안내 방송이 나왔다.

나는 짐을 챙기면서 벤치에서 일어났다.

플랫폼에 열차가 도착했다. 바람 빠지는 소리가 나면서
차 문이 덜컹하고 열렸다.

우리는 둘이서 나란히 그쪽으로 걸어갔다. 문에서 세 발
짝 떨어진 곳에서 류키가 혼자 멈춰 섰다.

여기서부터 세 발짝. 나는 혼자 힘으로 나아가야만 한다.

그때 앞으로 옮기지 못했던 세 발짝을 마침내 옮길 때가
왔다. 나는 세 발짝 더 나아가서 이 사람과 헤어진다. 내
의지로, 내가 스스로 결정해서 이 사람 곁을 떠난다.

더 이상 어영부영 휩쓸려가기는 싫으니까.

세 발짝 더 나아가서 열차 문 안쪽에 도착하면, 뒤돌아보고 웃는 얼굴로 작별 인사를 건네자.

나는 거기서 한 발을 내디뎠다.

앞으로 두 발짝.

고마웠어. 그렇게 말하고 싶었다. 결국 둘 다 바빠서 실컷 놀지는 못했지만, 그래도 나는 류키와 함께 시간을 보낼 수 있어서 정말, 정말로 즐거웠고 기뻤다. 그 점에 대해 고맙다고 말하고 싶었다.

앞으로 한 발짝.

나는 머릿속에서 몇 번이나 반복하여 "고마워"란 대사를 떠올리면서 리허설을 했다. 턱을 당당하게 들고 허리를 곧게 펴고, 최대한 아름다운 미소를 지으며 "고마워"라고 말할 수 있도록. 몇 번이나 계속 반복했다.

내 발이 열차 문 안쪽으로 들어갔다.

나는 내 짐을 들여놓고 류키를 돌아봤다.

"어, 그럼. 잘 가." 변함없이 주머니 속에 손을 집어넣은 채 류키가 말했다.

"뭐? 그게 다야?"

일부러 농담하듯이 가볍게 말하려고 했는데. 어째서인지 마지막의 "야?"에서 목소리가 갈라지고 말았다. 류키가 몹시 곤란한 것처럼, 슬퍼하는 것처럼 묘한 표정을 지었다. 아, 어떡해. 울 것 같아. 나는 고개를 숙였다.

울고 싶지 않았다. 이게 마지막이니까. 가능하다면 웃는 얼굴로 아름답게 헤어지고 싶었다. 서로의 빛나는 새 출발을 웃으면서 축하하고 싶었다. 나는 애써 눈물을 삼키고 고개를 들었다.

허리를 펴. 턱을 들어. 최대한 아름다운 미소를 지어.

"고ㅁ…… 기?"?!

! ?! ?

"응? 기?"

고맙다고 말하려고 했다. 류키에게 고맙다는 말을 하려고 했고, 그것은 아름다운 작별 인사였고, 고ㅁ까지는 리허설 때와 마찬가지로 발음할 수 있었는데.

거기서 깜짝 놀라는 바람에 나의 계획은 한순간에 싹 날아가 버렸다.

류키의 등 뒤에 뭔가 이상한 것이 있었다.

번쩍번쩍한 금속 헬멧을 뒤집어쓴 사이보그 같은 물체. 얼굴 부분은 액정으로 되어 있었는데 거기서 깜빡거리는 붉은 글자로 영어 문장이 표시되고 있었다. 너무 놀라서 사고가 중단돼버린 나는 그 영어 문장을 눈으로 좇기만 했다.

"카이야, 왜 그래? 너 괜찮아?"

"기 마누엘 드 오맹 크리스토."

내가 그렇게 중얼거리자, 류키는 "어?" 하고 뒤를 돌아봤다.

그리고 태연하게 '아~' 하고 납득한 표정을 지었다. 류키한테도 보이나 보다.

저 번쩍번쩍한 이상한 존재는 아마도 기 마누엘 드 오맹 크리스토인 것 같았다. 이유는 잘 모르겠지만 마쓰모토 역 3번 플랫폼에서 번쩍번쩍한 기 마누엘 드 오맹 크리스토가 엄지를 치켜들고 멋진 포즈를 지으며 서 있었다. 그리고 그 얼굴 액정 부분에는 나에게 보내는 메시지가 표시되어 있었다. 나는 멍하니 그 메시지를 읽었다.

기 마누엘 드 오맹 크리스토는 나를 격려해주고 있었다. 내 등을 앞으로 밀어주고 있었다. 엉뚱한 결심을 하고 잘못된 방향으로 발을 내디디려고 하는 나를, 올바른 길로 인도해주려 하고 있었다.

"저기, 나는!!"

발차를 알리는 벨이 울렸다. 이제 몇 초밖에 남지 않았다.

나는 플랫폼에 울려 퍼지는 벨소리에 지지 않도록 큰 소리를 냈다. 생각보다 더 큰 목소리가 튀어나와서 류키가 깜짝 놀랐다.

기 마누엘 드 오맹 크리스토의 말이 맞았다. 지금 내가 해야 할 말은 아름다운 작별 인사가 아니었다. 쓸데없이 뭔가 멋지게 잘해내려고 할 필요가 없었다.

서툴러도 되니까, 안 되도 되니까, 어쩔 수도 없고 피치 못할 일이라 해도, 그런 것과는 상관없이 그저 진정한 내 마음을. 순수한 현재의 내 마음을.

"나는! 류키, 너와 함께 있고 싶어!! 머…… 머, 머릿!!"

서둘러야 하는데. 말이 잘 나오지 않았다. 마음과는 달리 흘러넘치는 눈물이, 오열이, 내 말을 막아버렸다. 이제 와서 내가 무슨 소원을 어떻게 빌어봤자, 이제 몇 초 후면 열차는 출발할 텐데. 내 발은 차 문 안쪽에 얌전히 들어와 있어서, 모든 것을 버리고 플랫폼으로 뛰쳐나갈 기미가 안 보였다. 나는 예정대로 도쿄로 갈 것이다. 하지만.

"멀리 떨어져 살게 되어도!! 그래도 나는!! 앞으로도 류키, 너와 함께 있으면!! 좋겠다고!! 생각해!!"

벨소리가 뚝 그쳤다.

덜컹하고 문이 닫히기 직전에. 류키가 내 눈을 똑바로 보고, 확신에 찬 목소리로 말했다.

"어떻게든 해볼게."

강렬한 눈동자. 전사같이 용맹한 얼굴이었다.

문이 닫혔다. 차량이 한 번 가볍게 흔들리더니 열차가 천천히 움직이기 시작했다.

유리창 너머에서 류키가 손을 흔들었다. 웃고 있었다. 그래서 나도 웃으려고 했다. 눈물은 멈추지 않았지만, 그래도 웃으면서 류키를 보고 고개를 끄덕거렸다.

어휴…… 어떻게든 해본다니, 그게 뭐야.

구체적인 점은 하나도 없었다. 뭘 어떻게 하겠다는 이야기도 아니었다.

나와 류키는 예정대로 센다이와 도쿄라는 무려 400킬로미터나 떨어진 곳에서 살게 되었고, 대학생활은 4년이나 된다. 상황은 전혀 변하지 않았다. 도저히 어쩔 수 없었다.

어떻게든 해본다니. 참 애매하고 현실성 없는 패기에 불과했다. 그러나 "어떻게든 해볼게"라는 류키의 그 한마디에 나는 '아, 그래. 어떻게든 되겠구나'라는 심정이 되었다.

눈물은 하염없이 아무런 저항도 받지 않고 내 눈에서 줄줄 흘러내렸지만, 그래도 내 입은 저절로 웃고 있었다.

플랫폼에서 손을 들고 있는 류키의 모습은 순식간에 멀어지더니 어느새 사라져버렸다.

류키와 함께 보낸 2년 남짓한 시간이 지금 이 순간 모조리 과거로 변해 상자 속으로 들어가 버렸다. 그러나 우리의 눈앞에는 무한한 가능성을 가진 '앞으로'가 기다리고 있었다.

이제부터 나의 대학 생활은 어떻게 될까. 나는 어떤 어른이 될까. 여전히 나로선 상상도 할 수가 없었다. 봄의 저편은 여기선 전혀 보이지 않았다.

그래도 '어떻게든 해볼 것'이다.

때로는 헤매기도 하고 망설이기도 할 테지만, 그래도 스스로 생각하고 자기 의지로 자신이 선택해서 앞으로 나아갈 것이다. 턱을 들고, 허리를 펴고, 가능한 한 똑바르게.

앞으로 몇 시간만 지나면 이 열차는 도쿄에 도착한다.

나의 새로운 생활이 시작된다.

계절은 봄.

도쿄에는 틀림없이 벚꽃이 흐드러지게 피어 있을 것이다.

6호선에
봄은 온다.
그리고 오늘,
너는 사라진다.

6BANSEN NI HARU WA KURU. SOSHITE KYO, KIMI WA INAKUNARU.
© Megumi Ohsawa, Morichika 2017
First published in Japan in 2017 by KADOKAWA CORPORATION, Tokyo.
Korean translation rights arranged with KADOKAWA CORPORATION, Tokyo.

6호선에 봄은 온다. 그리고 오늘, 너는 사라진다.

2019년   9월 24일 1판 1쇄 인쇄
2019년 10월   1일 1판 1쇄 발행

저   자 오사와 메구미
일러스트 모리치카
옮 긴 이 한수진
발 행 인 유재옥
본 부 장 조병권
담당편집 정영길
편   집 김다솜, 김민지, 박상섭, 정영길, 조찬희
미   술 강혜린 박은정
라이츠담당 박선희
디 지 털 최민성 박지혜
발 행 처 ㈜소미미디어
인쇄제작처 코리아피앤피
등   록 제2015-000008호
주   소 서울 마포구 토정로 222, 403호 (신수동, 한국출판콘텐츠센터)
판   매 ㈜소미미디어
마 케 팅 한민지 한주원
물   류 허석용 최태욱
전   화 편집부 (070)4164-3962, 3963 기획실 (02)567-3388
          판매 및 마케팅 (070)4165-6888, Fax (02)322-7665

ISBN 979-11-6389-942-6 04830
ISBN 979-11-6389-941-9 (세트)